FLUMERI & GIACOMETTI

Der Duft von Liebe und Limonen

D1876870

aufbau taschenbuch

ELISABETTA FLUMERI & GABRIELLA GIACOMETTI sind seit langem ein kreatives und kochbegeistertes Autorenduo, das sich schon an Radioformaten und Drehbüchern erprobt hat. Im Aufbau Taschenbuch liegt bereits ihr Roman »Die Zutaten der Liebe« vor.

Melanias Leidenschaft ist das Kochen. Tagsüber schreibt sie Artikel für Kochzeitschriften, in ihrer Freizeit kreiert sie herrliche Süßspeisen. Dann erhält sie einen Anruf von einem Verlag, der ihr anbietet, als Ghostwriter die Autobiographie des berühmten Sternekochs und Meisters des erotischen Essens Fabrizio Greco zu schreiben.

Melania nimmt sofort an und reist wenige Tage später nach Capri, wo Fabrizio sein berühmtes Restaurant hat. Sofort ist sie hingerissen von der Schönheit der Insel, aber auch von ihrem Auftraggeber. Denn Fabrizio schafft es, seine Gäste nicht nur mit seinen ausgefallenen kulinarischen Kreationen zu verzaubern, sondern ist darüber hinaus auch ein überaus charmanter und faszinierender Gesprächspartner. Nach und nach lernen die beiden sich kennen. Während ihrer Interviews, in denen sich Fabrizio Mel nur zögerlich öffnet, erkunden beide die Insel in all ihrer Schönheit.

Immer häufiger beschleicht Mel jedoch das Gefühl, dass ihr Auftraggeber ihr etwas verschweigt, gleichzeitig zieht er sie immer stärker in seinen Bann …

ELISABETTA FLUMERI
&
GABRIELLA GIACOMETTI

Der Duft von Liebe und Limonen

ROMAN

Aus dem Italienischen
von Verena von Koskull

atb aufbau taschenbuch

Die Originalausgabe mit dem Titel
I Love Capri
erschien 2014 bei Sperling & Kupfer, Mailand.

MIX
Papier aus verantwortungsvollen Quellen
FSC® C083411

ISBN 978-3-7466-3467-8

Aufbau Taschenbuch ist eine Marke
der Aufbau Verlag GmbH & Co. KG

1. Auflage 2019

Die deutsche Erstausgabe erschien 2017 bei Rütten & Loening,
einer Marke der Aufbau Verlag GmbH & Co. KG

Umschlaggestaltung www.buerosued.de, München
unter Verwendung eine Bildes von © StockFood /
Bauer Syndication
Gesetzt aus der Minion Pro durch Greiner & Reichel, Köln
Druck und Binden CPI books GmbH, Leck, Germany
Printed in Germany

www.aufbau-verlag.de

Für die Männer in unserem Leben,
unsere unerschöpfliche Inspirationsquelle …

PROLOG

Unter den teigverklebten Kinderhänden nahmen Schneewittchens sieben Zwerge Formen an. Bunt, fröhlich, phantasievoll. Es war mucksmäuschenstill. Selbstvergessen werkelten die Kleinen vor sich hin. Nur ab und zu schleckte sich jemand verstohlen die Finger ab.

Warmes Nachmittagslicht fiel durch die großen Küchenfenster des alten Landhauses. Hier, vor den Toren Roms inmitten idyllischer Natur, war das Kinderheim untergebracht. Über dem imposanten, rußgeschwärzten Kamin, der fast die gesamte Wand des riesigen Raumes einnahm, prangte noch das Wappen der einstigen Besitzer.

Nach der üblichen Begrüßung hatte Mel die Kinder um den wuchtigen Kastanienholztisch versammelt.

»Habe ich euch schon von meiner Großmutter Adelina erzählt?«

»Nein«, schallte es im Chor.

»Sie war eine begnadete Köchin und hatte ein besonderes Händchen für – ratet mal! – süße Sachen! Ihre Spezialität«, fuhr Mel lächelnd fort, während ihr die Kleinen gebannt zuhörten, »waren Zuckerteigtorten. Wer isst denn gern Süßes?«

»Ich! Ich! Ich«, schallte es wider.

»Schön. Und habt ihr auch Lust, so eine Torte zu backen?«

»Jaaa!«

»Dann setzt euch mal alle um den Tisch … und los geht's. Was braucht man, um einen Kuchen zu backen?«

»Die Zutaten!«, hatte ein dicker, sommersprossiger Junge gerufen und war aufgesprungen.

»Ganz genau, Fabio. Die Zutaten. Und hier habe ich das Originalrezept von Oma Adelina. Fangen wir mit dem Biskuit an … Als erstes brauchen wir Eier … was sind Eier?«

»Eier sind die Kinder von Hühnern!«, antwortete ein kurzhaariges, stupsnasiges Mädchen wie aus der Pistole geschossen.

»Und Mehl … wer weiß, woraus Mehl gemacht wird?«

Der Arm der blonden, aufgeweckten Federica schnellte als erster in die Höhe: »Aus Getreide!«

So war es weitergegangen, bis alle mit Feuereifer dabei waren und den Teig bearbeiteten.

Zufrieden kniff Mel die Lider zusammen und genoss den Augenblick: Die Kinder, die sich, in ihre Kreationen versunken, um den großen Holztisch scharten, die warme Sonne, das Vergnügen, den Teig zu formen und zu sehen, wie die Torte unter ihren Fingern Gestalt annahm. Ein perfekter Moment.

»Mel!!«

Und schon war er wieder vorbei.

Sie öffnete die Augen und lächelte.

Ein kleines Mädchen mit Zöpfen, blauen Augen und zahnlosem Lächeln hielt ihr einen formlosen Teigklumpen hin.

»Pietro sagt, das sieht nicht aus wie der Apfel von Schneewittchen!« Herausfordernd reckte sie das Kinn.

»Das sieht aus wie Mist!«, sagte ein blonder, streichholzdürrer Junge mit Brille.

Das Mädchen blickte zu Mel hoch. »Das ist wohl ein Apfel, oder?«

Mel nickte. »Wichtig ist, was du darin siehst, Anna. Wenn es für dich der Schneewittchenapfel ist, dann *ist* es der Schneewittchenapfel.«

Ehe Pietro protestieren konnte, hatte Mel mit einer geheimnisvollen Geste eine Puppe mit rundem Gesicht und rabenschwarzem Haar hervorgezaubert.

»Achtung, Kinder, jetzt wird's ernst, wir müssen Schneewittchen ihr Kleid anziehen.«

Sie steckte die Puppe bis zum Rumpf in die mit Vanille- und Schokoladencreme geschichteten Tortenböden, fixierte sie mit Zahnstochern und schnitt den Biskuit mit einem Messer in Form.

»Jetzt müssen wir noch alles mit Aprikosengelee einpinseln, um das Kleid festzukleben. Wer hilft mir?«

»Ich«, riefen alle begeistert.

Während sieben gebannte Augenpaare ihr zusahen, dachte Mel darüber nach, wie lebendig sie sich fühlte, wenn sie zusammen mit ihnen in der Küche stand. Mit ihnen fühlte sie eine Freude, die nicht einmal ihr Koch-Blog und die Kreation neuer, süßer Rezepte ihr geben konnten. Den Entschluss, ihrer Freundin Viola und deren Mann in ihrem Kinderheim zu helfen, hatte sie nicht bereut. Im Gegenteil, er hatte ihr gezeigt, wie viel Glück es bedeutete, Kinder fröhlich zu machen. Sie musste an ihre Großmutter Adelina denken. Eine großartige Frau, die ihr etwas Wichtiges hinterlassen hatte: Die Liebe zu Kindern. Sie war vollkommen anders gewesen als ihre verbitterte Mutter. Mel versuchte, sich die Großmutter ins Gedächtnis zu rufen, ihr Lächeln, ihre Wärme und Zärtlichkeit …

Abermals riss ein Schrei sie aus ihren Gedanken.

»Mel! Telefon!«

Ein Kind hielt ihr das Handy hin.

»Danke, Fabio.«

Mit verklebten Fingern griff sie nach dem Apparat.

»Hallo, hier ist Vincenzo Palmieri, spreche ich mit Mel Ricci?«

Es war einer der Verleger, denen sie ihr Buchprojekt über die »gläsernen Gärten« angeboten hatte, jene kunstvollen Tafelaufsätze, die sich die Dogen von Venedig in der Glanzzeit der Serenissima aus Muranoglas hatten fertigen lassen. Mel hatte die Idee gehabt, sie als »süße« Version nachzubilden. Schon seit geraumer Zeit hatte sie daran gearbeitet und ausführlich auf ihrem Blog über ihre Fortschritte berichtet.

Vielleicht war es jetzt soweit. Vielleicht stimmte es nicht, dass man ohne Beziehungen nichts erreichte.

Vielleicht setzten gute Ideen sich durch, wenn man an sie glaubte.

Sie blickte die Kinder an, legte eindringlich den Finger an die Lippen, atmete tief durch und antwortete: »Ja, das bin ich.«

Eins

15 TAGE SPÄTER

»Here it is, Capri!« *»Look, it's gorgeous!«* *»Absolutely fantastic!«* *»Incredible!«*

Mit Handys, Fotoapparaten und Digitalkameras bewaffnet trabte ein Touristengrüppchen ans Deck der Fähre und stürzte wild drauflosknipsend an die Reling. Mel, die dieser Stampede vergeblich auszuweichen versuchte, wurde von einem massigen Kerl angerempelt, und ihr Tablet rutschte ihr aus der Hand. Fasziniert starrte der Mann auf den Bildschirm und vergaß darüber fast die wunderschöne Insel, die sich klar und stolz gegen den azurblauen Horizont abhob. Ein verführerischer nackter Frauenkörper, dekoriert mit Austern, Langusten und Meeresfrüchten, im Vollbildmodus.

Sein Blick wechselte vom Tablet zu Mel und wanderte an ihren langen, schlanken Beinen bis zu den vollen Lippen hinauf. Sein Gesicht sprach Bände.

Mel funkelte ihn drohend an, hob das Tablet auf, stopfte es in die Umhängetasche, drehte sich um und ging kopfschüttelnd davon. *Männer: Vorhersehbar, monothematisch, banal.*

Sogleich wies sie sich zurecht: Erstens konnte der Mann, den sie treffen sollte, unmöglich als banal bezeichnet werden, zweitens war ihr mangelnder Respekt vor Vertretern des männlichen Geschlechts keine gute Voraussetzung für den Job, zu dem sie sich verpflichtet hatte.

Während die Fähre sich der Insel näherte und die Touristen beim Anblick der Klippen vollends aus dem Häuschen gerieten, dachte Mel noch einmal an das Bewerbungsgespräch, das sie vor wenigen Tagen mit dem Verleger geführt hatte. Wie hatte sie dem Treffen entgegengefiebert: Ihr Blog *Cake Garden* hatte sich nicht nur bei Patisserieliebhabern zu einer festen Größe etabliert. Und nun hatte sie endlich auch das Interesse eines bedeutenden Verlegers geweckt und war sogar zu einem Gespräch eingeladen worden.

Umso enttäuschter war sie gewesen, als ihr Gegenüber nach einer kurzen Begrüßung sagte: »Ihre Idee gefällt uns, wir könnten darüber reden, aber …« Der Programmleiter hatte eine lange Pause gemacht, die Mel sofort aufhorchen ließ. Na bitte, es gab immer ein »aber«!

»Aber?«, hatte sie nervös gefragt.

»Bestimmt kennen Sie Fabrizio Greco.«

Mel schwieg einen Moment. Die Frage kam überraschend.

»Natürlich weiß ich, wer er ist.«

Schließlich war es kaum möglich, ihn nicht zu kennen, selbst wenn man kein Faible für Essen hatte. Der König des *Erotischen Essens, made in Italy*, der Erfinder skandalträchtiger Tischdekorationen, Betreiber eines Restaurants auf Capri, in dem man unendlich lange im Voraus reservieren musste, und, als wäre das nicht schon genug, war er auch noch unglaublich attraktiv.

Aber was hatte der mit ihr zu tun?

»Wissen Sie, Signora Ricci, schon seit geraumer Zeit sind

wir mit ihm im Gespräch über die Exklusivrechte an seiner Autobiografie …«

»Und?«, hatte sie in die erneute Kunstpause hineingefragt.

»Er hat sich endlich dazu entschlossen, auf unsere Anfrage einzugehen. Aber er will einen Ghostwriter, der ihn während des gesamten Schreibprozesses begleitet.« Kunstpause. »Er hat Sie ausgewählt.«

Völlig entgeistert hatte sie ihn angestarrt.

»Er will… *mich*? Fabrizio Greco will mich?«

»Wir haben ihm verschiedene Kandidaten vorgeschlagen, aber anscheinend hat Ihr Blog besonderen Eindruck auf ihn gemacht. Und er hat uns keine Wahl gelassen: Entweder Sie schreiben das Buch, oder keiner.«

Offenbar war der Programmleiter von der Entscheidung des Meisterkochs nicht sonderlich überzeugt, und Mel musste sich verärgert eingestehen, dass sie daran nicht ganz unschuldig war. Ihre Reaktion war alles andere als professionell gewesen. Sie zwang sich, ihre Verwirrung nicht durchblicken zu lassen. Trotz der Enttäuschung über das mangelnde Interesse an ihrem Projekt war sie geschmeichelt: Nicht jeder bekam das Angebot, die Biografie einer Berühmtheit wie Fabrizio Greco zu schreiben.

Autobiografie, Mel. Autobiografie! Das war ein himmelweiter Unterschied. Schließlich sollte sie nur die Ghostwriterin sein: Ein Gespenst, ein Schatten. Sie würde hinter den Kulissen stehen, die Bühne gehörte ihm allein.

Mel zog erneut das Tablet aus der Tasche, blickte sich verstohlen um, betrachtete das Foto auf dem Bildschirm und klickte auf den Menüpunkt »Biografisches«: »In seinem Spitzenrestaurant *Gola, sesso e …* auf Capri interpretiert Fa-

brizio Greco *die Erotik des Essens* neu und verpasst ihm mit Phantasie und Kreativität eine neapolitanische Note …«
Mel musterte das Profilfoto, das einen Mann mit klaren, markanten Zügen, dunklem Haar, lebendigen, stahlgrauen Augen, edler Nase und sinnlichen Lippen zeigte. Mel war sehr schnell klargeworden, dass die Sache kompliziert zu werden versprach. Kaum hatte sie sämtliches verfügbare Material über Fabrizio Greco zusammengetragen, waren die Probleme losgegangen. Im Gegensatz zu anderen Köchen, die ihren persönlichen Werdegang auswalzten und sich lang und breit darüber ausließen, woher ihre Kochleidenschaft rührte, war über Greco nichts zu finden. Kein Interview, kein Video, nichts.

Kaum etwas war über ihn bekannt. Man wusste lediglich, dass er in Amerika gewesen war, wo er ein Restaurant eröffnet und sich für Erotisches Essen begeistert hatte. Nachdem er sich in den USA einen Namen gemacht hatte, war er nach Italien zurückgekehrt, um auf Capri ein Lokal zu eröffnen. Ende.

Außerdem wusste man von seiner angeborenen Abneigung gegen alles, was mit Journalisten zu tun hatte, sowie von zwei unglücklichen Zwischenfällen mit Fotografen, die ebenfalls nicht gerade für ihn sprachen. Doch Frauen und Gourmets beteten ihn an. Was der Rest der Welt von ihm hielt, war ihm egal. Zumindest war Mel davon fest überzeugt. Deshalb hatte sie beschlossen, einen Tag vor dem verabredeten Treffen anzureisen. Sie wollte einen unvoreingenommenen ersten Eindruck gewinnen, vielleicht mit ein paar Leuten sprechen, die ihn kannten, und ihn aus der Ferne beobachten … oder sich ihm nähern, ohne dass er wusste, wer sie war. Ein Glück, dass sie sich nie dazu hatte breitschlagen lassen, ein Foto von sich auf dem Blog zu veröffentlichen!

Während die Fähre auf die Mole zutuckerte, wurde Mel ein wenig mulmig zumute. Anfangs hatte die Idee, Fabrizio Grecos Autobiografie zu schreiben, sie fasziniert: Sie bewunderte seine Kreativität, seinen Mut und seine Phantasie, und dass er ausgerechnet sie dazu auserkoren hatte, sich in ihn einzufühlen und über sein Leben zu schreiben, hatte etwas Aufregendes. Abgesehen davon konnte sie es sich gar nicht erlauben, das Angebot abzulehnen. Das einzige, womit sie derzeit ihren Lebensunterhalt bestritt, waren ein paar Artikel für verschiedene Kochzeitschriften. Der Blog erfüllte sie zwar mit Stolz und ließ ihr alle schöpferische Freiheit, die sie sich nur wünschen konnte, aber reich wurde man damit nicht.

Die Fähre stieß an den Anleger.

Es war das erste Mal, dass Mel die azurblaue Insel besuchte, und überwältigt von ihrer Schönheit blickte sie sich um: schroff ins Meer abfallende Klippen, glasklares Wasser, das in sämtlichen Schattierungen von Türkis bis Kobaltblau schimmerte, und wo man hinsah, eine Explosion aus leuchtendem Frühlingsgrün und bunter Blütenpracht.

Überwältigt von diesen Eindrücken und dem Duft nach Meer und Pinien ging Mel in Marina Grande an Land. Ihr war, als hätte sie gerade ein Glas Champagner auf nüchternen Magen getrunken. Die zauberhafte Schönheit ringsum machte sie sprachlos. So musste es jedem ergehen, der Capri zum ersten Mal sah.

Umringt von fröhlich lärmenden Touristen schlenderte sie den Kai entlang. Eine leichte Meeresbrise besänftigte die bereits heiße Junisonne. Mel folgte einem Besuchertrupp zur Seilbahn, stellte sich in die Schlange und saß kurz darauf in einer Gondel, die zwischen blühenden, von dichter, mediterraner Vegetation bewachsenen Abhängen emporschwebte. Es war, als blickte man auf unberührten Urwald hinab. Mel ließ ihrer Phantasie freien Lauf. Ihr Blick verlor sich zwischen den Wipfeln, die die Gondel streiften, und einen endlos scheinenden Moment kehrte sie in ihre Kindheit zurück: Großmutter Adelinas Wäscheleinen hatten sich in die Lianen der Sundarbans, der Bach hinter dem Haus in den tückischen Ganges verwandelt, und in den harmlosen Beerensträuchern hatten tödliche Gefahren gelauert. Mels Blick glitt über die Märchenlandschaft, die sich unter ihr erstreckte. Plötzlich ruckelte es und sie hielten abrupt an. Sie waren da.

Die berühmte, durch zahllose Filme unsterblich gemachte Piazzetta war nur noch wenige Schritte entfernt. Mel fühlte sich wie Mary Poppins, die mit den Geschwistern Jane und Michael in einem von Berts Bildern verschwindet. Als wäre es tatsächlich möglich, einen Ort zu betreten, der nur in der Phantasie existiert. Das war also das Gefühl, das Capri einem schenkte. Sie griff sich das Tablet und schrieb: »Mein Traum auf der Insel der Träume«. Das könnte ein guter Anfang sein.

Sie ließ die Piazzetta mit den Boutiquen und überfüllten Lokalen hinter sich und bog in die verzweigten Gassen ein, die sich zwischen weißgetünchten, um die prächtigsten Pflanzen und Blumen wetteifernden Häusern, Feldsteinmauern und von blauen Kacheln gerahmten Torbögen dahinschlängelten. Fernab der Touristenpfade und lärmenden Reisegruppen überkam Mel ein nie gekanntes Wohlgefühl: Es war, als schlössen die weiche, würzige Luft, die berückenden Farben und das Licht, das alles auf eine neue und wunderbare Weise zum Strahlen brachte, sie sanft in die Arme.

Sie blieb stehen und atmete genussvoll ein und aus. Sie wollte diesen Augenblick auskosten, die Wärme der Sonne auf der Haut spüren und sich diesem berauschten, bezauberten Staunen hingeben, der Magie dieses Ortes, an dem alles möglich zu sein schien. Sie blickte sich um und sog jedes Detail in sich auf: Die Schattierungen des Grüns, das leuchtende Lila der Bougainvilleen, das durchdringende Blau des Meeres.

Während sie ziellos umherschlenderte, zog plötzlich etwas ihre Aufmerksamkeit auf sich. Auf weiß gefliestem Grund stand in dunkelblauer Schrift: BLU – IMMOBILIENAGENTUR.

Na bitte, dachte Mel, genug geträumt, es ist Zeit, sich um eine Bleibe zu kümmern. Eine Immobilienagentur kam da gerade richtig. Sie ging auf das kleine, rosa getünchte Gebäude zu und stieß die blau gerahmte Glastür auf. Ein helles Klingeln ertönte.

Die beiden Männer hinter den Schreibtischen drehten sich gleichzeitig zu ihr um. Der eine war ein wenig älter, hatte schütteres weißes Haar und die beleibte Figur eines Menschen, der gerne gut isst, der andere war ein großer, schlanker Kerl um die Dreißig mit blondem Haar und einnehmendem Lächeln.

»Kann ich Ihnen helfen?«, fragte der Ältere und kam ihr entgegen, während der andere sie mit unverhohlener Begeisterung musterte.

»Ja, danke, ich suche eine kleine Mietwohnung für mindestens … einen Monat«, sie lächelte, »und bitte möglichst preiswert, wenn es geht.«

»Mal sehen, was wir für Sie tun können.«

Der Mann blätterte durch einen Karteikasten, durchforstete seine Computerdateien und wandte sich dann entschuldigend an Mel. »Es tut mir leid, aber alles, was ich habe, kostet mindestens zweitausend Euro. Die Hauptsaison fängt an und Capri ist nun einmal leider nicht billig.«

Mel seufzte. Das hätte sie sich denken können.

»Und wenn ich ehrlich sein darf«, fuhr der Mann fort, »ich bezweifle, dass Sie unter diesem Preis etwas finden werden.«

»Es sei denn …«, schaltete sich der Blonde ein, der sich bisher darauf beschränkt hatte, Mel anzustarren.

»Es sei denn?«, wiederholte sie hoffnungsvoll und sah ihn an.

»Was halten Sie von einem hübschen Apartment mit Kochnische, eigenem Eingang und … Poolbenutzung für – sagen wir – fünfhundert Euro?«

Mels Miene hellte sich auf. Der Ältere blickte den Jüngeren gespielt vorwurfsvoll an. »Du willst mir wohl das Geschäft vermiesen, Junge!«

Der Blonde grinste. »Komm schon, Gaetà, wir können doch ein so schönes Mädchen nicht enttäuschen!«

»Und wo ist dieses Einzimmerappartement?«, fragte Mel neugierig.

»Bei mir zu Hause!«

Mel starrte ihn so entgeistert an, dass er lachen musste.

»Ich meinte, bei meiner Familie. Wir haben ein Haus in Anacapri, in dem wir alle zusammen wohnen.« Er streckte ihr die Hand hin. »Antonio, Antonio d'Ascenzo.«

Mel kam sich dumm vor. Sie schlug ein.

»Mel Ricci.«

»Italoamerikanerin?«

Lachend schüttelte Mel den Kopf. »Nein, Italienerin bis auf die Knochen! Melania Ricci.«

Er lächelte.

»Schöner Name.«

Sie nickte schwach. In Wirklichkeit war sie alles andere als begeistert von ihrem Namen und fand ihn entsetzlich altmodisch.

»Nehmen Sie ihn nicht zu ernst«, schaltete sich der Ältere ein, »so redet er immer, vor allem, wenn er ein schönes Mädel vor sich hat. Aber für seine Familie kann ich garantieren.« Er lächelte. »Auch wenn mich das eine potentielle Kundin kostet.«

»Du brauchst doch gar keine Kunden mehr, Gaetà, du sagst doch immer, dass du die Nase voll vom Arbeiten hast.«

Amüsiert folgte Mel ihrem kleinen Schlagabtausch.

»Wollen Sie die Wohnung denn gar nicht sehen, Mel?«

Einen Moment später standen sie im strahlenden Sonnenlicht. Ehe Mel protestieren konnte, hatte Antonio sich ihren Rollkoffer gegriffen.

»Kommt gar nicht in Frage, dass du den trägst … wir können uns doch duzen, oder?«

Wie sollte man seinem unverstellten Charme widerstehen? Mel gab sich geschlagen und folgte ihm durch das Gassengewirr, in dem er sich offenkundig bestens auskannte. Nach einer engen Kurve blieb Antonio vor einem leuchtend roten und – zumindest in Mels Augen – unmöglich geparkten Sportwagen stehen. Galant hielt er ihr die Beifahrertür auf, lud den Rollkoffer ein und ließ den Motor aufjaulen.

Der Wagen raste die kurvige Straße Richtung Anacapri

hinauf. Während der ganzen Fahrt zum oberen Teil der Insel machte Antonio, der inzwischen ganz in seiner Fremdenführerrolle aufging, ausholende Gesten in alle Himmelsrichtungen, derweil Mel den schroff abfallenden Straßensaum nicht aus den Augen ließ.

Endlich hielt Antonio an.

»Wir sind da«, verkündete er.

Mel atmete erleichtert auf. Der Fahrstil ihres Begleiters hatte den Genuss des atemberaubend schönen Panoramas ein wenig beeinträchtigt.

Antonio drückte auf eine Fernbedienung und das riesige Eisentor vor ihnen öffnete sich. In der schmalen Allee, die sich vor ihnen auftat, parkte er den Wagen und Mel sah sich neugierig um. Ein ausladendes Gebäude mit tiefen Fenstertüren lag inmitten eines herrlichen, terrassenförmig angelegten Gartens, in dem sich ein von jahrhundertealten Pinien umstandener Pool wie ein funkelndes Juwel vom unverwechselbaren, durchdringenden Blau des Meeres abhob.

Mel war sprachlos. Antonio musterte sie belustigt.

»Jedem, der zum ersten Mal hierherkommt, bleibt der Mund offen stehen«, sagte er lächelnd. »Für uns ist das alles inzwischen normal, aber ich muss zugeben, beim allerersten Mal blieb auch mir die Spucke weg.«

»Es ist hinreißend!«, rief Mel.

»Mein Vater hat einen guten Riecher, und als er vor vielen Jahren die Baugenehmigung bekommen hat, hat er das Potential des Ortes sofort erkannt und genutzt.«

»Was macht er?«

»Er ist Bauunternehmer. Er hat alles gebaut, was man bauen kann, und den Rest hat er saniert. An ihm kommt keiner vorbei, und ich bin sicher, du wirst ihn mögen … Jeder mag ihn.«

Mel blieb stumm, hingerissen von der Schönheit ringsum. Keine Menschenseele war zu sehen.

»Komm«, sagte Antonio und ging auf einen Seitenflügel der Villa zu. Sie durchquerten den weitläufigen, stillen Garten und gelangten an eine überwucherte Mauer, in der sich, halb von den Pflanzen versteckt, eine Tür verbarg.

»Wir sind da, hier ist es.«

Beim Eintreten fühlte sich Mel auf unerklärliche und beglückende Art sofort zu Hause. Die Wohnung hatte zwei geräumige Zimmer mit Kochnische und ein großzügiges Bad. Das Licht ließ die schlichten, heimeligen, zwischen Ocker und Hellblau changierenden Farben warm erstrahlen.

»Und, wie gefällt's dir?«

Mit einem breiten Lächeln drehte Mel sich zu Antonio um. »Ich liebe es.«

»Dann bleibst du?«

Sie nickte begeistert.

»Ich hätte gar nichts Besseres finden können! Es ist ideal zum Arbeiten.«

Antonio machte ein neugieriges Gesicht.

»Bist du nicht hier, um Ferien zu machen?«

Mel zögerte. Es war besser, nicht über das Buch zu sprechen, ehe sie Fabrizio Greco getroffen hatte.

»Ich muss ein paar Artikel für einen Blog schreiben. Diese Wohnung ist einfach hinreißend«, versuchte sie das Thema zu wechseln. »Vermietet ihr sie in der Ferienzeit immer?«

»Nein, eigentlich gehört sie meiner Schwester Giulia, aber die ist nie hier. Sie ist verheiratet und lebt in Sorrent. Aber wenn sie Heimweh kriegt, hat sie hier ihr eigenes kleines

Reich«, erklärte Antonio. »Mein Vater hat die Villa in fünf Wohnungen unterteilt, so hat jeder seine eigenen vier Wände und wir kommen uns nicht in die Quere.«

»Und in welchem Teil des Hauses wohnst du?«

»Im zweiten Stock. Ich habe meine Wohnung zu einem Loft umgebaut. Ich mag große Räume, in denen ich mich frei bewegen kann.« Er hakte sie unter. »Komm, ich zeig's dir.«

Mel sah ihn skeptisch an.

»Keine Sorge«, lachte er, »ich habe nicht vor, dir meine Briefmarkensammlung zu zeigen!«

Abermals wischte sein fröhlicher, jungenhafter Charme Mels Misstrauen fort, und ohne zu zögern folgte sie ihm.

Zwei

Mit flinken, beinahe hypnotischen Bewegungen zerkleinerte das von einer schlanken Hand geführte Messer die Tomaten.

»Essen ist unser Objekt der Begierde. Bei seiner Zubereitung können wir einander näherkommen, unsere Gefühle zeigen und einen Vorgeschmack dessen bekommen, was uns erwartet.«

Die fünf anwesenden Frauen konnten ihren Blick nicht von dem Mann abwenden, der in Jeans und grauem Hemd vor ihnen stand. Jede Geste, jede Bewegung strahlte Sinnlichkeit aus, und seine Stimme war derart sanft, dass der Spitzname, den ihm die Klatschblätter gegeben hatten, mehr als gerechtfertigt schien: Er war der Magier.

Die gedämpften Noten von Ravels *Bolero* begleiteten die Szene, und zum Crescendo der Musik scharten sich die Frauen immer dichter um ihn.

Fabrizio Greco schmunzelte in sich hinein.

Es war jedes Mal dasselbe. Schon die amerikanischen Touristinnen, die er mit knapp Zwanzig auf seinem Kahn um die Insel geschippert und mit seinen ersten Meeresfrüchtekreationen verwöhnt hatte, hatten ihn förmlich mit den Augen verschlungen.

So hatte alles angefangen.

Der *Bolero* schwoll an.

Unter Fabrizios Fingern entstanden rote, fleischige Blüten mit einem Herz aus zarten Basilikumblättchen.

»Essen muss verführerisch sein, aber niemals vulgär. Es regt unsere Phantasie an«, sagte er und drapierte eine Girlande auf einen ovalen Teller.

»Erotik entsteht vor allem im Kopf. Ein Bild verführt, stimuliert das Adrenalin. Unsere kulinarischen Kreationen verraten viel über uns und unsere Gefühle … doch wenn wir das, was wir für einen geliebten Menschen zubereitet haben, nicht gemeinsam mit ihm genießen können, ist es einfach nur Essen, so köstlich es auch sein mag.«

Er sah zu den fünf Frauen auf, die an seinen Lippen hingen, und fügte hinzu: »Was macht ein Essen aphrodisisch? Wer von Ihnen weiß es?«

Er blickte eine nach der anderen an. Es waren allesamt gut betuchte Frauen, die bereit waren, für einen Kochkurs bei Fabrizio Greco ein Vermögen hinzublättern. Denn wer weiß, vielleicht … ganz offensichtlich wollte keine von ihnen etwas Falsches sagen.

»Zum Beispiel«, fuhr er fort und griff nach einer Tonschüssel voller Miesmuscheln, Venusmuscheln und Austern, »sind sämtliche Weichtiere sowohl für ihre aphrodisische Wirkung …« – geschickt löste er das Innere der Meeresfrüchte aus den Schalen und ordnete es zu einer an einen weiblichen Körper erinnernden Form auf dem Teller an – »… als auch für ihren hohen, für die Fortpflanzung unerlässlichen, Zinkgehalt bekannt.«

Wieder musterte er seine Zuschauerinnen und genoss das Gefühl, sie in der Hand zu haben. Frauen, die über einen Fischerssohn aus Furore normalerweise nur die Nase rümpfen würden, lagen ihm zu Füßen.

»Vergessen Sie nicht«, fuhr er fort, »ein Rezept kann aphrodisisch sein, weil seine Form, Farbe, Konsistenz oder sein Aroma und Geschmack die Sinne anregt. Idealerweise erhebt man den Akt der Nahrungsaufnahme zur Kunst. Da, schauen Sie.«

Die Komposition war fertig und Fabrizio lächelte zufrieden.

»Sehen Sie sich satt, das ist der Anfang.«

Er hob den Teller und hielt ihn den Frauen hin: »Atmen Sie den Duft des Meeres ein, und dann …«

Vorsichtig nahm er das Fleisch einer Venusmuschel mit den Fingern und hielt es der Ersten hin, die sich vorbeugte.

»Kosten Sie. Man kostet zuerst mit den Fingern, dann mit dem Mund.«

Während er seine Zuhörerinnen eine nach der anderen probieren ließ, gab er jeder das Gefühl, seine besondere Aufmerksamkeit zu bekommen.

»Jetzt sind Sie dran.«

Allein mit Worten, Anspielungen und Gesten hatte er eine Atmosphäre geschaffen, die vor Erotik nur so knisterte; jetzt holte er die Frauen jäh wieder auf den Boden der Tatsachen zurück. Er wusste, wie gut er darin war, mit ihnen zu spielen. Mit den Jahren hatte er sein Naturtalent zur Vervollkommnung gebracht, und genau davon würde er in seiner Autobiografie erzählen: Von seinem Verhältnis zu Frauen, das untrennbar mit seiner Liebe zum Essen verwoben war. Diese Verbindung hatte sein Leben bestimmt, durch sie hatte er sein Glück gemacht.

Mel trat an das große Fenster ihrer neuen Bleibe und blickte hinaus. Leuchtend gelb hob sich der Ginster vom Dunkelblau des Meeres ab. Der einzigartige, leicht buttrige Duft der Blüten erfüllte das Zimmer. Sie war froh, Antonio getroffen zu haben: Schon beim ersten Blick auf die Villa hatte sie gewusst, dass dies der richtige Ort zum Schreiben war. Mit einem Lächeln wandte sie sich wieder ihren Sachen zu und räumte sie in den Schrank. Vor dem Abendessen wollte sie noch nach Capri hinunter, um ein bisschen durch die Gassen zu streifen. Als sie das letzte Kleidungsstück aufhängte, ging die Tür auf und jemand polterte energisch ins Zimmer.

»Hallo? Darf ich reinkommen?«

Vor ihr stand eine hutzelige alte Frau mit feuerroten Locken und einem Tablett in der Hand, auf dem knusprige *Sfogliatelle* und eine dampfende Tasse Espresso standen.

»Herzlich willkommen! Ich hab dir Caffè und was Süßes gebracht, frisch aus dem Ofen.«

Mel lächelte verdattert.

»Danke, wie nett von Ihnen, das wäre doch nicht nötig gewesen.«

Die Alte musterte sie von Kopf bis Fuß. »Tonino hat gesagt, du seist ein hübsches Mädel, und er hat recht. Mein Enkel hat wirklich einen guten Geschmack.«

Mel schwieg verlegen, sie wusste nicht, was sie sagen sollte, doch ehe ihr etwas einfiel, krakeelte die Alte über die Schulter: »Marì, komm, ich stell dich vor!« Lächelnd wandte sie sich wieder an Mel. »Wie heißt du, Liebes?«

»Melania.«

»So ähnlich wie die aus *Vom Winde verweht?*«

Mel nickte. »Aber alle nennen mich Mel«, schob sie hastig nach.

»Na, hoffentlich bist du nicht so ’ne graue Maus wie die aus dem Film!«

»Rosa, bist du wohl still! Immer diese frechen Sprüche!« Eine weitere etwas mollige Alte mit weißem Haar tauchte im Türrahmen auf. »Hör nicht auf diese vorlaute Topfguckerin, Liebes. Ich bin Zia Maria und das ist meine Schwester Rosa. Ich freue mich, dass du bei uns bist, wie lange bleibst du? Bist du schon mal auf Capri gewesen? Hast du den Rest der Familie kennengelernt? Antonio meinte, du bist Schriftstellerin, ich kann dir einen Haufen Liebesgeschichten erzählen …«

»Und ich soll diejenige sein, die den Mund nicht halten kann«, bemerkte Rosa bissig. »Aber du hast deine *Sfogliatelle* ja noch gar nicht probiert«, sagte sie an Mel gewandt. »Du bist ja nur Haut und Knochen, du musst essen, Herzchen, wie willst du denn sonst einen Mann finden?«

»Vielleicht hat sie ja schon einen, was weißt du denn schon?« Und schon keiften die beiden Alten lautstark aufeinander ein.

»Zurzeit gibt’s keinen Mann«, ging Mel beschwichtigend dazwischen. »Ich bin zum Arbeiten hier und werde die Gelegenheit nutzen, um eure schöne Insel kennenzulernen. Und nein, ich habe noch nicht den Rest der Familie kennengelernt.«

Zia Maria lächelte.

»Du wirst sehen, Capri wickelt dich um den Finger, man kann ihrem Zauber nicht widerstehen.«

Die Schwester rollte mit den Augen und schüttelte den Kopf. »Lass dich bloß nicht auf sie ein, die macht dich sonst ganz verrückt mit ihren Kitschgeschichten. Ich habe dich gewarnt!« Dann hakte sie Zia Maria unter und zerrte sie

Richtung Tür. »Und jetzt raus mit uns, wir haben ihre Zeit schon genug in Anspruch genommen. Aber wenn irgendetwas sein sollte, Liebes, wir wohnen gleich nebenan.«

Mel bedankte sich leicht verwirrt und wandte sich wieder ihrem Kleiderschrank zu, als sich die Tür abermals öffnete.

»Störe ich?«

Eine junge Frau, nur wenige Jahre älter als Mel, steckte den Kopf ins Zimmer. Sie hatte aparte Züge, große dunkle Augen, welliges braunes Haar und ein ansteckendes Lächeln.

»Ciao, ich bin Deborah. Antonio hat mir erzählt, dass du die Wohnung genommen hast, und ich wollte nur sagen, dass du dich immer an mich wenden kannst, wenn irgendwas ist. Hoffentlich haben dich die beiden alten Besen noch verschont!«

»Keine Sorge, sie sind gerade dagewesen und waren ganz reizend. Sogar etwas Süßes haben sie mitgebracht! Übrigens, ich bin Melania, aber alle nennen mich Mel!«

»Pass bloß auf, das Zia Rosa dich nicht mästet … in ihren Augen essen alle zu wenig«, witzelte Deborah.

»Das habe ich gemerkt«, lachte Mel, »sie meinte, ich sei zu dünn!«

»Seltsam, dass sie dich nicht gefragt hat, ob du einen Freund oder einen Mann hast, sie sucht ständig nach einer Frau für Antonio.«

»Er scheint mir nicht der Typ zu sein, der in dieser Hinsicht Hilfe bräuchte.«

»Natürlich nicht, aber Zia Rosa gibt einfach keine Ruhe, sie träumt von einem Haus voller Enkelkinder. Mein Vater zieht sie ständig damit auf, es ist ein ewiges Gestichel zwischen den beiden!«

»Wohnt ihr alle hier?«, fragte sie.

»Wir wohnen im ersten Stock. Mein Mann Nicola ist nur am Wochenende da, er arbeitet an der Amalfiküste, und ich kann's kaum abwarten, ihn dir vorzustellen. Die beiden Tanten wohnen gleich hier nebenan. Antonio hat ein Loft im zweiten Stock und mein Vater wohnt direkt darunter. Wenn du seine Wohnung siehst, bleibt dir die Spucke weg: Sie ist komplett in den Fels gehauen, ein architektonisches Meisterwerk, damit hat Papa sich selbst übertroffen!«

Dann erzählte Deborah noch von den restlichen Mitbewohnern: Lola, der Langhaardackel, bissig, aber goldig; Cannella, die einäugige Siamkatze; Pic und Pac, die alten Landschildkröten, die im Garten herumkrabbelten, und Corallo, die Königspython, die sie vor Kurzem aufgenommen hatte, weil sie misshandelt worden war.

»Und wo hältst du sie?«, fragte Mel bang. Wie sollte sie ihr erklären, dass sie keinen besonders guten Draht zu Tieren hatte und vor allem Reptilien nicht ausstehen konnte?

»In ihrem Terrarium, aber ich versuche, sie an uns zu gewöhnen. Willst du sie sehen?«

»Bloß nicht! Ich meine, vielleicht ein anderes Mal …«, schob Mel hastig nach, um ihre Gastgeberin nicht vor den Kopf zu stoßen. »Aber du lässt sie nicht frei, oder?«

»Noch nicht. Ach, Mel, die Tanten wollen wissen, ob du mit uns zu Abend isst, wir essen immer alle zusammen.«

Mit der Ausrede, noch etwas in Capri erledigen zu müssen, schlug Mel die Einladung aus. Noch einmal kam sie bestimmt nicht so leicht aus der Nummer heraus.

»Dann eben das nächste Mal. Ich lasse dich jetzt mal allein, sonst kommst du noch zu spät«, verabschiedete sich Deborah und schlug die Tür hinter sich zu.

Endlich allein. Vielleicht war ihre Entscheidung vorschnell gewesen. Zwar waren alle schrecklich nett, und Deborah war ihr sehr sympathisch, aber die Vorstellung, sich mit einer Schar Tiere, zwei übergriffigen Alten, einem potentiellen Verehrer und einem geschwätzigen Familienoberhaupt herumschlagen zu müssen, machte ihr ein wenig Sorgen.

Rasch zog sie sich um und entschied sich für ein schlichtes, elegantes Kleid und ein Paar nicht allzu hohe Schuhe. Dann trat sie in den Garten hinaus, sog genüsslich die laue Abendluft ein und machte sich auf den Weg Richtung Gartentor.

Sie war fast dort, als hinter ihr eine sonore Stimme ertönte. »Endlich treffe ich Sie!«

Bingo. Das muss der Paterfamilias sein! Ingenieur d'Ascenzo.

Sie drehte sich um und rechnete mit einem gediegenen, älteren Herrn in Schlips und Kragen, doch zu ihrer Überraschung stand sie einem gutaussehenden Mittsechziger mit dichter, weißer, zu einem Pferdeschwanz gebundener Mähne gegenüber, der eher einem Piraten als einem Ingenieur ähnelte.

»Ich bin entzückt, Ihre Bekanntschaft zu machen, und heiße Sie in unserem Haus willkommen«, sagte er und verbeugte sich galant. »Erlauben Sie, dass ich mich vorstelle, ich bin Augusto d'Ascenzo.«

»Ich muss mich bei Ihnen bedanken, Signor d'Ascenzo, die Wohnung ist hinreißend und die Miete …«

Der Mann hob beschwichtigend die Hand.

»Ich bitte Sie, lassen wir das schnöde Geld beiseite«, erwiderte er charmant, »mein Sohn hätte Sie einladen sollen, statt von Ihnen Miete zu verlangen.«

Die Unterhaltung fing an, Mel Spaß zu machen. Augustos

Augen blitzten vergnügt und in seinen besten Zeiten musste ihr Gegenüber ein echter Herzensbrecher gewesen sein.

»Aber das hätte ich niemals annehmen können«, gab sie schmunzelnd zurück.

»Dann muss ich mich fügen. Antonio hat mir gesagt, Sie schreiben, stimmt das? Sind Sie eine Schriftstellerin, die auf der Suche nach Inspiration auf das Eiland des großen Tiberius gekommen ist, oder eine Journalistin, die die VIPs auf der azurblauen Insel in flagranti erwischen will?«

»Nichts von alledem, ich bin hier, weil ich ein Buch schreiben soll und dazu recherchieren muss.«

»Darf man wissen, um was es geht, oder ist das zu indiskret?«

Mel lächelte abermals. »Im Augenblick ist das streng geheim, aber irgendwann erzähle ich es Ihnen vielleicht.«

Augusto legte ihr die Hand auf die Schulter und begleitete sie galant zum Gartentor.

»Und ich werde Ihnen mein Leben erzählen.« Er blickte sie vielsagend an. »Ich versichere Ihnen, ich werde Sie nicht langweilen, meine Lebensgeschichte hat das Zeug zu einem Roman.«

Er verabschiedete sich mit einem Handkuss.

»Ich wünsche Ihnen einen angenehmen Abend, meine Liebe. Und amüsieren Sie sich!«

»Tausend Dank, Ihnen auch einen schönen Abend, bis morgen.«

Vergnügt vor sich hinlächelnd machte Mel sich auf den Weg ins Dorf, um von dort aus den Bus nach Capri zu nehmen.

Drei

Der Bus hielt unweit der Piazza Umberto I, besser bekannt als Piazzetta, die das Zentrum des mondänen Insellebens war. In den Bars drängelten sich Touristen um die Rattantischchen und nippten an Aperitifs, um »im schönsten Wohnzimmer Italiens« den Sonnenuntergang zu genießen.

Froh über ihre bequemen Absätze tauchte Mel in das Gassenlabyrinth, das ins Dorf führte. Sie war zum ersten Mal auf Capri und fest entschlossen, der Insel sämtliche Geheimnisse zu entlocken. Während sie die Via Vittorio Emanuele entlangschlenderte, stieg ihr plötzlich süßer Waffelduft in die Nase. Suchend blickte sie sich um und folgte der verlockenden Fährte bis zur Tür einer kleinen Konditorei, vor der sich eine lange Warteschlange gebildet hatte. Hinter dem Tresen stand ein sympathisches Mädchen, schwatzte fröhlich mit den Kunden und füllte die von ihr gebackenen, noch heißen Waffeln mit den gewünschten Eissorten. Vom Duft betört starrte Mel in das Schaufenster, in dem *Pastiere Napoletane*, Babà, Zitronentörtchen und Eclairs mit Creme-, Schokoladen- und Sahnefüllung prangten. Auf einem großen Tablett thronte ein imposanter Stapel *Caprilù*: Die kunstvoll übereinandergeschichteten Kekse bildeten die Insel samt Klippen und Buchten nach.

»Haben Sie die schon einmal gekostet?«, riss ein freundlich aussehender Herr mit graumeliertem, bürstenkurzem Haar Mel aus ihrer verzückten Trance.

»Nein, ich habe mich gerade gefragt, woraus sie wohl gemacht werden.«

»Mandelteig und Zitrone. Sie sind die Spezialität des Hauses und wurden hier erfunden. Sie zergehen auf der Zunge: Wer sie einmal gegessen hat, kann nicht mehr ohne. Aber offensichtlich sind Sie zum ersten Mal auf Capri, sonst hätten Sie mich nicht danach gefragt.«

Sein Lächeln war ansteckend. Mel musterte sein von Wind und Meer gegerbtes Gesicht: Eigentlich redete sie nicht mit jedem, der ihr über den Weg lief, aber der Mann wirkte so nett, dass sie Lust bekam, sich auf ihn einzulassen.

»Ich bin erst heute Morgen angekommen, aber ich werde eine Weile bleiben.«

Er fischte einen der Kekse aus der Auslage und hielt ihn ihr hin.

»Kosten Sie, Sie werden mir dankbar sein.«

Mel biss hinein, und der Geschmack von Mandel und Zitrone explodierte in ihrem Mund.

»Ich wusste, Sie würden es mögen. Es gibt drei Dinge, die man auf Capri nicht verpassen sollte: Die *Caprilù*, das auf der Insel hergestellte Zitronenparfum und ein Abendessen im *Gola sesso e…*«

Mel sah ihn überrascht an.

»Na, dann fehlt mir nur noch das Parfum, denn genau dort habe ich heute Abend einen Tisch bestellt.«

Der Mann machte ein zufriedenes Gesicht. »Ich wusste doch, dass ich es mit einer Feinschmeckerin zu tun habe. Ich werde nicht verraten, was Sie dort erwartet, denn ich will Ihnen die Überraschung nicht verderben. Aber was die Parfums betrifft, wäre ich hocherfreut, wenn ich sie Ihnen zeigen dürfte.«

Mit einem Lächeln nahm Mel die Einladung an. Bis zum Abendessen hatte sie eine gute Stunde Zeit und der Mann war ihr sympathisch.

Nachdem Nando sich vorgestellt hatte, hatte er Mel untergehakt und aus der Konditorei gezogen und führte sie durch Capris Gassen, präsentierte ihr die Sehenswürdigkeiten, warnte sie vor den Touristenfallen und zeigte ihr, wo sich die geheimen Kostbarkeiten der Insel verbargen.

»Hier in diesem Lädchen bekommst du den echten, handgemachten Limoncello aus Capreser Zitronen!«

»Hier gibt es die Zitrusseifen!«

»Und der Laden gefällt dir ganz sicher! Hier gibt's handgemachte Sandalen, wie die von Jackie Kennedy.«

Gebannt hörte Mel ihm zu und versuchte, sich alles zu merken. Nando blieb vor einem weiteren Laden stehen.

»Was ich dir jetzt zeige, ist eine der ältesten Manufakturen Capris. Hier werden Parfüms hergestellt, die ausschließlich aus den Blumen und Kräutern der Insel gewonnen werden«, erklärte er ihr beim Eintreten.

Vincenzo, der Inhaber, kam ihnen zur Begrüßung entgegen und überließ es dann Nando, Mel herumzuführen.

»Er kann das sowieso besser als ich. Die Herrschaften …«, sagte er und verzog sich wieder in sein Labor.

Nando ließ Mel an den Essenzen schnuppern.

»Das ist eine uralte Tradition, die von Generation zu Generation weitergegeben wird«, erklärte er. »Alles begann im Jahr 1380, als der Prior des Kartäuserklosters von San Giacomo den Besuch der Königin Johanna I. von Anjou erwartete. Zu diesem Anlass sammelte er die schönsten Blumen der Insel, und als er nach drei Tagen das Wasser wechseln wollte, stellte er fest, dass sich ein ganz besonderer Duft gebildet hatte. Also holte er einen Alchemistenmönch, um dessen Zusammensetzung untersuchen zu lassen …«

Mel schaute ihn gespannt an.

»Und so entstand das erste Parfüm Capris, richtig?«

»So geht die Legende. In diesen Parfüms liegt der Duft des Rosmarins des Monte Solaro, der wilden Nelken, die auf der Insel blühen, der Zitrushaine, die auf ihren terrassenförmigen Hängen wachsen. In ihnen steckt ganz Capri.«

Mel musterte ihn amüsiert. »Bezahlt dich das Fremdenverkehrsamt eigentlich dafür, Touristen zum Träumen zu bringen?«

Nando lachte.

»Gute Idee! Ich liebe diese Insel, ich könnte stundenlang über sie reden.«

»Ein echter Vollblutcapreser!«

»Eigentlich nicht. Ich bin nicht auf Capri geboren, aber ich habe hier die Liebe gefunden und die Insel seitdem nicht mehr verlassen.«

»Das klingt nach einer wunderschönen Geschichte … erzählst du sie mir?«

»Da muss ich weit ausholen, aber bei Gelegenheit sollst du sie erfahren.« Er hielt ihr ein Fläschchen unter die Nase. »Ich glaube, das passt zu dir, es hat eine süße Note und zugleich etwas Wildes. Gefällt es dir?«

Mel roch daran.

»Sehr. Aber woher willst du wissen, was zu mir passt? Du kennst mich doch kaum eine Stunde!«

Nando blickte ihr in die Augen.

»Ich habe nicht nur ein Näschen für Parfüms, sondern auch für Menschen. Und glaub mir, ich irre mich so gut wie nie.«

Seine Entschiedenheit beeindruckte sie. Ohne etwas zu erwidern kaufte sie das Parfüm.

Zurück auf der Straße wies Nando ihr den kürzesten Weg zum Restaurant; bedauerlicherweise könne er sie nicht begleiten, weil er noch etwas zu erledigen habe. Sie verabschiedeten sich mit dem Versprechen, einander wiederzusehen.

»Wenn wir uns nicht zufällig begegnen, halte ich nach dir Ausschau. Ich will wissen, was du von dem Essen hältst.«

Lächelnd ging Mel davon. Sie war von sich selbst überrascht. Normalerweise fiel es ihr schwer, sich auf Fremde einzulassen, aber Nando hatte sie sich sofort nahe gefühlt. Sie hatte mit ihm geredet wie mit einem alten Freund, gerade so, als würde sie ihn schon seit einer Ewigkeit kennen.

Ich hätte ihm sagen sollen, wo ich wohne, es wäre schade, ihn nicht wiederzusehen.

Dann fiel ihr wieder ein, mit welchen Worten sie sich getrennt hatten, und sie schmunzelte in sich hinein. Natürlich würden sie sich wieder über den Weg laufen, und wenn nicht, würde er bei Vincenzo, dem Parfümeur, eine Nachricht hinterlassen.

Beschwingt machte sie sich auf den Weg zum Restaurant. Innerhalb weniger Stunden hatte sie eine herrliche Unterkunft und einen neuen Freund gefunden. Ob das wohl auch dem Zauber Capris zu verdanken war?

Unversehens endete die Gasse an einem kleinen Platz. Nur wenige Schritte entfernt fielen die Felsen steil zum endlos blauen Meer hin ab. Verblüfft blieb Mel stehen und betrachtete das vor ihr liegende Gebäude. In den weißen Mauern öffnete sich ein verglaster Bogengang, hinter dessen großen Fenstern ein nüchternes, elegantes, aber in warmen, einladenden Farben gehaltenes Restaurant zu sehen war. Darüber lag eine Terrasse mit atemberaubendem Blick über das Meer: Weiße Säulen bildeten eine verwunschene Laube und neben den Fenstern stand in dezenten, kursiven blauen Lettern: *GOLA, SESSO E…* Es war noch früh und das Restaurant noch leer. Gleich nachdem Mel den Auftrag als Ghostwriterin angenommen hatte, hatte sie beschlossen, am frühen Abend zu reservieren, um sich nichts entgehen zu lassen und Fabrizio Greco ungestört und ohne Hektik in seiner gewohnten Umgebung zu beobachten.

Sie fing an, alles bis ins winzigste Detail zu sondieren, um sich ein Bild von dem Mann zu machen, der sie ausgesucht hatte. Sie fragte sich, wie sehr dieser Ort ein Teil von Fabrizio Greco war und ihn widerspiegelte. Sie wollte einen unverfälschten Eindruck von ihm und seinem Leben bekommen, ohne dass er davon wusste, und hatte zugleich das ungute Gefühl, durch ein Schlüsselloch zu spähen. Aber war nicht genau das ihre Absicht?

Entschlossen betrat sie das Lokal.

Ein junger Mann in blütenweißem Hemd und schwarzen Hosen kam lächelnd auf sie zu.

»Sie wünschen?«

»Ich habe einen Tisch bestellt, auf den Namen … Francesca Aloisi.«

Der Junge warf einen Blick in ein Reservierungsbuch und lächelte erneut.

»Kommen Sie, ich bringe Sie zu Ihrem Tisch.«

Mel folgte ihm und betrachtete staunend den mit Kacheln

aus Vietri gefliesten Fußboden, die Kombination aus durchsichtigen Designerstühlen und alten, mit edler Keramik und Kristall eingedeckten Refektoriumstischen, die Vielfalt der Orange- und Gelbtöne, die im Licht der Dämmerung glühten. Ihr Blick blieb an den Motiven der Teller hängen. Ob sie Meereswesen oder abstrakte Figuren darstellten, war nicht zu sagen, doch sinnlich waren sie allemal. Zweifellos waren sie eigens angefertigt worden. In diesen weichen, geschmeidigen Figuren steckte das Wesen Fabrizio Grecos. Gedankenverloren fuhr Mel die Kurven einer Meerjungfrau mit dem Finger nach, die einen wunderschönen Platzteller zierte.

»Gefällt er Ihnen?«

Die Stimme war tief und fest, warm und samtig, ohne den kleinsten Akzent. Mel dreht sich um und stand dem Mann gegenüber, dessen »Alter Ego« sie werden sollte. Obwohl sie auf die Begegnung mit Fabrizio Greco vorbereitet gewesen war, hatte sie sich nie ausgemalt, wie sie darauf reagieren würde. Zweifellos war ihr Gegenüber mit einer gesunden Portion Charisma ausgestattet, die weit über seine äußere Erscheinung hinausging, schoss es Mel durch den Kopf.

»Ja … sehr …« Abermals fuhr sie mit dem Finger über den Teller und stellte beklommen fest, dass sie rot wurde.

Verflixt, er hat mich auf dem falschen Fuß erwischt.

Sie spürte Fabrizio Grecos Blick.

Augen, die einen durchschauen. Augen, die wissen, was sie sehen, Augen, die verführen und verzaubern, Augen, denen man nur schwer etwas vormachen kann, Augen, in denen man sich verliert … Mel konnte sich gegen ihre Gedanken nicht wehren.

Ganz schlechtes Zeichen, Mel.

Sie sah weg.

»Du kannst gehen, Giuseppe.« Seine Stimme war bestimmt, ohne herrisch zu klingen.

Der Junge, der sie zum Tisch geführt hatte, verschwand.

Sein Blick kehrte zu Mel zurück.

Dann hielt er ihr die Hand hin.

»Fabrizio Greco.«

Ein warmer, fester Händedruck. Direkt, wie der Blick dieser Augen, die vor Leidenschaft zu glühen schienen. Leidenschaft für das Leben.

Einen Moment lang überkam Mel ein schlechtes Gewissen.

Es ist nicht in Ordnung, ihm etwas vorzuspielen!

Quatsch, ich mache nur meinen Job.

»Francesca Aloisi«, entgegnete sie nach kurzem Zögern.

»Nett, dich kennenzulernen, Francesca.«

Er hielt Mels Hand in der seinen, als wäre es das Normalste von der Welt und als gehörte sie dorthin. Die Wärme und Intensität seiner Berührung hatte etwas Betörendes, doch Mel versuchte, sich zusammenzureißen.

»Ich … vielleicht sollte ich mich setzen«, sagte sie. Etwas Besseres war ihr nicht eingefallen.

Und etwas Dümmeres auch nicht.

Sie kam sich unbeholfen vor.

»Ich bringe dich zum Tisch«, erwiderte er wie selbstverständlich.

»Danke, aber ich will Sie nicht … dich nicht von der Arbeit abhalten.«

Fabrizio musterte sie belustigt.

»Glücklicherweise bin ich mein eigener Herr.«

Fabrizio führte sie zu einem Tisch am Ende des Raumes,

der für eine Person gedeckt war. Galant zog er ihr den Stuhl zurück, und sein wachsamer Blick blieb an ihrem Gesicht hängen.

»Was ist los, Francesca? Ist irgendwas nicht in Ordnung? Du siehst aus wie ein kleines Mädchen, dem man die Süßigkeiten weggenommen hat.«

Volltreffer.

»Nein, es ist nichts«, erwiderte sie und versuchte ihre Enttäuschung darüber zu verbergen, nicht auf der herrlichen Terrasse platziert worden zu sein.

Er machte einen Schritt auf sie zu und blickte sie forschend an. Mel spürte die Wärme seines Körpers und einen Duft, den sie nicht benennen konnte, etwas Herbes, Unverwechselbares, und verlor sich im Farbenspiel seiner Augen, bleigrau wie das Meer im Winter, von goldenen Sprenkeln durchzogen.

»Wieso willst du es mir nicht sagen?«

»Weil es albern ist«, rutschte es ihr heraus.

»Dann machen wir es so«, sagte er mit einem Lächeln, das jeden hätte dahinschmelzen lassen.

Aber mich nicht! Solche Typen kenne ich.

»Du äußerst einen Wunsch, und ich versuche ihn dir zu erfüllen.«

Sie musterte ihn: Er lächelte sie an, sich seines Charmes voll bewusst.

Du bist ein harter Knochen, Fabrizio Greco.

Mel beschloss, sich auf das Spiel einzulassen. Er würde schon merken, dass nicht alle Frauen leicht zu haben waren.

»Wie beim Flaschengeist?«, fragte sie schmunzelnd.

»Genau so.«

Mel blickte ihm direkt in die Augen.

»Ich hätte gern einen Platz auf der Terrasse.«

»Dein Wunsch ist mir Befehl!«, rief er und schnippte theatralisch mit den Fingern.

Schöne Hände, wunderschön.

Sofort tauchte Giuseppe auf.

»Ja, Fabrizio?«

»Mach für die Dame einen Tisch auf der Terrasse fertig.«

Der Junge nickte und verschwand.

»Komm.«

Mel spürte den leichten, aber bestimmten Druck seiner Hand auf ihrem Arm. Fabrizio führte sie durch den Saal und auf die Terrasse, wo Giuseppe soeben einen Tisch zwischen zwei Säulen mit herrlichem Blick über das umliegende Panorama gedeckt hatte. Überwältigt von dem Farbenspiel aus Rot, Lila und Orange, mit dem die Sonne im Meer versank, blieb Mel stehen.

»Hinreißend …«, murmelte sie.

»Ich kann mich daran auch nie sattsehen … wenn ich hier bin«, bemerkte er mit einem seltsam wehmütigen Unterton.

Sie sah ihn an: in seinen Augen war nichts davon zu sehen. Doch etwas in seiner Stimme hatte sie aufhorchen lassen, als hätte er für einen winzigen Moment seine Rolle verlassen und improvisiert.

Mel, halt deine Phantasie im Zaum!

Als hätte er ihre Gedanken gelesen, hatte Fabrizio eine Flasche geöffnet und goss Wein in zwei Kelche.

»Costa d'Amalfi Furore 2010, ein außergewöhnlicher Weißwein und ein perfekter Auftakt«, sagte er und hielt ihr das Glas hin.

Mel griff danach. Er prostete ihr zu.

»Auf dich, auf diesen herrlichen Capreser Sonnenuntergang.«

Mel trank. Der weiche, samtige Geschmack des Weines durchströmte jede Zelle ihres Körpers. Schweigend schmeckte sie ihm nach.

Er lächelte.

»Und jetzt nimm Platz. Ich kümmere mich um dich.«

Wieso war ihr, als enthielte alles, was er sagte, einen Subtext, einen Hintersinn?

Sie blickte ihm nach: Trotz seiner stattlichen Größe und Statur bewegte er sich anmutig und geschmeidig. Mel sah, wie die anwesenden Frauen sich wie hypnotisiert nach ihm umdrehten.

Es würde nicht einfach werden, sich in ihn hineinzuversetzen, zu denken und zu fühlen wie er. Doch genau das war ihre Aufgabe. Plötzlich erschien das ganze Unterfangen sehr viel vertrackter als gedacht. Es gab einen Haufen Unbekannte, die ihre Arbeit in einen Hindernislauf zu verwandeln drohten. Wie würde Fabrizio reagieren, wenn er herausfand, wer sie war? Wie hätte sie denn auch ahnen können, dass sie seine Aufmerksamkeit auf sich ziehen würde! Sie hatte geglaubt, sie könnte sich unter die Restaurantbesucher mischen und ihn heimlich beobachten, doch jetzt, da die Sache sich anders entwickelt hatte als geplant, drohte sie ihr zu entgleiten.

Während sie noch überlegte, wie sie den Kopf möglichst glimpflich aus der Schlinge bekam, kehrte Fabrizio mit einem Teller zurück und stellte ihn vor ihr ab.

Gebannt starrte Mel auf die Komposition. Auf einem Bett aus feinen, in den Umrissen eines Frauenkörpers angeordneten Zucchinischeiben lag eine Blüte aus Garnelen, deren

Blütenstempel aus einer winzigen, leuchtend roten Paprikaschote bestand. Eine Vinaigrette überglänzte alles.

Mel spürte Fabrizios Blick.

»Garnelencarpaccio mit Paprika und Zucchini. Verführt das Auge und den Gaumen …« Seine Stimme war dunkel und sanft, als würde er eine Sage erzählen. Sie sah auf und ihre Blicke trafen sich. Wortlos griff sie nach der Gabel, spießte eine Garnele auf, führte sie zum Mund und biss, ohne ihn aus den Augen zu lassen, langsam hinein.

Für einen ewig erscheinenden Moment hielten ihre Blicke einander stand.

Mel war sich bewusst, dass sie sich auf sein Spiel eingelassen hatte, ohne die Spielregeln zu kennen. Dennoch konnte sie nicht widerstehen.

»Und?«, brach Fabrizio das Schweigen.

»Köstlich«, lächelte sie.

Er nickte kurz.

»Ich wusste, dass es dir schmecken würde. Ich bin gleich wieder bei dir.«

Er drehte sich um und verschwand in Richtung Küche.

Mel war wie benommen. Bedächtig aß sie das Carpaccio, ließ jeden Bissen auf der Zunge zergehen. Sie trank einen Schluck. Der Wein ließ sie ihre Umgebung noch intensiver wahrnehmen. Der herrliche Meerblick, das behagliche Ambiente, die Klavier- und Harfenmusik im Hintergrund, die sich mit der Melodie der Wellen mischte, das Essen …

Vielleicht sollte ich weniger trinken.

In dem Moment tauchte Fabrizio wieder auf. Während Giuseppe den Teller abräumte, servierte er ihr eine neue Kreation.

Es war eine überwältigende Komposition aus blütenförmig angeordneten, sich überlappenden Miesmuscheln. Doch das Verblüffendste waren die kunstvoll halbgeöffneten Schalen, aus denen das mit gemahlenem Pfeffer überhauchte, von einer goldfarbenen Flüssigkeit überzogene Muschelfleisch hervorleuchtete.

»Miesmuscheln mit gelben Schalotten«, erklärte er. »Der Safran weckt die Leidenschaft wie ein Liebestrank.« Er lächelte sie an. »Das besagt schon die griechische Mythologie.«

»Erzähl ...«

»Laut einer Legende«, hob Fabrizio an, ohne Mel aus den Augen zu lassen, »verliebte sich der junge Krokus eines Tages in die Nymphe Smilax. Doch leider war Krokus sterblich und Smilax eine Halbgöttin, weshalb ihre Liebe verboten war. Also hatten die Götter Mitleid und verwandelten die Nymphe in eine Stechwinde und den Jüngling in einen Krokus, aus dem man den Safran gewinnt.« Er machte eine Pause. »Und so konnten sich die Liebenden endlich nahe sein.«

Mel betrachtete ihren Teller.

»Koste sie.« Fabrizios Stimme war plötzlich ganz nah. Er hatte sich über sie gebeugt, nahm eine Muschel vom Teller und hielt sie Mel an die Lippen. Seine Gesten waren so selbstverständlich, dass es unmöglich war, ihnen zu widerstehen. Mel ahnte, was auf sie zukommen würde.

Vielleicht war es doch kein Fehler gewesen, sich unerkannt zuvor einmal alles anzuschauen.

»Francesca ...«

In Gedanken versunken hatte Mel nicht gemerkt, dass er mit ihr sprach. Sie riss sich zusammen.

»Ja?«

»Schließ die Augen und mach den Mund auf.«

Sie zögerte kurz, doch dann gab sie nach. Meer, Gewürze, Fenchelaroma und eine Konsistenz, die am Gaumen zerging.

»Noch nicht die Augen aufmachen … lass den Geschmack wirken.«

Eine unbeschreibliche Sinneserfahrung.

Als sie die Lider wieder öffnete, blickte er sie mit gebanntem Lächeln an.

»Essen ist eine wiederzuentdeckende Lust, meinst du nicht?«

Sie nickte stumm.

Er nahm den Teller fort und streifte dabei ihre Hand.

Vier

Sie hatte gut daran getan, auf Distanz zu gehen. Den ganzen Rückweg durch die engen, von der Musik der Straßenlokale erfüllten Gassen hatte sie darüber nachgedacht, bis der kleine Kastenwagen sie vor dem großen Tor der D'Ascenzo-Villa abgesetzt hatte.

»Wann immer Sie wollen, Signora!« Der Fahrer steckte ihr ein zerknicktes, handbekritzeltes Kärtchen zu: Gigi, und eine Telefonnummer. »Stets zu Diensten!«

Mel bedankte sich und zahlte. Dann trat sie durch das Tor und nahm den Gartenweg zu ihrer Bleibe. Die Villa lag still da und sie hoffte, keinem ihrer überschwänglichen Bewohner zu begegnen. Kurz darauf lag sie auf dem gemütlichen Sofa und versuchte, ihre Gedanken zu ordnen.

Erstens.

Möglicherweise war der Fall Fabrizio Greco eine der wenigen Ausnahmen, in denen die Wirklichkeit die Phantasie in puncto Charme, Ausstrahlung und Kreativität überstieg. Das Inbild des *Charmeurs*, ein Magier, wie er im Buche steht.

Zweitens.

Es lag ebenfalls auf der Hand, dass er es für selbstverständlich hielt, jede Frau herumzukriegen, indem er einfach nur … er selbst war.

Drittens.

Zum Glück war sie gegen diese Art Sexappeal immun. Ein gebranntes Kind scheut das Feuer.

Viertens.

Sich in ihn hineinzuversetzen, sein Wesen zu erfassen, um zu seiner Stimme zu werden: Das war die wahre Hürde, die es zu nehmen galt.

Und was mache ich morgen früh?

Obwohl es ihr gegen den Strich ging, wusste sie, dass sie in die Offensive gehen musste.

Fabrizio Greco war unberechenbar, sie hatte keine Ahnung, wie er reagieren würde, wenn er erfuhr, dass ausgerechnet sie seine Ghostwriterin war. Sie betete, dass sie keinen Fehler gemacht hatte. Dies war die Chance ihres Lebens und es wäre idiotisch, sie sich entgehen zu lassen.

Würde sie sich bei ihm entschuldigen müssen? Sich eine glaubhafte Erklärung ausdenken müssen? Ihm die Wahrheit sagen müssen?

Ohne eine Antwort gefunden zu haben, schlief sie schließlich ein.

Ich muss ihm alles sagen, ehe er von selbst dahinterkommt, war ihr erster Gedanke, als sie die Augen aufschlug.

Sie sprang in ihre Kleider und stürmte hinaus. Sie musste Fabrizio treffen, ehe die Fähre anlegte, mit der sie eigentlich nach Capri kommen sollte.

Sie dachte an die letzten Momente des Abendessens, als er ihr Erdbeeren in würziger Bitterschokoladencreme serviert und sie wie nebenbei gefragt hatte, wie lange sie auf der Insel bleiben würde. Mel hatte ausweichend geantwortet und kurz darauf hastig das Lokal verlassen, ehe Fabrizio noch weitere unangenehme Fragen stellen konnte. Sie hatte sich wie Aschenputtel gefühlt, die aus dem Prinzenschloss flieht, ehe die Kutsche sich wieder in einen Kürbis verwandelt. Nur, dass sie keinen Glasschuh verloren hatte und nun befürchten musste, dass ihr Auftritt zu einem alles andere als glücklichen Ende führen würde.

Deshalb musste sie ihn sofort sehen. Ihm alles erklären. Sich entschuldigen.

Jawohl, Mel, entschuldige dich.

Sie verließ die Villa und nahm den nächstbesten Bus Richtung Capri. Während der Fahrt grübelte sie fieberhaft über eine Ausrede nach, die ihr Verhalten angemessen erklären würde. Ohne Erfolg. Jedes Mal sah sie seine wütenden, bleigrauen Augen vor sich, und ihr Kopf war wie gelähmt.

Vielleicht klappte es von Angesicht zu Angesicht besser, doch sie bezweifelte es.

Sie stieg aus dem Bus, nahm die Gasse zum Restaurant und hoffte, ihn dort zu treffen.

»Es tut mir leid, Signora, Fabrizio ist nicht da, er ist zum Hafen gefahren«, sagte Giuseppe.

Hoffentlich konnte sie ihn noch erwischen, ehe die Passagiere von Bord gingen. Doch als sie ankam, hatte sich die Touristenkarawane bereits auf den Weg zur Seilbahn gemacht.

Verdammt! Dann sah sie ihn. Er saß am Steuer eines silbergrauen Oldtimer-Cabrios und trommelte nervös mit den Fingern gegen die Fahrertür.

Alles an ihm deutete darauf hin, dass die Sache noch schwerer werden würde als gedacht.

Mach schon, Mel!

Zögernd näherte sie sich. Er sah sie und lächelte.

»Guten Tag, Francesca! Sag mir nicht, du willst schon abreisen ...«

Er stieg aus dem Auto und stand vor ihr.
»Na ja, eigentlich...«, hob sie an.
»Eigentlich?«, wiederholte er und blickte sich suchend um. »Entschuldige, aber ich warte auf jemanden, der nirgends zu sehen ist.« Er klang genervt.
Auch das noch. Sag es ihm, Mel!
»Also ... in Wirklichkeit heiße ich gar nicht Francesca.«
Er machte ein ratloses Gesicht.
»Ach, nein? Nicht?« Er lächelte. »Ist dein Name so schrecklich oder so schwer auszusprechen?«
Er blickte sie abwartend an.
»Das ist es nicht.«
»Was dann? Musst du inkognito bleiben?«
»Ich weiß, das klingt komisch, aber...«
Er hob die Hand.
»Entschuldige mich einen Moment.« Er wandte sich an einen vorbeikommenden Matrosen. »Sind alle von Bord, Salvatore?«
»Ciao, Fabrizio. Ja, zum Glück.«
Fabrizio schaute auf die Uhr. Dann holte er sein Handy aus der Jeanstasche.
»Wartest du kurz? Ich muss mal telefonieren.«
Jetzt oder nie.
»Das ist nicht nötig.«
Sein Blick wanderte wieder zu ihr.
»Wie bitte?«
»Ich sagte, du musst nicht telefonieren ...« Sie starrte auf ihre Schuhspitzen. »Ich bin diejenige, auf die du wartest.«
Er starrte sie ungläubig an.
»Ich bin Mel Ricci«, haspelte sie hervor.
»Soll das ein Witz sein?«

Mel schüttelte den Kopf.

»Tut mir leid…«

»Und wieso, zum Teufel, hast du mir das nicht gleich gesagt? Oder besser«, sein Ton verhieß nichts Gutes, »wieso hast du so getan, als wärst du eine andere?«

»Na ja, ich …«

Sie brach ab.

»Ich glaube, du bist mir eine Erklärung schuldig, meinst du nicht?«

Verdächtig freundlicher Ton.

»Aber natürlich. Ich wollte dich in deiner Umgebung sehen und einen Eindruck von dir bekommen, ehe wir uns kennenlernen.«

Sofort bereute sie, was sie gesagt hatte. Doch jetzt war es raus.

»Als wäre ich ein Fisch im Aquarium?«

»Also, eigentlich … ist das kein besonders passender Vergleich.«

»Aber dein Verhalten findest du passend, ja?«

Mel fühlte sich in die Ecke gedrängt und reagierte ohne nachzudenken.

»Vielleicht nicht. Aber ich finde, ich habe das Recht, mir eine Meinung zu bilden, ohne dass jemand mir dazwischenfunkt!«

Er musterte sie, als wäre sie ein seltenes, unbekanntes Tier. Dann musste er plötzlich lachen.

»Na, sieh einer an!«

Damit hatte Mel nicht gerechnet.

»Ich mag couragierte Menschen, die Initiative zeigen«, sagte er. Er hielt ihr die Hand hin.

»Fangen wir noch einmal von vorn an. Fabrizio Greco.«

Mel hielt seinem Blick stand.

»Mel Ricci.«

»Sehr schön… Mel.« Er hielt ihr die Wagentür auf. »Komm, wir holen dein Gepäck. Du hast doch welches. Wo hast du es gelassen?«

Sie machte ein verständnisloses Gesicht.

»Wieso soll ich das holen?«

Er blickte sie verwirrt an.

»Weil du bei mir wohnst.«

»Kommt nicht in Frage.«

Die Antwort war ganz automatisch gekommen. Sobald ihre Abwehrmechanismen aktiv wurden, war es mit Diplomatie, Vernunft und Feingefühl vorbei, dabei hätte sie all das jetzt mehr als dringend nötig gehabt.

Fabrizios Miene schwankte zwischen Verärgerung und Neugier.

»Mein Haus hat ein Nebengebäude, wenn das dein Problem ist«, bemerkte er ironisch.

»Mein Problem ist, dass ich Bewegungsfreiheit brauche, um arbeiten zu können. Ich habe bereits eine Unterkunft.«

»Ach, wirklich? Und die wäre?«

»Ich habe eine Wohnung in der Villa der d'Ascenzos gemietet.«

Einen Moment lang war Fabrizio sprachlos, dann brach er abermals in Gelächter aus.

»Bei Antonio? Hast du schon deren Bekanntschaft gemacht? Da bleibst du nicht lange«, sagte er achselzuckend.

Das werden wir sehen.

Doch diesmal behielt sie ihre Antwort vorsichtshalber für sich.

Ohne ein weiteres Wort schlug Fabrizio die Wagentür zu

und fuhr los. Er drückte so heftig aufs Gas, dass es Mel einige Mühe kostete, sich nicht an den Sitz zu klammern.

Die Sache würde nicht einfach werden, soviel stand fest.

Hatte er sich die Falsche ausgesucht? Die Frage ging ihm wieder und wieder durch den Kopf, während er mit verräterischem Ingrimm in die Kurven raste. Mel sagte kein Wort, doch man sah, dass sie versuchte, ihre Angst nicht zu zeigen. Das wusste er zu schätzen. Er konnte larmoyante, überempfindliche Frauen nicht ausstehen. Mel hatte Biss gezeigt, sie hatte ihm die Stirn geboten und sich nicht um den Finger wickeln lassen. Das musste er ihr lassen.

Unvermittelt trat er auf die Bremse und hielt im Schatten einer großen Pinie. Erfolglos versuchte Mel, ihre zerzausten Locken wieder in Form zu bringen.

Verstohlen blinzelte sie zu dem klar geschnittenen Profil ihres Fahrers hinüber, der wortlos auf das weit unter ihnen liegende Meer starrte. Das Unbehagen wuchs. Sollte sie etwas sagen? Während Mel nach den passenden Worten suchte, wandte er sich plötzlich um und sah ihr direkt in die Augen.

»Also, Mel, eine Sache sollten wir sofort klarstellen.«

Sie blickte ihn fragend an.

»Bist du schon mal gesegelt?«

Was hat das jetzt damit zu tun?

»Ja, aber …«

Er ließ sie nicht ausreden.

»Dann weißt du, dass es nur einen Kapitän gibt.«

Ach so. Botschaft angekommen. Und was bin ich dann? Der Schiffsjunge?

Es war wohl klüger, diesen Gedanken für sich zu behalten.

»Wenn ich deine Stimme sein soll, muss ich die Möglichkeit haben, dich kennenzulernen.« Das klang ziemlich unverfänglich und unterstrich zugleich ihre Selbstständigkeit.

Fabrizio musterte sie schweigend und Mel bemühte sich nach Kräften, seinem forschenden Blick standzuhalten.

»Du sollst *meine* Geschichte erzählen. Auf meine Art.«

Na, toll!

Aber was hatte sie anderes erwartet? Er war der Star.

»Es steht mein Name darauf.«

Das setzt dem ganzen die Krone auf. Eine Ohrfeige für mein Ego oder das, was davon noch übrig ist.

Mel versuchte, ein gleichmütiges Gesicht zu machen. Sie würde nicht zulassen, dass er sie durchschaute und sich auf ihre Schwächen stürzte.

»Aber natürlich.«

Fabrizio musterte sie irritiert. Er spürte, dass in ihr ein Kampf tobte, nur ein Eindruck, doch er wusste, dass er richtig lag. So sehr sie es auch zu verbergen versuchte, ihr Körper sandte eindeutige Signale aus: Ihre Finger, die die Sitzkante traktierten, ihr zurückgelehnter Oberkörper, als wollte sie die Distanz zwischen ihnen deutlich machen, die steile Falte über der Nasenwurzel … Eigentlich hätte das alles amüsant sein können, hätte diese Frau nicht seine Ghostwriterin sein sollen, die sich ihm und dem Bild, das die Öffentlichkeit von Fabrizio Greco bekommen sollte, blind ergab. Wieder fragte er sich, ob er die richtige Wahl getroffen hatte.

Schließlich konnte Mel sein Schweigen nicht länger ertragen.

Ich muss etwas tun.

Sie öffnete die Tasche, holte ihr Tablet heraus und schaltete es mit bemüht geschäftsmäßiger Haltung an. Fabrizio durfte auf keinen Fall persönlich werden, das war gefährlich dünnes Eis.

»Wo willst du anfangen?«

Sie starrte auf den Bildschirm und fingerte an der Tastatur herum.

»Das kannst du gleich wieder wegstecken.«

Mel blickte auf.

»Das brauchen wir nicht.«

Er lächelte, doch sein Ton war unmissverständlich.

»Wie soll ich über dich schreiben, wenn ich mir keine Notizen machen darf?«

Sie wollte sich nicht kampflos ergeben. Ohne zu antworten griff er nach dem Tablet und schaltete es aus.

»Du sollst nicht *über* mich schreiben. Du sollst ich sein.«

Er gab ihr das Tablet zurück.

»Und dazu muss ich erst einmal wissen, wer du bist.«

»*Du* musst wissen, wer *ich* bin?«

Er nickte ernst.

»Nur ein Kapitän, weißt du noch?«

Wie hätte sie das vergessen sollen?

Ehe sie einen klaren Gedanken fassen konnte, öffnete er die Wagentür.

»Lass uns ein paar Schritte gehen. «

Bleibt mir was anderes übrig?

Sie steckte das Tablet weg und folgte ihm.

Fünf

Wenig später parkten sie auf der Piazzetta. Fabrizio schlängelte sich zwischen den Menschen hindurch, die die von weiß gekalkten Bögen und Souvenirlädchen gesäumten Gassen bevölkerten. Er ging zügig, und obwohl Mel ein schnelles Tempo gewohnt war, konnte sie kaum mit ihm Schritt halten. Schlechter Charakter, notierte sie in Gedanken. Reizbar, empfindlich, zu sehr von sich eingenommen, nicht sonderlich kritikfähig.

Plötzlich bog Fabrizio von der Hauptstraße in ein schmales, von weißen Steinstufen unterbrochenes Sträßchen ein, das steil bergan führte. Er blieb stehen und drehte sich zu ihr um. Wieder hatte sich seine Laune geändert. Seine Stimmungsumschwünge waren bemerkenswert.

»Um diese Zeit sind die Menschen entweder am Meer oder sie gehen shoppen. Wir können also in aller Ruhe unseren Spaziergang genießen.«

Lächelnd wartete er, bis sie ihn eingeholt hatte, und Mel überlegte, dass ein Teil seines Geheimnisses gewiss dieses offene Lächeln war. Fabrizio Greco war schön und er wusste es und nutzte das aus. Am Abend zuvor hatte sie ihn bei der Arbeit gesehen und fragte sich nun, wie bereitwillig er darüber reden würde. Sie setzten sich auf dem von blühenden Bougainvilleen gesäumten Matermania-Weg in Bewegung. Fabrizio hatte gesagt, er wolle sie kennenlernen und mehr über sie erfahren, und um einen guten Draht zu ihm zu kriegen, was bei der Vorgeschichte keine leichte Sache war, musste sie sich kooperativ zeigen.

»Was willst du von mir wissen?«, fragte sie.

»Wenn ich sagen würde ›alles‹, würdest du sowieso nicht ehrlich sein«, entgegnete Fabrizio, überrascht von ihrer Offenheit. Er hatte Mel eher als den defensiven Typen eingeschätzt und wollte ihr nicht zu nahe treten. »Wieso erzählst du mir nicht, wie du zu deinem Blog gekommen bist?«

Mel antwortete mit einer Gegenfrage.

»Was hat dir daran gefallen? Wieso hältst du ihn für so besonders, dass du ausgerechnet mich ausgesucht hast, um deine Autobiografie zu schreiben?«

Von wegen defensiv, dachte er und grinste in sich hinein, das Mädchen greift an!

»Mir gefällt, dass du mehrere Sprachen mischst. Du schreibst übers Kochen, aber auch über die Kultur unseres Landes, über Kunst und Natur. Und außerdem spürt man die Leidenschaft.«

Wieder sah er sie durchdringend an.

»Damit hast du die Antwort«, sagte sie. »Es ist meine Art, an den Dingen teilzuhaben, mit der Welt in Kontakt zu treten. Er ist mein Zettelkasten, in dem ich meine Gedanken sammele. Patisserie war schon immer meine Leidenschaft, und ich liebe Gärten, Skulpturen und Kunst überhaupt. *Cake Garden* ist mein ganz privater Teesalon. Hier treffe ich meine Freunde, höre mir an, was sie zu sagen haben, und lasse mich auf ihre Herausforderungen ein …«

Sie hatten das Dorf hinter sich gelassen und folgten einem

schmalen Pfad entlang des Berges, der sich zwischen Fels und Meer dahinschlängelte. Mel gingen von all der Schönheit die Augen über, und wie ein Kind, das zum ersten Mal auf dem Jahrmarkt ist, konnte sie es kaum erwarten zu sehen, was hinter der nächsten Kurve lag.

»Du sagst, du willst an den Dingen teilhaben und mit der Welt in Kontakt treten, aber in Wirklichkeit machst du genau das Gegenteil.«

Mel war wie vor den Kopf geschlagen. Was wollte er damit sagen?

»Da irrst du dich«, sagte sie entschieden.

Fabrizio ließ nicht locker. »Und wieso gibt es kein Bild von dir? Irgendetwas Persönliches? Es gibt Fotos, Beschreibungen, bei denen einem das Wasser im Munde zusammenläuft, scharfsinnige Betrachtungen und raffinierte Rezepte … aber wo ist Mel? Wieso versteckt sie sich?«

Sie hatten bei einem Felsenbogen haltgemacht, der aussah wie in den Stein gehauen, hinter dem sich, eingerahmt von der Vegetation und den wilden Blumen der Insel, das Meer in all seinen Türkis- und Blauschattierungen auftat. Selbst in den kühnsten Träumen hätte man sich so einen Ausblick nicht ausmalen können, dachte Mel. Doch das märchenhafte Panorama konnte die angespannte Stimmung nicht zerstreuen.

Als Mel schließlich antwortete, wählte sie ihre Worte mit Bedacht.

»Mel ist der Puppenspieler, die Seele des Blogs. Ich suche keinen persönlichen Kontakt, ich will für das geschätzt werden, was ich tue, nicht dafür, wie ich bin.«

Fabrizio kniff die Augen zusammen. Er schien über das soeben Gesagte nachzugrübeln. Mel ergriff die Gelegenheit, um zum Gegenangriff überzugehen und weitere unangenehme Fragen zu vermeiden.

»Wieso erzählst du mir nicht etwas von dir, Fabrizio? Ich habe versucht, etwas über dich in Erfahrung zu bringen, aber über deine Vergangenheit findet sich nichts. Bist du hier geboren?«

Die Frage schien ihm unangenehm zu sein.

»Nein«, entgegnete er knapp. »Aber diese Insel ist zweifellos meine Wahlheimat.«

Ein wenig ratlos blickte sie ihn an.

»Und woher kommt deine Familie? Bestimmt hat doch dort alles seine Wurzeln. Alle großen Köche, die ich bisher getroffen habe, haben mir eine Begebenheit aus ihrer Kindheit erzählt.«

»Ich bin nicht wie die anderen. Du wirst mich nie sagen hören, dass ich meine Liebe fürs Kochen entdeckt habe, weil ich meiner Mutter beim Zubereiten irgendwelcher Leckerbissen zugeschaut habe.« Die Antwort machte sie sprachlos.

»Aber dann hast du bestimmt irgendwo eine Lehre gemacht«, versuchte es Mel noch einmal. »Vielleicht im Restaurant eines Onkels oder eines anderen Verwandten …«

Er schüttelte den Kopf. Seine Miene war schwer zu deuten.

»Da liegst du falsch. Alles hat bei mir angefangen. Gewöhn dich daran. Du sollst keine x-beliebige Autobiografie schreiben.« Er sah ihr direkt in die Augen. »Ich will etwas anderes von dir.«

Etwas anderes?!

Sie machte ein fragendes Gesicht.

»Und ich will, dass du von selbst drauf kommst.«

Will. Will!

Als hätte er sie vergessen, setzte sich Fabrizio wieder in Bewegung. Mel blieb nichts anderes übrig, als ihm zu folgen. Wieder blieb er unvermittelt stehen und drehte sich zu ihr um.

»Ich bin, was ich koche, Mel. Man sieht es, man riecht es, und dann schmeckt und genießt man es. Durch und durch.«

Seine Worte und sein durchdringender, vieldeutiger Blick verwirrten sie.

»Essen ist wie ein wunderschönes Instrument: Man kann ihm die unterschiedlichsten Melodien entlocken, doch es hängt davon ab, wie man es spielt. Wie der Körper einer Frau«, fügte er hinzu, ohne sie aus den Augen zu lassen.

»Ist mit den Sinnen spielen für dich gleichbedeutend mit Sex?« Die Frage war ihr einfach so herausgerutscht.

Fabrizio lachte. Ein offenes, spontanes Lachen.

»Erotik klingt besser.« Er musterte sie amüsiert. »Frauen sind meine Inspiration. Ihnen verdanke ich alles. Ohne sie wäre ich nicht der, der ich bin.«

»Klingt nach dem perfekten Anfang für ein Buch.« Mel versuchte, ihre Verlegenheit mit professioneller Sachlichkeit zu überspielen. »Aber kannst du mir erklären, was du meinst? Das kann vieles heißen …«

»Meine erotischen Erfahrungen sind eng mit meiner Arbeit verknüpft. Ist es so klarer?«

Du hast es nicht anders gewollt, Mel!

Fabrizio taxierte sie. Es war offensichtlich, dass das Thema ihr peinlich war. Besser, man stellte die Dinge sofort klar.

»Ist das ein Problem für dich?«

Mel schluckte. Hatte er etwa vor, ihr seine Bettgeschichten zu erzählen?

Na, bravo.

Sie zuckte die Achseln und blickte ihn herausfordernd an.

»Ich bin Profi. Ich soll deine Ghostwriterin sein, also werde ich es sein.«

Seine Lippen öffneten sich zu einem leisen, sinnlichen Lächeln.

»Sehr gut, Mel Ricci. Genau das wollte ich von dir hören.«

Auf dem Weg ins Restaurant dachte Fabrizio über Mel und ihre Begegnung nach. Es war, als hätten sie sich ins Visier genommen und die Waffen gewetzt. Und das missfiel ihm ganz und gar nicht.

Auf seine Provokationen hatte Mel nicht wie die anderen Frauen reagiert, sich angebiedert und mit ihm geflirtet. Sie hatte sich zurückgezogen. Und war zum Gegenangriff übergegangen. Das war interessant. Für das Buch und das, was er und vor allem *wie* er es erzählen wollte, konnte es allerdings hinderlich sein. Trotzdem verließ er sich auf seinen Instinkt. Fabrizio ahnte, dass sich hinter Mel Riccis Schützengraben die Wärme und Energie der Leidenschaft verbarg. Sie hatte kluge Fragen gestellt und sich nicht kleinkriegen lassen. Sie hatte ihm standgehalten. Aber offenkundig glaubte sie, sie solle eine gewöhnliche Autobiografie schreiben.

Da kannte sie ihn schlecht.

Fabrizio lächelte. Sie würde schon lernen, was zu tun war. Sie würde lernen, zu verstehen. Er würde sie spüren lassen, was er spürte, und sie würde es an die Leser weitergeben. Er würde ihre Grenzen und Hemmschwellen einreißen müssen, doch war das eine reizvolle Herausforderung. Er war ein Kämpfer, leichte Beute interessierte ihn nicht. Für ihn lag die Würze des Lebens in der Auseinandersetzung mit sich selbst und den anderen. Und die mit Mel versprach spannend zu werden, auch wenn er sich nicht sicher war, wer von beiden am Ende die Waffen strecken würde.

Der Bus hatte sie kurz vor der Villa abgesetzt. Fabrizio hatte ihr gesagt, dass sie sich am Abend sehen würden, doch sie wusste weder wo noch wann. Was sollte dieses schwammige »heute Abend« bedeuten? Offenbar nahm man es auf der Insel mit der Zeit nicht so genau, daran musste sie sich gewöhnen. Sie nutzte die Gelegenheit, um sich ein paar Notizen über ihren ersten gemeinsamen Tag zu machen. Es würde ihr helfen, einen klaren Kopf zu kriegen und die Eindrücke in Worte zu fassen. Zugegeben: Fabrizio Greco hatte sie eiskalt erwischt. Auf das, was er von ihr wollte, war sie kein bisschen vorbereitet gewesen. Würde sie es liefern können? Und wollte sie es?

Du hast einen Vertrag unterschrieben, Mel.

Sie konnte keinen Rückzieher machen. Sie konnte diese Chance nicht einfach sausen lassen, nur weil der König des erotischen Essens seine Liebesabenteuer breittreten wollte. Allerdings war ihr wohl bewusst, wie absurd das Ganze war. Nachdem sie nach wenigen und enttäuschenden Beziehungen den Sex auf die hinteren Plätze ihrer Prioritätenliste verwiesen hatte, sollte sie sich in einen Mann hineinversetzen, für den sämtliche Lebenserfahrungen untrennbar mit Sex – oder *Eros,* wie er es nannte! – verbunden waren.

Wenn es nicht mich beträfe, wäre es zum Lachen.

Sie musste einen Plan machen. Auch wenn sie keine Ahnung hatte, welchen.

Sie machte sich auf den Weg zu ihrer Wohnung und warf einen Blick Richtung Pool. Das von der Brise gekräuselte Wasser war verlockend, die Luft war lau und die Versuchung, hineinzuspringen, übergroß. Es war ein Glück gewesen, Antonio zu treffen. Die Unterkunft war wunderschön, und die d'Ascenzos waren herzliche Gastgeber, so chaotisch sie auch sein mochten.

Kurz bevor sie ihre Wohnung erreicht hatte, tauchte Antonio mit zwei Gläsern Wein auf.

»Ich habe dich von der Küche aus gesehen«, rief er und hielt ihr ein Glas entgegen. »Ein Aperitif vor dem Essen ist jetzt genau das Richtige.«

Obwohl sich Mel vor dem Effekt auf leeren Magen fürchtete, wäre es unhöflich gewesen, abzulehnen.

»Dieser Wein wird von einer befreundeten Familie hergestellt, es ist der erste, der ausschließlich auf Capri produziert wird. Ein ziemliches Wagnis, und es wäre nur gerecht, wenn sie damit Erfolg hätten.«

»Ich habe gar nicht gewusst, dass du auch Weinkenner bist.«

Antonio lachte.

»Ich habe ein paar Sommelier-Kurse besucht, reines Privatvergnügen …«

»Und was machst du sonst? Trittst du in die Fußstapfen deines Vaters?«

Er ließ den Blick durch den Garten schweifen. »Das Thema ist tabu, darüber dürfen wir nicht sprechen.« Er flüsterte fast. »Ich habe versucht, mit ihm zusammenzuarbeiten, aber wie du dir vielleicht denken kannst, gibt er nichts aus der Hand.«

Es stimmte, Augusto d'Ascenzo schien kein einfacher Mann zu sein. Er war redegewandt und selbstverliebt und überließ seinen Mitmenschen sicher nur ungern das Feld.

»Und, was machst du dann?«

Antonio zuckte resigniert die Achseln.

»Eigentlich muss ich mir darüber noch klar werden, ich habe zwar einen Uniabschluss, aber keine Ahnung, was ich damit anstellen soll. Aber jetzt haben wir genug über mich geredet. Was hast du heute gemacht? Wo bist du gewesen?«

»In Pizzolungo, es ist herrlich dort.«

Antonio legte ihr den Arm um die Schultern und schüttelte missbilligend den Kopf.

»Das hättest du mir sagen sollen, den Spaziergang sollte man nicht allein machen, dazu braucht es die richtige Stimmung und jemanden, der …«

»Ich war ja auch nicht allein«, fiel Mel ihm ins Wort.

Er machte ein verblüfftes Gesicht.

»Ach nee! Das gilt nicht! Bist du etwa schon dem Charme eines Capresers erlegen?«

Mel lachte.

»Weit gefehlt. Mein Begleiter war Fabrizio Greco.«

»Was?!« Antonio starrte sie an. »Du spielst wohl gern mit dem Feuer, Mel. Fabrizio ist nicht ohne. Er weiß, wie man Frauen rumkriegt.«

»Kennst du ihn?«

»Wir sind so«, sagte er und legte die beiden Zeigefinger gegeneinander. »Wir haben Brot und Frauen geteilt, ich weiß also, wovon ich rede. Du musst dich in Acht nehmen, er hält sich nicht an die Spielregeln«, sagte er augenzwinkernd.

»Bei mir schon«, entgegnete sie hastig. »Wir müssen zusammen arbeiten.«

»Was hast du mit Kochen am Hut?«

Mel überlegte kurz, was sie antworten sollte.

»Ich habe einen Patisserie-Blog und ein Verleger hat mir angeboten, Fabrizio beim Schreiben eines Buches über seine Erfahrungen als Koch behilflich zu sein.«

Das klang vage genug. Mel war mit sich zufrieden.

Antonio ließ sich sprachlos in einen Liegestuhl fallen.

»Und da soll noch jemand sagen, der Kerl hätte kein Glück. Nicht nur, dass er ein Buch schreiben darf, sie schicken ihm auch noch eine Traumfrau vorbei, um ihm dabei zu helfen! Das ist echt nicht fair!«

Mel musterte ihn belustigt und überlegte, ob Antonio ihr wohl das eine oder andere über Fabrizio verraten könnte.

»Kennt ihr euch schon lange?«

Antonio sah sie schief an.

»Das sage ich dir nur, wenn du mir eine Frage beantwortest …«

»Schieß los.«

»Hat er dich schon geküsst?«

Sie lachte.

»Quatsch!« Halb amüsiert und halb geschmeichelt blickte sie ihn an. Ihr gefiel die Vorstellung, dass Antonio glaubte, Fabrizio fände sie begehrenswert. »Unsere Beziehung ist rein geschäftlich. Aber jetzt erzähl mir, was du über ihn weißt.«

Antonio verdrehte die Augen.

»Rein geschäftliches Interesse, was?«, witzelte er. »Wir kennen uns, seit er nach Capri gekommen ist und das Restaurant eröffnet hat.«

Mel machte ein enttäuschtes Gesicht. Einen Moment lang hatte sie gehofft, auf eine heiße Informationsquelle gestoßen zu sein.

»Also weißt du nichts über seine Familie? Woher er kommt, wo er seine Wurzeln hat?«

Antonio schüttelte den Kopf.

»Hast du denn nie zwei Männer miteinander reden hören? Wir sprechen über das, was wir am meisten lieben: Frauen.« Er versuchte sich in einem charmanten Lächeln.

Es war sinnlos, nachzubohren, die Sache führte zu nichts. Mel stand auf.

»Und wo gehst du jetzt hin?«

»In mein Zimmer, duschen. Ich treffe ihn später, und vorher möchte ich mich noch kurz ausruhen.«

»Wenn ich dich zum Restaurant bringen soll, musst du es nur sagen, ich stehe zu Diensten«, sagte Antonio und winkte ihr nach.

»Darf ich reinkommen?«

»Du kapierst es einfach nicht. Wie oft muss ich dir noch sagen, dass du sie in Ruhe lassen sollst?«

»Kümmere dich um deinen eigenen Kram! Die ist dürr wie ein Streichholz, sie muss was essen …«

»Du kannst auch immer nur an Essen denken!«

In ein Handtuch gewickelt trat Mel aus dem Bad und hörte die beiden Alten hinter der Tür keifen. Sie war unsicher, was sie tun sollte. Ganz offensichtlich zankten sie sich wegen ihr. Einen Moment lang war sie kurz davor, die beiden hereinzulassen, doch dann wäre es mit ihrer Privatsphäre endgültig vorbei gewesen. Für jemanden wie Mel, die das Alleinsein gewohnt war, war das Zusammenleben mit den d'Ascenzos eine echte Herausforderung. Mels Mutter war erst spät abends von der Arbeit nach Hause gekommen, und selbst, wenn sie da war, redete sie nur wenig. Mel hatte von klein auf gelernt, allein zurechtzukommen, für sich selbst zu sorgen und sich vor dem stillen Haus nicht zu fürchten. Sobald sie auf eigenen Füßen stehen konnte, hatte sie sich eine Einzimmerwohnung gemietet und war ausgezogen. Eine Situation wie diese hatte sie noch nie erlebt: Die d'Ascenzos waren nicht nur laut, sondern auch neugierig. Trotzdem wollte sie nicht unhöflich sein. Gleich darauf erledigte sich das Problem von selbst, denn noch ehe Mel weiter nachdenken konnte, klopfte es energisch an der Tür und Mel ging hastig öffnen.

»Entschuldigt, ich war gerade unter der Dusche und habe euch nicht gehört.« Sie ließ die beiden herein.

»Verzeihung, Melle, aber Rosa lässt sich einfach nicht davon abbringen, dich ihre Endivienpizza probieren zu lassen …«, hob Zia Maria an, um sogleich von ihrer Schwester unterbrochen zu werden.

»Ich hab sie extra für dich gebacken! Ich habe mir Endivien bringen lassen und den Hefeteig selbst gemacht, den kaufe ich doch nicht beim Bäcker«, verkündete sie und stellte einen Teller mit einem riesigen goldbraunen, gemüsegefüllten Pizzastück auf den Tisch.

»Aber das wäre doch nicht nötig gewesen«, hob Mel zaghaft an.

»Was heißt hier nötig! Tonino hat mir gesagt, dass du nicht mit uns isst, also habe ich sie dir gebracht. Probier!« Das war weniger eine Aufforderung als ein Befehl, und um sie nicht vor den Kopf zu stoßen, schnitt Mel sich folgsam ein Eckchen ab. Es schmeckte bittersüß. Der Geschmack von Rosinen und Endivie. Und auch eine Prise Meer, das Salz, die Sardellen.

»Und? Wie findest du sie?«, fragte Rosa.

»Köstlich.«

Rosas blaue Äugelchen wanderten zufrieden zu ihrer Schwester.

»Was hab ich dir gesagt? Sie schmeckt ihr!« Sie wandte sich wieder Mel zu. »Was ist? Isst du nichts?«

»Na ja, ich gehe gleich Essen. Vielleicht hebe ich sie mir für später auf …«

Zia Maria schob ihre Schwester zur Tür.

»Aber natürlich, Melle. Lass uns gehen, Rosa, siehst du nicht, dass sie sich noch anziehen muss.«

»Danke für alles, ihr seid wirklich nett.«

Ein wenig widerstrebend ließ sich die Alte aus der Wohnung ziehen. Mel schnitt sich noch ein Stückchen Pizza ab und wollte es gerade in den Mund stecken, als Zia Rosa abermals den Kopf zur Tür hereinsteckte. »Für morgen habe ich Zitronen aus Sorrent bestellt, davon mach ich dir einen Salat, für den du mir dein Lebtag dankbar sein wirst.«

Nickend schluckte Mel ihren Bissen hinunter. Sie wollte etwas erwidern, doch Zia Maria war ihrer Schwester zuvorgekommen und hatte die Tür zugeschlagen. Eigentlich war es schön, so umsorgt zu werden. Das Zirpen ihres Handys verkündete den Eingang einer SMS: »Um neun bei mir«. Darunter stand die Adresse.

Entschieden und kategorisch.

Sechs

Mel hatte beschlossen, noch einen kleinen Spaziergang zu machen und durch die kleinen Läden von Anacapri zu bummeln. Im Gegensatz zu Capri, wo sich die Insel von ihrer mondänen Seite zeigte, war das Dorf am Fuße des Monte Solare sehr viel ursprünglicher und gefiel ihr entschieden besser. Mel ließ die Hauptstraße hinter sich und bog in eines der Seitengässchen ein. Die Luft roch nach Zitronen, Frauen saßen auf den Türschwellen und strickten, Kinder spielten in den kleinen Hinterhöfen Verstecken: Alles wirkte friedlich und aus der Zeit gefallen.

»Gaetano, hilf mir beim Bohnen pulen«, rief eine Alte einem ballspielenden Jungen zu. »Komm, das macht Spaß …«

Mel musste an die Sommer im Dorf ihrer Großmutter Adelina denken.

Capri hätte ihr gefallen.

Bei ihr hatte sich alles in ein Spiel verwandelt. Ein einfaches, wunderbares Spiel.

»Heute müssen wir etwas ganz Wichtiges erledigen, hilfst du mir, Mel? Wir müssen die Matratzen waschen.« Mel sah sie vor sich, wie sie die Hüllen auftrennte, die Wolle hervorholte und sie in heißem Wasser einweichte. Weiße Flocken wirbelten durch die Waschküche. Lachend hatte Mel die kleinen Hände in das Wasser gesteckt und die Wolle in der Seife gewendet, derweil Nonna Adelina ihr erzählte, wie sie ihrer Großmutter bei der gleichen Arbeit geholfen hatte. Doch am schönsten war es, mit den anderen Frauen des Dorfes auf dem Dachboden im Sonnenlicht zu sitzen, das durch die Dachluken fiel. Adelina kardete die Wolle und Mel saß rittlings auf einem Stuhl, kämmte die Büschel mit der Eisenbürste aus und lauschte gebannt den Erzählungen aus vergangenen Zeiten.

Ja, Capri hätte ihr gefallen.

Sie ließ sich auf einer Keramikbank nieder und dachte noch einmal über die ersten Eindrücke nach, die ihr erstes Treffen mit Fabrizio Greco hinterlassen hatte. Es war klar, dass sie mit ihren Fragen sehr behutsam sein musste. Er war unmissverständlich gewesen: Er hatte das Steuer in der Hand und bestimmte den Kurs.

Das Glockengeläut einer nahen Kirche holte sie aus ihren Gedanken. Sie sah auf die Uhr und stellte fest, dass es bereits neun war. Sie musste sich beeilen. Sie verließ die kleine, beschauliche Oase und folgte der Wegbeschreibung, die ihr die beiden alten Tanten gegeben hatten, um zur nächsten Runde in den Ring zu steigen.

Sie hatte keine Ahnung, was sie erwartete.

Die gesuchte Adresse stellte sich als eine verblüffend nüchterne weiße Villa heraus. Trotz der klösterlichen Strenge hatte das blendend weiße Gebäude mit den von schlanken, anmutigen Säulen gestützten Spitzbogenfenstern etwas Maurisches. Zwei Gegensätze, wie die zwei Gesichter des Menschen, der darin wohnte. Eine von einem herrlichen feuerroten Hibiskus flankierte Natursteintreppe führte zum Patio hinauf. Seitlich des Hauses gelangte man über eine kleinere Wendeltreppe auf eine große, von Pflanzen gesäumte Terrasse, auf der ein gedeckter Tisch zu sehen war. Mel wollte gerade klingeln, als eine Stimme rief: »Es ist offen, komm rauf«.

Sie sah auf und traf Fabrizios Blick. Lächelnd lehnte er auf dem von grazilen, spiralförmigen Pfeilern getragenen Terrassengeländer.

»Hier entlang.«

Fabrizio hatte sich für ein Abendessen mit Couscous und Gemüse der Saison entschieden. Diesmal wollte er sie nicht mit seinen Arrangements beeindrucken, sondern arbeiten, seiner Ghostwriterin auf den Zahn fühlen, ausloten, ob die Chemie zwischen ihnen stimmte. Er ging ihr entgegen.

Mel bemerkte den mit mundgeblasenen Weingläsern und Designgeschirr gedeckten Glastisch, in dessen Mitte eine Laterne ihr mildes Kerzenlicht verbreitete. Über ihnen spannte sich der Sternenhimmel wie eine weiche, schützende Decke.

Reiß dich zusammen, Mel! Du bist zum Arbeiten hier und nicht zu einem Candle-Light-Dinner!

Fabrizio trug Jeans und ein weißes Hemd, offenbar hatte er gerade geduscht, denn sein Haar war noch feucht.

»Herzlich willkommen. Hast du dich ein bisschen ausgeruht? Haben die alten Tanten dich in Ruhe gelassen?«

Mel grinste.

»Die beiden sind einfach köstlich: Bevor ich los bin, haben sie darauf bestanden, dass ich ihre Endivienpizza probiere, die zugegebenermaßen hervorragend war.«

»Ich hoffe, du hast noch ein wenig Appetit«, entgegnete er und zog ihr galant den Stuhl zurück.

»Deinem Essen kann man eh nicht widerstehen.«

»Heute gibt es nichts Besonderes. Ich habe ein kaltes Abendessen vorbereitet, damit wir in Ruhe reden können. Ich bin gleich wieder da.« Er verschwand in der Villa.

Mel versuchte die Anspannung niederzukämpfen. Immerhin hatte er sie ausgesucht. Weshalb hatte sie also ständig das Gefühl, auf die Probe gestellt zu werden? Sie blickte aufs Meer und versuchte sich zu entspannen. Der Wind hatte sich gelegt und die bunt leuchtenden Laternen der Fischerboote sprenkelten das Wasser. Ein Kuckuck wiederholte unermüdlich seinen klagenden Ruf. Der Duft der Zitronen mischte sich mit dem des Hibiskus. Die Stimmung war magisch und irreal. Hätte ihr jemand wenige Tage zuvor gesagt, dass sie hier sitzen würde, hätte Mel es lachend abgetan. Ein Grund mehr, diesen Moment zu genießen.

Wenige Minuten später kehrte Fabrizio mit einem Teewagen voller Teller zurück: Mit Ricottacreme gefüllte Datteln, Minzcouscous, Fenchelsalat mit Orangen, Grillgemüse, Dinkel, Rucola und Birnen. Er tat ihr auf und füllte die Gläser mit perfekt gekühltem Weißwein.

»Was meinst du, sollen wir anfangen?«

Mel nickte und kostete den Dinkel mit Honig.

»Was weißt du von mir?«

»Dass du nach Amerika gegangen bist, dein Glück mit einem Restaurant in Sausalito gemacht hast und dann nach Italien zurückgekommen bist, um ein Lokal in Capri zu eröffnen und mit spektakulären Kreationen berühmt zu werden. Das ist alles, was ich finden konnte. Mit Interviews bist du immer sehr geizig gewesen.«

Er machte ein amüsiertes Gesicht.

»Ich hasse Journalisten. Ich mag es nicht, wenn sie in meinem Leben herumstochern.«

»Erzähl mir von Amerika. Hast du schon immer davon geträumt, dorthin zu gehen? Wie alt warst du damals?«

Fabrizio schüttelte den Kopf und nahm einen Schluck Wein.

»Ehrlich gesagt, hatte ich das nie vor. Es war ein Zufall. Alles hat mit Annie angefangen.«

Annie, die erste einer langen Reihe.

»Wo hast du sie kennengelernt?«

»In Amalfi. Ich war zwanzig, und weil ich als Fischer niemals reich geworden wäre, habe ich mir eine neue Geschäftsidee einfallen lassen.«

Mel sah ihn neugierig an. So jung und schon so zielstrebig.

»Und was hast du gemacht?«

»Ich habe mein Fischerboot rosa angemalt und ihm einen neuen Namen verpasst: *I love Capri*. Ich habe Handzettel drucken lassen, auf denen ich Ausflüge nach Capri anbot. Ich habe ausländische Touristinnen ins irdische Paradies gebracht, auf die Insel der Liebe. Ich war jung und schön und die Frauen standen vor meinem Boot Schlange.«

Ein Musterbeispiel an Bescheidenheit.

»Und Annie war eine von ihnen?«

Fabrizios Blick wurde weich.

»Ja, sie hat mit ein paar Freundinnen Ferien gemacht und sie wohnten im Kapuzinerkloster. Sie waren schön, reich und gelangweilt. Eines Tages sind sie im Hafen aufgetaucht und haben das Boot für die ganze Woche gemietet. Sie wollten keine anderen Leute an Bord, und wir machten einen sehr interessanten Deal.«

Vor Mels innerem Auge spielten sich die wildesten Szenarien ab.

»Mel, hörst du mir zu?«

»Aber sicher, ich will mir nur ein paar Notizen machen«, erwiderte sie und wühlte in ihrer Tasche nach dem Tablet, um sich ihre Verlegenheit nicht anmerken zu lassen. »Wir waren gerade bei Annie und ihren Freundinnen …« fuhr sie in geschäftsmäßigem Ton fort.

Fabrizio grinste vielsagend.

»Ich verstand mich gut mit ihnen, sie waren in den Vierzigern und wollten Spaß. Jeden Tag zeigte ich ihnen eine neue Seite der Insel, servierte ihnen Fisch und Meeresfrüchte, die ich frisch aus dem Wasser holte. Ich hatte einen kleinen Kühlschrank an Bord, damit uns der kalte Wein nicht ausging …« Beim Reden ließ er Mel nicht aus den Augen.

Daran muss ich mich wohl gewöhnen.

Es war unangenehm, so beobachtet zu werden.

»Und was ist dann passiert?«

Fabrizio lächelte.

»Eines Morgens kam nur Annie, sie meinte, ihre Freundinnen hätten keine Lust, Boot zu fahren.«

Überraschung!

»Eine ziemlich banale Ausrede, um mit dir allein zu sein«, bemerkte Mel.

»Ganz genau. Es war offensichtlich, was sie wollte, und ich war froh, es ihr geben zu können.«

Soll ich die Geschichte eines Gigolos schreiben?

Fabrizio fuhr fort. »Annie war eine besondere Frau.«

Ausreden!

»Sie hatte eine schwere Zeit hinter sich, eine Scheidung, die sie ziemlich mitgenommen hatte.«

Und die ihr einen Haufen Geld eingebracht hatte, da möchte ich wetten!

»Sie wollte sich ablenken und ich gefiel ihr. Das hatte ich schon am allerersten Tag gemerkt und war nicht sonderlich überrascht.«

Mel sah ihn an und versuchte, nicht durchblicken zu lassen, was sie dachte.

»Okay, du gefielst ihr, aber gefiel sie dir auch?« Das hatte vielleicht ein wenig zu spitz geklungen.

Sie belauerte Fabrizio ebenso wie er sie. Das leise Zucken seiner Hand, die das Glas umfasste, war ihr nicht entgangen. Treffer. Da war Mel sich sicher.

»Wie gesagt, sie war eine sehr schöne und kluge Frau.« Sein Blick verengte sich und seine Stimme hatte einen harten Unterton.

»Du hast meine Frage nicht beantwortet«, erwiderte sie. Sie würde nicht lockerlassen.

Noch immer spielte er mit seinem Weinglas.

»Worauf willst du hinaus? Ob ich in sie verliebt war? Die Antwort lautet nein. An dem Tag auf dem Boot hat Annie alles gegeben, um mich rumzukriegen, und ich habe mitgespielt. Damals ist mir zum ersten Mal aufgegangen, welche Verbindung zwischen Eros und Essen besteht. Wir verbrachten den ganzen Tag zusammen, ich zeigte ihr die Grüne Grotte, weil ich mit ihr allein sein wollte und wusste, dass wir dort ungestört sein würden. Die Saison hatte gerade erst begonnen und obwohl es kaum einen bezaubernderen Ort auf Capri gibt, verirren sich nur wenige Touristen dorthin. Annie war vollkommen hingerissen von der magischen Atmosphäre, dem smaragdgrünen Wasser, den Lichteffekten …«

Ein Illusionist, ein Zauberer!

»Ich bin nach Seeigeln getaucht, habe sie vor ihren Augen geöffnet und sie ihr zu essen gegeben. Hast du schon mal frisch gefangenen Seeigel gegessen?«

Mel schüttelte den Kopf.

»Du musst sie ganz vorsichtig mit dem Messer öffnen«, fuhr Fabrizio fort. »In ihrem Inneren ist ein orangefarbener Stern. Das sind die Eier der Weibchen.« Er redete mit leiser Stimme. »Man holt sie mit dem Finger heraus und steckt sie in den Mund. Sie schmecken nach dem Meer ...«

»Schon klar, du hast ihr also Seeigel angeboten. Das war sicher Teil der Inszenierung«, schnitt sie ihm das Wort ab. »Aber wieso war Annie anders?«

»Weil sie sich in mich verknallt hatte«, erwiderte er mit herausforderndem Blick. »Und ich mich in sie.«

Bei mir wirkt dein Zauber nicht.

»Aber du hast doch vorhin gesagt, du hast sie nicht geliebt«, wandte Mel ein.

Fabrizio schenkte sich Wein nach. Er nahm einen tiefen Schluck und funkelte sie unwirsch an.

»Wozu immer diese starren Raster? Was heißt schon Liebe? Es gibt zig Arten, zueinander zu finden, Sex ist eine davon. Und zwischen uns herrschte eine ganz bestimmte Chemie.«

Glaubt er wirklich, ich nehme ihm dieses Chemiegerede ab?

»Wenn es das ist, was du erzählen willst ...«, bemerkte Mel spöttisch.

»Was stört dich eigentlich, Mel? Dass sie zwanzig Jahre älter war als ich? Weil Männer nur auf blutjunge Mädchen scharf sein dürfen, und nicht umgekehrt? Oder geht es dir gegen den Strich, dass eine reiche Frau mit einem Fischerssohn rummacht? Wenn du mein Buch schreiben willst, musst du dir diese Klischees aus dem Kopf schlagen!«

Jetzt reicht's!

»Das hat doch nichts mit Moralismus zu tun! Es geht um etwas ganz anderes. Du hast eine Touristin auf der Suche nach einem kleinen Abenteuer gefunden, ihr gegeben, was sie wollte, und sie geschröpft. Das nennt man Prostitution.«

Für wie blöd hielt er sie eigentlich?

Die Antwort kam prompt: »Wir alle prostituieren uns.«

»Was redest du denn da? So ein Blödsinn!«

Fabrizio faltete die Hände und beugte sich zu ihr hinüber. Er ließ sie keine Sekunde aus den Augen.

»Hast du dich etwa nicht verkauft? Du bist hier, um die Ghostwriterin für jemanden zu machen, dessen Lebensstil dir fremd ist und den du heimlich verachtest. Also tust du es für Geld. Und wie nennst du das? Ist das keine Prostitution?«

Mel sprang auf.

»Das ist nicht das Gleiche! Ich schreibe übers Kochen und das hier ist eine berufliche Chance für mich. Von dem Geld, das ich damit verdiene, kann ich machen, was mir wirklich wichtig ist!«

Fabrizio rührte sich nicht. Er musterte sie spöttisch.

»Ich sehe da keinen Unterschied. Annie war auch eine Chance für mich. Sie hat mein Potential erkannt und mir die Möglichkeit gegeben, es in Amerika umzusetzen.«

Mel biss sich nervös auf die Lippe. Wenn sie dieses Buch schreiben wollte, musste sie sich versöhnlich zeigen.

»Okay, begriffen. Annie hat dir den Auftakt zu deiner Karriere geliefert.«

Fabrizio nickte.

»Ganz genau. Sie hat mich erkennen lassen, wer ich bin und dass ich es nicht sehr weit bringen würde, wenn ich auf der Insel bliebe.«

Na klar, sie wollte ihr Spielzeug mit nach Hause nehmen.

»Also hast du Geld zur Seite gelegt, um nach Amerika zu fahren?«

»Nein. Wenn ich sage, dass Annie meine Chance war, bedeutet das, dass *sie* mir Amerika ermöglicht hat. Am Abend vor ihrer Abfahrt war ich zu ihr ins Hotel gegangen, wir hatten uns die ganze Nacht geliebt. Als ich am nächsten Morgen aufwachte, war sie bereits fort. Sie hasste Abschiede. Keine Nachricht, nur ein One-Way-Ticket nach San Francisco und ihre Adresse.«

Sprachlos hörte Mel ihm zu. Wie konnte sich eine Frau ohne jede Skrupel die Liebe eines Jungen erkaufen?

»Und deine Familie hatte nichts dagegen?« Die Frage war mehr als naheliegend, doch Mel sah sofort, dass sie ihm nicht schmeckte.

»Es war meine Entscheidung. Ich habe keine Sekunde darüber nachgedacht. Annie bot mir eine Chance, die ich mir nicht entgehen lassen konnte. Ich packte meine Sachen und brach auf.«

Das Gefühl, einen Mann vor sich zu haben, der keine Skrupel kannte, hatte Mel nicht mehr losgelassen. Und jetzt saß sie in der endlich schlafenden Villa vor ihrem Computer und versuchte, ihre Gedanken zu ordnen. Durch die geöffnete Terrassentür drang eine leichte Brise ins Zimmer. Die Seite auf dem Bildschirm war leer. Es war nicht leicht, sich in Fabrizio Greco hineinzuversetzen. Im Gegenteil, kaum etwas lag ihr ferner. Egal, wie sie es drehte und wendete, das Ergebnis blieb immer das gleiche: Er hatte sich prostituiert. Ein hübscher Junge mit Sexappeal, der einer reichen, gelangweilten Amerikanerin den Kopf verdreht und sie ausgenutzt hatte. Das war die Wahrheit über den Start von Fabrizio Grecos atemberaubender Karriere. Würde sie das wirklich schreiben müssen? Er konnte noch so sehr behaupten, Sex sei ein chemisches Zusammenspiel explosiver Elemente, es würde an ihrer Meinung nichts ändern. Und genau das war das Problem.

Wie kann ich mich in ihn hineinversetzen, wenn ich ihm nicht glaube?

Sie stand auf und ging ins Schlafzimmer. Ein leises Knurren ließ sie zusammenschrecken. Sie schaltete das Licht an und sah die Dackeldame Lola mitten auf dem Bett liegen und ihr feindselig entgegenblinzeln.

Und was mache ich jetzt?

Mel versuchte sie zu verscheuchen, doch Lola bleckte nur die Zähne und stellte die Rückenhaare auf. Mel kehrte ins Nebenzimmer zurück, rief nach ihr und versuchte sie mit einem Rest Endivienpizza zu locken, doch der Hund dachte nicht daran, sich zu rühren. Genervt ließ sie sich wieder vor den Computer fallen und klickte sich durch die Biografien anderer Köche, in der Hoffnung auf Inspiration.

Alain Ducasse absolvierte eine Kochlehre im Pavillon Landais in Soustons und besuchte die Hotelfachschule in Bordeaux …

Alessandro Borghese hat seine Leidenschaft fürs Kochen vom Vater geerbt und schon früh den Weg zum Gastronom und Sommelier eingeschlagen …

Schon als Kind hat Pietro Parisi, der Meister der rustikalen

Küche, seiner Großmutter Nannina begeistert beim Kochen zugeschaut …

Genau wie ich bei Nonna Adelina … mit ihm würde ich mich bestimmt gut verstehen!

Nach einer halben Stunde sinnloser Recherche gab Mel auf. Diese Geschichten würden ihr keine Lösung bieten. Sie musste wieder an Fabrizio denken, an das, was er erzählt hatte.

Schließlich öffnete sie ein Dokument und tippte: »Annie. Mit ihr fängt alles an …«

Obwohl Fabrizio ihn nicht hatte kommen hören, hatte er die stille Anwesenheit in seinem Rücken wahrgenommen. Mit den Jahren hatten sie eine enge Beziehung entwickelt, die weniger auf Blutsbanden als auf Seelenverwandtschaft beruhte. Er riss den Blick vom bewegten Meer los, das ihn normalerweise zu beruhigen wusste. Heute jedoch nicht.

»Ciao, Onkel.«

»Guten Tag.«

Er drehte sich zu Nando um und musterte ihn liebevoll. Sein vom Leben und von der Sonne gezeichnetes Gesicht trug das unvermeidliche Lächeln. Ihr allmorgendliches Treffen war zu einer Gewohnheit geworden, die aus dem Restaurantalltag nicht mehr wegzudenken war, auch wenn es nur einen Vorwand lieferte, um ein wenig zu plaudern und zusammen zu sein.

Nando musterte ihn prüfend.

»Und, wie ist das Abendessen gelaufen?«

Fabrizio zuckte die Achseln. Sein Blick wanderte wieder über die dunkelblaue, von Schaumkronen getupfte Weite.

»Versteht ihr euch nicht?«

Nandos ließ nicht locker.

Fabrizio seufzte.

»Es ist noch zu früh, um das zu sagen. Aber ich bin mir nicht mehr sicher, ob ich die richtige Wahl getroffen habe.«

»Dabei warst du doch überzeugt, dass ihr ähnlich tickt …«

»Wenn ich mir ihren Blog ansehe, glaube ich das immer noch. Aber als Mensch ist sie so steif und voreingenommen.«

Nando überlegte einen Augenblick. »Vielleicht wäre ein Mann …«, hob er an.

Fabrizio unterbrach ihn.

»Nein. Ich bin sicher, eine Frau kann gewisse Nuancen viel besser erfassen. Und ich glaube, dass sie das Zeug dazu hat.«

»Also?«

Fabrizio antwortete nicht sofort. Nando wartete ab.

»Ich weiß nicht, ob ich es aus ihr herauskitzeln kann.«

Der Onkel machte ein überraschtes Gesicht.

»So etwas zu sagen, sieht dir gar nicht ähnlich. Ich habe gesehen, wie du das Beste aus Leuten herausgeholt hast.«

Fabrizio schüttelte den Kopf.

»Bei ihr ist das nicht so einfach.«

Nando sah ihn eindringlich an.

»Gibt es da vielleicht … ein anderes Problem?«

Fabrizio grinste.

»Nicht so, wie du denkst. Mel Ricci ist alles andere als locker.«

»Dann wird sie gewiss Schwierigkeiten haben, deine Geschichte zu erzählen«, meinte Nando spöttisch.

»Dieses Buch ist etwas ganz Besonderes, das weißt du. Ich

habe mich noch nie der Öffentlichkeit preisgegeben, und ich will, dass man mich richtig versteht.«

Nando runzelte die Stirn.

»Ich begreife nicht, wozu dieses Buch gut sein soll, Fabrizio. Du bist berühmt, du brauchst nicht noch mehr Aufmerksamkeit.« Er blickte ihm direkt in die Augen. »Oder vielleicht verstehe ich es nur zu gut.«

Fabrizio antwortete nicht.

Nando legte ihm die Hand auf den Arm.

»Was gewesen ist, ist gewesen, Fabrizio.«

»Ich weiß, das musst du mir nicht immer wieder sagen.« Fabrizios Züge verhärteten sich.

Er tat ein paar Schritte, drehte sich um und war wieder wie immer.

»Lass uns über das Restaurant reden, okay? Heute kümmerst du dich um alles. Ich werde nicht vorbeikommen. Ich will den Tag mit ihr verbringen.«

Nando stieß einen unhörbaren Seufzer aus und nickte.

Sieben

Annie. Mit ihr fing alles an. Ich hatte schnell begriffen, dass ich ein Objekt der Begierde war und dass darin eine große Chance für mich lag. Die amerikanischen Touristinnen kamen nach Capri, um Spaß zu haben oder ein romantisches Abenteuer zu erleben, mit dem sie zu Hause prahlen konnten. Sie hatten Geld und Lust, es auszugeben. Sie waren mein Glücksfall und ich der ihre. Ich schipperte sie auf dem Boot herum, zeigte ihnen die Schönheiten der Insel, fischte und kochte für sie. Ich stand ihnen zu Diensten … wieso auch nicht? Ich verdiente Geld und hatte Spaß, sie gaben Geld aus und kamen auf ihre Kosten. Die perfekte Kombination.

Dann, eines Tages, tauchte Annie mit ein paar Freundinnen auf. Sie war die Schönste und Klügste der Gruppe, und die Reichste. Und sie wollte mich. Sie ließ keine Gelegenheit aus, mir das zu zeigen. Sie hätte alles für mich getan. Ich hätte sie um den Mond bitten können, und sie hätte ihn mir vom Himmel geholt. Capri wurde mir zu eng: Ich musste fort, raus in die Welt. Annie war bereit, mich mitzunehmen. Ich brauchte nicht lange, um mich zu entscheiden.

Fabrizio hörte auf zu lesen und sah sie an. »Das bin ich nicht.« Mel wollte widersprechen, doch er kam ihr zuvor.

»Das ist deine Sicht der Dinge, nicht meine. So, wie du mich beschrieben hast, klingst du wie eine Kreuzung aus einem Taliban und einer Nonne. Was ist dein Problem?«

Seine Stimme war ruhig, aber messerscharf.

»Ich habe kein Problem!«

»Dann formuliere ich es anders und nenne es ›Vorurteile‹, wenn dir das lieber ist. Die hattest du von vornherein.«

»Das stimmt nicht!«

Nachdem Mel ihm die Datei mit den ersten, versuchsweisen Manuskriptseiten geschickt hatte, war sie zu ihm gegangen, und er hatte sie mit den ausgedruckten Seiten in der Hand und einer vielsagenden Miene empfangen, an der sich bis jetzt nichts geändert hatte.

»Und ob das stimmt. Du hast eine feste Meinung von mir und meine Schilderungen dementsprechend interpretiert. Die Erzählerstimme ist deine, nicht meine!«

»Da liegst du falsch, ich habe versucht, die Dinge mit deinen Augen zu sehen.«

Mel steckte in der Klemme. Sie wusste, dass er zum Teil recht hatte, doch für nichts in der Welt würde sie das zugeben.

»Das ist nicht wahr.« Er kam auf sie zu. »Du hast dir nicht die kleinste Mühe gemacht, dich in mich hineinzuversetzen, nicht eine Sekunde lang hast du das Gefühl gehabt, in meiner Haut zu stecken, wie ich zu fühlen oder zu denken.«

Er blickte sie so durchdringend an, dass Mel wegsah, zurückwich und es sofort bereute.

»Ich hätte so etwas niemals geschrieben!«

Er kochte vor Wut, auch wenn seine Stimme ruhig blieb.

»Annie hat mich ausgesucht und ich sie.«

»Du hast sie benutzt!«, rutschte es ihr ungewollt heftig heraus.

»Schwachsinn.«

Das Wort hing bleiern zwischen ihnen.

»Der Punkt ist ein ganz anderer.«

Er kam noch näher und sie spürte seine Anspannung.

»Was haben dir die Männer angetan, dass du so voreingenommen bist?«

Das war ein Schlag unter die Gürtellinie.

Fabrizio merkte, dass Mel vom Angriff ganz plötzlich in die Defensive übergegangen war. Sie ballte die Fäuste und presste die Lippen zusammen, als würde sie im nächsten Moment in Tränen ausbrechen. Ein absurdes Mitgefühl überkam ihn, von dem er nie geglaubt hatte, es empfinden zu können, vor allem nicht mit einer Frau wie ihr. Offenbar hatte er einen wunden Punkt getroffen. Er wollte sie nicht verletzen. Er suchte nach den richtigen Worten, doch sie ließ ihm keine Gelegenheit.

»Das hat nichts mit dem Buch zu tun, und das verbitte ich mir! Ich werde dafür bezahlt, deine Ghostwriterin zu sein, aber das heißt nicht, dass du mit mir umspringen kannst, wie es dir gefällt, Fabrizio Greco! Mein Leben geht dich nichts an, verstanden? Das musst du respektieren, und wenn dir das nicht passt, dann ist unsere Zusammenarbeit hiermit beendet.«

Mel war stinksauer, auf sich selbst und darauf, dermaßen die Kontrolle verloren zu haben. Ihre Hände zitterten, sie konnte kaum atmen, ihr Gesicht brannte.

Offenbar hatte sie ihn mit ihrem Ausbruch völlig überrumpelt. Sie machte auf dem Absatz kehrt und rauschte durch die Tür davon.

»Mel, Mel!«, rief er ihr nach, doch sie war bereits draußen und rannte die Treppe hinunter.

Sie wusste, dass sie sich keine solche Blöße hätte geben dürfen, dass sie die Distanz zwischen ihnen mit Bestimmtheit und Gelassenheit hätte wiederherstellen müssen. Allerdings hatte sie nicht mit einem persönlichen Angriff gerechnet. Professionelle Kritik konnte sie vertragen, aber dass jemand ihr Gefühlsleben verletzte, war unverzeihlich. Dazu hatte niemand das Recht. Nicht einmal der Mann, durch den sich die Chance bot, ihre Träume wahrwerden zu lassen.

Nicht zu diesem Preis.

Was würde Fabrizio jetzt tun? Womöglich würde er sie auffordern, ihre Sachen zu packen und nach Rom zurückzukehren. Was sie geschrieben hatte, hatte ihm nicht geschmeckt, und ihre Reaktion bestimmt noch weniger. Diesmal – Mel musste über die Ironie der Situation lachen – war es alles andere als schwer, sich in Fabrizio Greco hineinzuversetzen.

Sie merkte, dass sie überhaupt keine Lust hatte, zur Villa zurückzukehren und sich der übergriffigen Herzlichkeit der d'Ascenzos auszusetzen. Sie musste einen Moment allein sein, sich darauf einstellen, gekündigt zu werden und der Wut des Verlegers zu begegnen. Sie verlangsamte ihren Schritt und schlug einen Pfad zu den Klippen ein. Ein Bad in den Wellen würde ihr den Kopf frei machen. Dies waren wahrscheinlich ihre letzten Stunden auf Capri, und die würde sie genießen.

Fabrizio hatte beschlossen, dass es zwecklos war, ihr nachzurennen. Außerdem sah es ihm nicht ähnlich. Es war besser zu warten, bis seine wutschnaubende Ghostwriterin sich wieder eingekriegt hatte.

Dann würden sie reden.

Er musste zugeben, dass er zu weit gegangen war, aber bei ihrer Verbohrtheit war ihm einfach der Kragen geplatzt.

»Ich habe Annie nicht benutzt.« Er hatte ihr nicht gesagt, dass er sie geliebt und nicht hinters Licht geführt hatte. Und sie war kein kleines Mädchen mehr gewesen, sondern eine erwachsene Frau. Doch angesichts Mels vernichtender, vorurteilsbeladener Haltung hatte er sich einfach nicht beherrschen können. Er hatte gesagt, was er dachte, und damit unerlaubt eine Grenze überschritten. Wieder überkam ihn bei dem Gedanken an Mels verletzten Gesichtsausdruck ein unerklärliches Mitgefühl. Ganz und gar nicht das, was er wollte.

Er beschloss, sich auf den Weg zur Villa der d'Ascenzos zu machen.

Antonio öffnete ihm.

»Fabrizio! So eine Überraschung« Er schlug ihm auf die Schulter. »Komm rein! Was führt dich hierher?«, fragte er, während sie auf die Villa zugingen.

»Ich wollte euch mal hallo sagen, aber eigentlich suche ich eure Mitbewohnerin. Ich muss mit ihr reden.«

Antonio musterte ihn schmunzelnd.

»Wenn der Berg nicht zum Propheten kommt …«, meinte er. »Seit wann rennst du den Weibern nach? Normalerweise ist es doch umgekehrt und du musst dich vor deinen Verehrerinnen in Sicherheit bringen. Du wirst doch nicht schlappmachen?«

Fabrizio knuffte scherzhaft seinen Arm.

»Es ist was Geschäftliches, Witzbold!«

Mit Antonio verband ihn eine innige Freundschaft und er wusste, dass er ihm ein Vorbild war, auch wenn er es weder darauf anlegte noch es sich zunutze machte. Er quittierte die Sticheleien des Freundes mit einem Lächeln, obwohl ihm der leise Neid dahinter nicht entging.

Antonio warf ihm einen argwöhnischen Blick zu.

»Was Geschäftliches, ja? Wer weiß, wieso ich dir nicht glaube.«

»Pech für dich!«

Kaum waren sie bei der Villa angekommen, stürzten die weiblichen Mitglieder der Familie aus der Tür und scharten sich um Fabrizio.

»Fabrì, hatte ich doch richtig gehört! Komm rein, ich hab gerade Panzerotti gemacht, die sind noch ganz heiß …«, jubelte Zia Rosa.

»Lass ihn doch erst mal ankommen, Schwester. Fabrì, du wirst immer schöner, weißt du das?«

»Wie der Wein, Zia Maria, je älter, desto besser!« Er lächelte Zia Rosa an. »Danke, aber nur einen kleinen Bissen … deinen Panzerotti kann ich einfach nicht widerstehen.«

Zia Rosa warf ihrer Schwester einen triumphierenden Blick zu und hastete ins Haus.

Deborah, die mit amüsierter Miene dabeigestanden hatte, schloss Fabrizio in eine herzliche Umarmung, die er ebenso erwiderte.

»Unser ewiger Junggeselle, was verschafft uns die Ehre?«

»Er sucht Mel, er meint, es gehe um was Geschäftliches …«, antwortete Antonio.

»Du kannst es einfach nicht lassen!«, rief Deborah lachend dazwischen. »Mel ist noch nicht zurück. War sie nicht bei dir? Ich dachte, ihr wart verabredet.«

»Ja, aber ich habe vergessen, ihr etwas Wichtiges wegen des Buches zu sagen.«

Die Geschwister wechselten einen vielsagenden Blick, aber bevor sie etwas erwidern konnten, tauchte Zia Rosa mit einem Teller voller dampfender Panzerotti auf.

»Probier, Fabrì!«

Zia Maria warf ihr einen vernichtenden Blick zu, doch Zia Rosa achtete nicht darauf.

Fabrizio biss in einen Panzerotto und fing genüsslich an zu kauen.

»Himmlisch wie immer!«

Zia Rosa reckte die Schultern. »Es von dir zu hören ist eine Ehre.«

»Willst du auf Mel warten?«, fragte Deborah. »Irgendwann wird sie schon kommen, und wir freuen uns immer, wenn du hier bist.«

Lächelnd willigte Fabrizio ein und in der folgenden halben Stunde hörte er ihnen zu, wie sie aufeinander einredeten, einander ins Wort fielen und sich gegenseitig übertönten. Eine echte Familie, stellte er wie jedes Mal, wenn er mit ihnen zusammen war, voller Zuneigung fest.

Auch nach einer Stunde ließ Mel sich nicht blicken. Schließlich, nachdem er mit Mühe eine Einladung zum Mittagessen abgewehrt hatte, beschloss er zu gehen.

Antonio begleitete ihn zum Tor.

»Wieso rufst du sie nicht an?«, fragte er neugierig.

»Ich würde lieber direkt mit ihr reden.«

Antonio beschloss, keine weiteren Fragen zu stellen. Wenn Fabrizio sich einigelte, war jedes Nachbohren zwecklos.

»Ich werde ihr sagen, dass du dagewesen bist.«

»Danke Antonio. Mach's gut.« Er umarmte ihn zum Abschied und ließ das Tor hinter sich ins Schloss fallen.

In dem Moment sah er sie. Sie war aus einer Gasse unweit der Villa getreten und kam jetzt direkt auf ihn zu.

Mel hatte ihn ebenfalls gesehen und wusste, dass sie ihm nicht ausweichen konnte. Was machte er überhaupt hier? Dass er sie gesucht hatte, hielt sie für ausgeschlossen, sicher hätte er sich sonst bei ihr gemeldet. Sie hatte ihr Handy zwar ausgemacht, es aber immer wieder kontrolliert: Niemand hatte versucht, sie anzurufen. Auch wenn er der letzte Mensch war, den sie jetzt sehen wollte, half es nichts: Sie konnte ihn unmöglich ignorieren.

»Wenn du dich im Recht glaubst, dann komm gleich zum Punkt«, hatte Nonna Adelina ihr immer gesagt. Und genau das würde sie tun.

Mit erhobenem Kinn ging sie direkt auf ihn zu.

Fabrizio sah, wie ihr kurzes Zögern kämpferischer Entschlossenheit wich. Diesmal würde er ihr zuvorkommen, lächelnd blickte er ihr entgegen.

Sein Gesichtsausdruck brachte sie kurz aus dem Konzept.

»Ich habe dich gesucht«, sagte er und sah ihr in die Augen. »Es tut mir leid, was passiert ist, und ich wollte fragen, ob wir uns nicht wieder vertragen wollen.«

Sie war sprachlos. Sie hatte mit allem gerechnet, aber nicht damit!

Sie musterte ihn prüfend.

»Mel?«

»Ja …«

Er sah sie eindringlich an. »Lass uns ganz von vorn anfangen.«

Mit Fabrizios Lächeln verflog jegliche Spannung, als hätte eine Windböe die Wolken fortgeweht. Seite an Seite spazierten sie durch die Gassen von Anacapri. Diesmal ging er nicht voraus, sondern neben ihr, und wieder einmal fragte sie sich, wer Fabrizio Greco wirklich war.

Als sie aus den Gassen auf die Piazzetta traten, war Mel wie geblendet vom Weiß der Barockkirche gegenüber.

»San Michele Arcangelo«, erklärte Fabrizio und blieb vor dem Portal stehen. »Lass uns reingehen. Ich will dir was zeigen.«

Mel folgte ihm. Es dauerte eine Weile, bis sich ihre Augen an das Dämmerlicht gewöhnt hatten. Sie wollte schon weitergehen, als er ihre Schultern umfasste und sie zurückhielt.

»Bleib hier stehen.«

Einen Moment lang war ihr, als hielte er sie länger fest als nötig, doch dann ließ er sie los und das Gefühl verflog. Sie blickte sich um, um auf andere Gedanken zu kommen. Die Kirche ähnelte zahllosen anderen Barockkirchen, und für diesen Stil hatte sie sowieso nicht viel übrig, romanische Schlichtheit war ihr lieber. Gerade wollte sie sich zu Fabrizio umdrehen, um ihn zu fragen, was es hier zu sehen gab, als ihr Blick auf den Fußboden fiel. Ungläubig starrte sie darauf. Ihre Augen konnten sich von den antiken Fliesen nicht losreißen und wieder war ihr, als hätte man sie in eine magische Welt entführt, die vor ihren Augen zum Leben erwachte. Zu ihren Füßen entrollte sich die Schöpfung in all ihrer Pracht: Tiere, Pflanzen, Bäche und ein überwältigender Sternenhimmel.

»Das irdische Paradies.« Fabrizios Stimme war so nah, dass sie Mel über die Wange strich. »Sooft ich kann, komme ich hierher.«

Sie rührte sich nicht und hielt den Atem an.

»Gefällt es dir?«

»Es ist atemberaubend schön.«

»Nur nicht mehr für sie.« Er zeigte auf einen Mann und eine Frau, die von einem gebieterischen Engel davongejagt wurden. »Adam und Eva sind aus dem Paradies vertrieben worden.«

Mel drehte sich zu Fabrizio um und ihre Blicke trafen sich. Seine Augen waren dunkel wie ein stürmisches Meer. Nichts verriet, was in ihm vorging, doch Mel meinte etwas zu spüren. Etwas Schmerzliches. Sie wartete, dass er fortfuhr, in der Hoffnung, dem auf die Spur zu kommen. Doch wieder einmal überraschte er sie mit einem jähen Stimmungswechsel.

»Obwohl es ein sakrales Thema ist«, fuhr er mit seiner tiefen, hypnotischen Stimme fort, »hat es etwas Sinnliches.«

Fabrizio schob sie sanft über die Stege, die das überwältigende Kunstwerk umgaben, um es vor den zahllosen Füßen der Besucher zu schützen.

»Es ist alles sehr physisch, sehr fleischlich. Eine lustvolle Verheißung … findest du nicht?«

Mel war hin- und hergerissen zwischen dem Bedürfnis, sich fallen zu lassen, und dem Wunsch, ihr drängendes Verlangen zu ignorieren.

Ihre Augen fielen auf die Schlange, die sich lockend um den Lebensbaum wand.

»Arme Schlange, seitdem ist sie das Inbild des Bösen«, bemerkte Fabrizio, der ihrem Blick gefolgt war und sie belustigt musterte.

»Weil sie für Sinnlichkeit steht, für das Wilde in uns, das viele zu unterdrücken versuchen«, raunte er jetzt ganz nah hinter ihr und fuhr ihr mit dem Finger über den nackten Arm. »Aber es hilft nichts, früher oder später bricht es hervor.«

Mels Gedanken wirbelten durcheinander, Antonios Worte kamen ihr in den Sinn: »… er ist eine Kampfmaschine. Er weiß, wie man Frauen rumkriegt.«

Sie wich zurück und eilte schnell Richtung Kirchenportal.

Beim Hinausgehen warf sie einen Blick zurück auf Adam und Eva und fragte sich, wieso dieser Ort Fabrizio so viel bedeutete. Vielleicht war auch er aus seinem Paradies vertrieben worden? Nachdem auch er wieder in die Sonne getreten war, lotste Fabrizio sie durch die verwinkelten Straßen und grüßte im Vorbeigehen die Passanten und Ladenbesitzer, die Mel mit unverhohlener Neugier anstarrten.

»Die fragen sich bestimmt, wieso ich mit dir unterwegs bin«, rutschte es ihr heraus.

Fabrizio blieb stehen.

»Wieso?« Er klang betont beiläufig, doch seine Augen, die sich wieder aufgehellt hatten, funkelten belustigt.

»Ich bin wohl nicht der Typ Frau, in dessen Begleitung sie dich normalerweise sehen«, entgegnete sie zaghaft.

»Du meinst die superdünnen Models mit kilometerlangen Beinen und zwölf Zentimeter hohen High Heels?«

»Äh… na ja… genau!«

Sein Lachen. Warm. Ansteckend. Herzlich.

»Hab ich was Witziges gesagt?« Sie konnte ihm nicht böse sein, er lachte nicht über sie, doch sie wollte wenigstens mitlachen können.

»Du bist nicht der Typ Frau, der an der Oberfläche haltmacht.«

»Willst du damit sagen, du bist auch nicht der Typ Mann?« Sie bewegte sich auf dünnem Eis.

»Ich will damit sagen, dass es unterschiedliche Arten gibt, die Wirklichkeit und die Menschen zu interpretieren.«

Der Satz verblüffte sie. Seine Ernsthaftigkeit stand in genauem Gegensatz zu seinem verschmitzten Lächeln.

Ein weiterer Widerspruch.

Doch ehe sie nachhaken konnte, blieb Fabrizio vor einem kleinen weißen Gebäude mit der Aufschrift SESSELLIFT MONTE SOLARO stehen.

»Komm, nach der Vertreibung aus dem Paradies zeige ich dir das Paradies auf Erden«, sagte er und verschwand in dem Gebäude.

Ein kleiner, dicker Mann kam lächelnd auf sie zu.

»Hey, Fabrì! Wollt ihr eine Spritztour in die Berge machen?«

Fabrizio lächelte.

»Ciao, Peppì!« Er deutete auf Mel. »Ich zeige ihr das Paradies.«

Der Mann zwinkerte vielsagend.

»Was haben Sie für ein Glück, Mädchen!«

Mel lächelte verlegen, während der Mann mit einer lässigen Geste einen vorbeigleitenden Sitz heranzog, den eisernen Sicherungsbügel hochklappte und sie zum Hinsetzen aufforderte.

»Macht's euch bequem … es lohnt sich!«

Mel setzte sich, der Bügel wurde geschlossen, und Fabrizio nahm auf dem Sitz hinter ihr Platz.

»Ich hoffe, du bist schwindelfrei.«

Sie drehte sich lächelnd zu ihm um.

»Ja … und ich liebe Sessellifte!«

Mit den strahlenden Augen und dem wunderschönen Lächeln sah sie aus wie ein Kind beim Karussellfahren, dachte Fabrizio. Am liebsten hätte er ihr einen Luftballon und Zuckerwatte geschenkt … Er lächelte in sich hinein. Das hatte er zuvor noch bei keiner Frau gedacht.

Die absolute Schönheit der Szenerie, in die sie hineinkatapultiert worden war, verschlug Mel den Atem. Alles wirkte irreal und dabei unfassbar wirklich. Die auf den Hängen des Monte Solaro verstreuten Häuschen von Capri und Anacapri glitten unter ihr dahin, dann die weißen Felsen, die sich von dem leuchtenden Grün der mediterranen Macchia abhoben, dazwischen das strahlende Gelb des blühenden Ginsters. Auf der anderen Seite das erhabene, blau schillernde Meer, dessen Farben kein Künstler je hätte wiedergeben können. Langsam schwebte der Lift nach oben und die Häuser unter ihr wurden kleiner, es war, als würden sie der Realität entfliehen.

Als sie sich umdrehte, traf sie Fabrizios grauer, intensiver Blick.

»Es ist wunderschön«, sagte sie nur.

Er lächelte.

»Ich weiß.«

Dann sagten sie nichts mehr. All dies ließ sich nicht in Worte fassen.

Als der Lift die Plattform auf dem Berg erreicht hatte, versuchte Mel, sich das soeben Erlebte einzuprägen, um es später möglichst detailliert beschreiben zu können. Und während sie Fabrizio mit anmutiger Lässigkeit aussteigen sah, wusste sie, dass sie von jetzt an untrennbar mit der Geschichte verbunden war, die sie erzählen sollte.

Mit seiner Geschichte.

Lächelnd drehte er sich zu ihr um.

»Komm.«

Er führte sie auf eine herrliche Aussichtsterrasse, die zu einem kleinen, blauweiß gekachelten, aus Holz und Stein erbauten Lokal gehörte.

»Es gibt wohl keinen Ort mit einem passenderen Namen«, sagte er und zeigte auf das Schild.

»Das Lied des Himmels«, las Mel.

»Hier oben meint man wirklich, es zu hören.«

Sie erreichten das äußerste Ende der Terrasse. Vor ihnen fielen die bewucherten Felsen steil zum unendlichen, reglosen Meer und den Klippen ab, die wie göttliche Paradieswächter aus dem Wasser ragten.

»Die Musik des Himmels, der Atem des Absoluten.«

Mel meinte ihn tatsächlich zu spüren. Zusammen mit dem Fabrizios, der warm ihr Ohr berührte, während er sprach. Zum ersten Mal wehrte sie sich nicht gegen das Prickeln, das seine Nähe in ihr auslöste.

»Capri ist das Nimmerland von Peter Pan«, fuhr er fort, »eine magische, einzigartige Mischung aus Farben, Gerüchen, Aromen, Geräuschen und den Spuren der Jahrtausende. Als würde ein begnadeter Künstler seine Farben oder Noten zu immer neuen Bildern und Melodien mischen.«

So, wie du es mit deinen Gerichten machst.

»Capri verführt und erobert einen wie der Gesang der Sirenen, wie die Zauberin Kirke …«

Seine samtige Stimme schien sie zu umschließen. »Deshalb bin ich zurückgekommen … deshalb kehre ich immer wieder zurück.«

Mel drehte sich zu ihm um. In seinem auf das Meer gerichteten Blick lag ein ganz neuer Ausdruck. Es währte nur den Bruchteil einer Sekunde. Dann sah er sie an.

»Wenn du mich verstehen willst, musst du Capri spüren. Du musst es spüren, wie ich es spüre.«

Sie nickte.

»Auf der Insel der Träume ist alles möglich, Mel. Hier sind der Phantasie keine Grenzen gesetzt. Aber du musst daran glauben!«

»Und erschaffst du diese Träume nur für andere, Fabrizio? Oder glaubst du auch daran?« Sie versuchte, die Antwort in seinen Augen zu lesen.

Er schwieg einen Moment.

»Ich bin kein Illusionist. Ich erfinde keine künstlichen Welten. Ich erschaffe Sinneserfahrungen.«

Du hast mir nicht geantwortet.

Er sah sie eindringlich an.

»Ich beschere dir Emotionen, die du niemals vergessen wirst.«

Mel hielt seinem eindringlichen Blick nicht stand. Sie wäre niemals fähig, eine solche Leidenschaft zu empfinden, da war sie sich sicher.

»Für mich sind Emotionen alles. Etwas anderes will ich nicht vom Leben. Verstehst du, Mel?«

Ja. Nein. Weiß nicht.

Sie war fasziniert, verstört, verwirrt. Hier oben, an diesem unfassbaren Ort zwischen Traum und Wirklichkeit, zwischen Himmel und Erde, schien sich alles, woran sie glaubte, für einen kurzen Augenblick aufzulösen. Die eiserne Kontrolle, die sie auf ihr Leben ausübte, geriet ins Wanken. Sie fühlte sich haltlos, ihm hilflos ausgeliefert. *Wie hat er das gemacht?*

Sie entfernte sich ein paar Schritte, um wieder zu sich zu kommen.

Reiß dich zusammen, Mel.

Fabrizio beobachtete sie schweigend. Er hatte sie nicht einmal berührt, doch sie spürte seine Gegenwart, seine Körperlichkeit und noch etwas anderes, das sie nicht benennen konnte. Es war, als hätte er für einen winzigen Moment eine hermetisch verriegelte Tür aufgestoßen, durch deren Spalt sie einen ganz anderen Fabrizio erspähte.

»Du musst lernen, mit den Sinnen statt mit dem Verstand zu hören.«

Ehe sie etwas erwidern konnte, stand er wieder neben ihr.

»Willst du es versuchen?«

Ratlos blickte sie ihn an.

Er schmunzelte.

»Keine Sorge, es ist nichts, was du nicht willst. Lass uns gehen.«

»Wohin?« Allmählich wurde ihr mulmig.

»Du wirst schon sehen.« Er legte ihr den Finger unters Kinn, um ihr in die Augen zu sehen. »Traust du mir nicht?«

»Sollte ich?«

Fabrizio lachte.

»Das ist deine Entscheidung.«

Wer, zum Teufel, war dieser Mann? Und wie sollte sie die öffentliche und die private Person unter einen Hut kriegen? Sobald sie glaubte, etwas von ihm begriffen zu haben, wartete Fabrizio mit einer neuen, unerwarteten Facette auf.

Wie selbstverständlich nahm er sie bei der Hand und führte sie von der Terrasse. Kurz darauf erreichten sie einen gewundenen Pfad, der durch einen halb tropisch, halb mediterran anmutenden Wald führte.

»Wir wandern zu Fuß hinunter, einverstanden?«

Mel nickte und sah sich staunend um.

»Auch das ist Capri«, fuhr er lächelnd fort. »Auf der Piazzetta ist man am Nabel der Welt, und nur wenige Schritte weiter herrschen Einsamkeit und Stille.«

Sie spürte, dass er sie beobachtete.

»Nachdenklich?«

»Es ist nicht leicht, den Schlüssel zu finden …«

»Welchen Schlüssel?«

»Den Schlüssel zum Buch. Den Schlüssel, der es mir ermöglicht, an dich heranzukommen. In deinen Kopf zu schlüpfen.«

Sie war ehrlich gewesen. In diesem Augenblick und an diesem Ort konnte sie einfach nicht anders.

»Nicht in meinen Kopf, Mel«, sagte Fabrizio ernst.

Er macht einem nichts vor.

Der Gedanke überraschte sie.

»Du musst mein Wesen erfassen, genau wie das Wesen dieser Insel.«

Er legte ihr die Hände auf die Schultern, nur ganz flüchtig, doch lang genug, damit sie seine Wärme spürte. »Ich will, dass du all deine Sinne öffnest und den Verstand außen vor lässt. Als würdest du einer Musik lauschen, die dich umfängt, liebkost, in dich eindringt …«

Sie spürte ihn auf der Haut, seine Hände genauso wie seine Stimme. Mit einem leichten Kopfschütteln rief sie sich zur Vernunft. »So funktioniert das nicht, Fabrizio. Ich brauche Fakten und Erfahrungen, ich muss etwas über dich wissen, über deinen Werdegang, deine Vergangenheit, deine Familie …«

Er trat einen Schritt zurück.

»Du bist ganz schön dickköpfig«, bemerkte er und musterte sie spöttisch, doch sie meinte eine Spur Bewunderung herauszuhören.

»Ich weiß, was ich brauche.«

»Bist du dir sicher?«

Bin ich mir sicher?

Auf diese Frage wollte sie sich lieber nicht einlassen.

»Ich muss ein Schema erstellen, Material suchen, einen roten Faden finden …«

Fabrizio hob die Hand.

»Psst! Warte. Nicht reden. Nicht jetzt. Schau …«

Mit dem Blick folgte Mel seinem ausgestreckten Finger.

Vor ihnen, hoch auf einem Felsen, der steil zum Meer hin abfiel, thronte eine wunderschöne Burgruine. Doch noch atemberaubender war der pinkfarbene Teppich, der sich zwischen dem leuchtend grünen Gras und dem strahlenden Gelb des Ginsters spannte.

»Orchideen …« Fabrizio sah sie an und lächelte. Es war nicht sein ironisches Lächeln. In ihm lag vielmehr ein Hauch Zärtlichkeit.

Während sie sich der Orchideenwiese näherten, schien die Luft von einem bunten Flimmern erfüllt zu sein, als wäre alles ringsum in verwunschenes Licht getaucht. Fragend blickte sie Fabrizio an.

»Leise, sonst stören wir sie.«

Erst jetzt begriff sie. Es waren Schmetterlinge. Hunderte von Schmetterlingen. Große, kleine, in allen Farben. Überall. Auf den Blumen, um sie herum. Fabrizio streckte den Arm aus und die Schmetterlinge setzten sich darauf. Gebannt sah Mel ihm zu. Er nahm ihre Hand, damit sie es ihm gleichtat. Im nächsten Moment erfüllten die zarten Berührungen der hauchfeinen Flügel sie mit eigenem, vibrierendem Leben.

»Der Schmetterlingsgarten.« Seine weiche, dunkle Stimme. »Jeden Frühling kommen sie wieder. Zwischen ihnen und den Orchideen besteht eine unauflösliche Verbindung, sie brauchen einander zum Leben.«

Fabrizios Worte umfingen Mel wie eine magische Sphäre, die ihnen ganz allein gehörte. Sie blieb stumm, aus Angst, den Zauber zu zerstören, und wartete, dass er weiterredete.

»Weißt du, warum?« Fabrizio pflückte eine Blume, reichte sie ihr und hielt ihre Hand fest. »Weil die Honigdrüse und der Rüssel des Schmetterlings perfekt ineinanderpassen. Sie sind füreinander gemacht.« Er sah sie an und Mel wurde rot. »Eine einzigartige Harmonie, die Harmonie der Sinne. Rein und vollkommen.« Mel konnte sich von seinem Blick nicht losreißen. »Danach habe ich immer gesucht. Und ich werde nicht aufhören, danach zu suchen.«

Acht

Der Rest des Spazierganges verlief schweigend. Fabrizio blieb stumm, damit Mel die Eindrücke dieser gemeinsam verbrachten Stunden verarbeiten konnte.

Sie hatte gesagt, sie müsse ihre Gedanken ordnen, und er hatte sie gelassen. Und obwohl sie sich wieder gefangen hatte, wusste und spürte er, dass jeder Moment sie tief berührt hatte. Jetzt würde sie seine Geschichte mit anderen Augen sehen.

Als er ins Restaurant kam, bereiteten die Kellner den Gastraum vor.

»Ist Nando schon nach Hause gegangen?«, fragte er. Just in dem Moment trat sein Onkel in Begleitung eines Mannes in Fabrizios Alter aus dem Büro.

»Wenn man vom Teufel spricht … eigentlich sollte Fabrizio heute nicht kommen, und jetzt ist er da.«

»Ich glaub's einfach nicht!« Fabrizio lachte erfreut. Vor ihm stand Michele, sein alter Schulfreund, mit dem er sich in Kindertagen gerauft hatte. Er ging ihm entgegen und schloss ihn in eine ruppige Männerumarmung. Dann machte er sich los und blickte ihn an, als suchte er in den dunklen Augen den kleinen Jungen von einst. »Wir haben uns seit mindestens zwanzig Jahren nicht gesehen.«

Michele lächelte unsicher.

»Du bist die Berühmtheit, nicht ich. Ich wollte dich die ganze Zeit besuchen, aber du weißt ja wie das ist, die Arbeit, die Familie …«

»Sag nicht, du bist verheiratet.« Er versuchte sich an den Namen seiner Freundin zu erinnern. »Sie hieß Enza, richtig?«

Michele nickte lächelnd.

»Ja, wir haben zwei Söhne. Ciro und Gianluca. Ciro, der Ältere, ist achtzehn.«

»Und er kocht gern«, schaltete sich Nando ein. »Michele hat eine großartige Idee.« Er blickte ihn aufmunternd an. »Na los, worauf wartest du? Sag's ihm!«

»Eigentlich stammt sie von Enza, die Jungen haben es gerade nicht so leicht, und da haben wir gedacht …«

Sofort half Fabrizio seinem Freund aus der Verlegenheit.

»Kein Problem. Er muss nur Lust haben zu lernen. Ich nehme ihn gern, hier im Restaurant können wir aufgeweckte junge Kerle immer gebrauchen. Und wenn er ein Sohn eines Freundes ist, nehme ich ihn umso lieber.«

»Ich weiß nicht, wie ich dir danken soll, ich schulde dir was! Wenn du irgendetwas brauchst, kannst du auf uns zählen.«

Michele konnte gar nicht aufhören, sich zu bedanken, und schließlich schützte Fabrizio dringende Termine vor, um ihn endlich loszuwerden. Nando begleitete den Freund zur Tür und Fabrizio verschwand in seinem Büro, schob die Gardine zur Seite und sah ihm nach. Die Freude, ihn wiederzusehen, war von kurzer Dauer gewesen; von der alten Freundschaft war nicht mehr als die Erinnerung geblieben.

Michele hatte sich verändert. Er selbst hatte sich verändert. Seine Berühmtheit hatte ihn von allen entfremdet.

Ein streunender Köter, dachte er. Das bin ich. Losgelöst von der Vergangenheit. Losgelöst von der Gegenwart.

Kurz darauf kehrte Nando zurück. »Gut gemacht«, sagte er und befand nach einem kurzen Seitenblick, dass sein Neffe in der richtigen Stimmung für den Vorschlag war, den er ihm schon seit langem machen wollte. »Du weißt ja, die jungen Leute von der Insel gehen weg, um sich woanders Arbeit zu suchen«, hob er an, doch Fabrizio schnitt ihm das Wort ab.

»Fang nicht wieder damit an, Onkel.«

Nando blieb stur.

»Aber die Idee ist gut, lass mich doch ausreden. Wenn du für die Wintersaison eine Art Lehrgang auf Capri organisieren würdest ... Nicht den üblichen Zeitvertreib für reiche Leute, sondern eine Schule für junge Insulaner, die es sich nicht leisten können, fortzugehen, für Jungen wie Ciro ...«

»Ich verbringe den Winter in Sausalito, das weißt du«, fiel Fabrizio ihm brüsk ins Wort. »Im Winter ist Capri tot.«

»Aber das wäre eine Möglichkeit, es wieder zum Leben zu erwecken und sich ein Team von Köchen heranzuziehen ...«

Fabrizio ließ ihn nicht ausreden.

»Ausgeschlossen. Den Sohn eines Freundes anzustellen, der einen Job braucht, ist eine Sache, eine Kochschule auf die Beine zu stellen, eine andere.« Er legte Nando die Hand auf die Schulter und fügte in versöhnlicherem Ton hinzu: »Ich weiß, dass du mich dauerhaft hierhaben willst, aber du kennst mich doch, wenn ich zu lange an einem Ort bleibe, werde ich verrückt. Das ist nichts für mich.«

Nando wusste, dass es zwecklos war, zu insistieren. »Schade, die Idee war gut.«

»Wie du weißt, ist Selbstlosigkeit nun einmal nicht meine Stärke«, gab sein Neffe im Hinausgehen zurück, und damit war die Diskussion beendet.

Nachdenklich sah Nando ihm nach. Vor ihnen zu fliehen, würde Fabrizio nicht von seinen Gespenstern befreien.

Still lag die Terrasse der Villa d'Ascenzo da. Von ihren quirligen Bewohnern war niemand zu sehen. Mel nutzte die Gelegenheit, um sich mit dem Computer ins Freie zu setzen und vor dem herrlichen Panorama nach dem richtigen Einstieg für die Lebensgeschichte Fabrizios zu suchen. Die Momente, die sie zusammen in der Kirche von San Michele und auf dem Monte Solaro verbracht hatten, waren seltsam vertraut gewesen. Sie hatte sich ihm nahe gefühlt, fast so, als würde sie ihn kennen. Sie hatte ihn trotz ihrer Widerstände gespürt. Trotz ihrer – jetzt konnte sie es zugeben – Vorurteile.

Er und Capri sind sich ähnlich.

Jetzt begriff sie, warum Fabrizio sich die azurblaue Insel ausgesucht hatte. Schillernd, weltoffen, lebendig und sich seiner Faszination bewusst, verführerisch und bezaubernd, genau wie Capri. Das war Fabrizio. Doch nicht nur das. Auch ihm wohnte etwas Unbändiges, Wildes und Geheimnisvolles inne, das sich erst offenbarte, wenn man abseits der bekannten Pfade danach suchte.

Jetzt wusste sie, dass sie den richtigen Schlüssel gefunden hatte.

Ihre Gedanken kehrten zu der Geschichte mit Annie zurück. Sie setzte sich den Kopfhörer auf und schaltete ihre

Playlist ein. Musik half ihr, sich zu konzentrieren und das, was in ihr vorging, auf den Punkt zu bringen. Sie schaute auf das Meer und stellte sich ein kleines Boot mit einem bildhübschen Jungen und einer faszinierenden blonden Frau an Bord vor, das darüber hinglitt … Ihre Finger huschten wie von selbst über die Tasten. Jetzt war sie wirklich er.

Annie war schön. Die Schönste von allen. Sie war klug, faszinierend. Sie gefiel mir. Ich war gern mit ihr zusammen und lernte viel von ihr, nicht nur Englisch. Sie eröffnete mir neue, ungeahnte Horizonte. Und sie hörte mir zu. Sie wollte von meinen Plänen und Ideen wissen und fand sie interessant. Natürlich war mir klar, dass sie mich wollte. Zwischen uns war etwas, das keiner Worte bedurfte. Manchmal reichte eine flüchtige Berührung, um uns in Erregung zu versetzen. Auch wenn die anderen dabei waren, hatte ich nur Augen für sie und meine Gedanken und Sehnsüchte galten ihr.

Dann kam Annie eines Morgens allein an die Mole. Sie hatte das Boot für den ganzen Tag gemietet, um mit mir zusammen zu sein. Sie sagte es ganz direkt und ohne Umschweife: Sie nahm kein Blatt vor den Mund und das gefiel mir an ihr. Ich band die Leinen los und wir fuhren zu einem meiner Lieblingsorte, der grünen Grotte. Es war schön, die Magie dieser Orte mit ihr zu teilen und zu spüren, dass sie meine Begeisterung verstand.

In der Grotte nahmen wir ein Bad. Wir glitten ins Wasser, berührten uns und spielten das ewige Spiel der Verführung. Hier gab es nichts als uns beide, das Meer, die Sonne und unsere wachsende Erregung … Wir hielten in einer winzigen Bucht und ich sprang ins Wasser, sammelte Seeigel von den Felsen und kehrte ins Boot zurück. Ich brach sie für Annie auf und sie öffnete sich mir … Mit dem Geschmack des Meeres habe ich sie erobert.

Wie in Trance las Mel, was sie geschrieben hatte. Sie hatte es in einem Schwung heruntergetippt, ohne die Finger von der Tastatur zu nehmen und ohne die kleinste Korrektur, obwohl sie sonst so pingelig mit Zeichensetzung, Wiederholungen, Verben und Synonymen war. Sie hatte aus dem Bauch heraus geschrieben, ohne wieder alles zu überdenken. Eine ganz neue und zugegebenermaßen begeisternde Erfahrung.

Beim erneuten Lesen war Mel ein wenig bang: Von dieser Arbeit hing ein Teil ihrer Zukunft ab, und verblüfft stellte sie fest, dass sie die Sinneseindrücke dieses Tages auf ihre Beschreibung Fabrizios projiziert hatte. Intuitiv hatte sie sich vom roten Faden der Gefühle leiten lassen.

Ob sie die Essenz dieser Beziehung so eingefangen hatte, wie er es wollte? Es gab nur einen Weg, das herauszufinden, doch es war noch zu früh. Sie wollte nicht, dass Fabrizio es las. Noch nicht. Dies war ihre zweite Chance, wenn sie die vermasselte, würde es keine dritte geben.

Die Ape schlängelte sich die Kurven hoch. Nando hatte sich angeboten, Fabrizios Ghostwriterin abzuholen, er war neugierig auf sie. Aus irgendeinem Grund waren sie sich noch nicht über den Weg gelaufen und dies war eine gute Gelegenheit, ein wenig mit ihr zu plaudern und sich ein Bild von ihr zu machen. Er ließ das Dorf hinter sich und kroch die Straße zur Villa der d'Ascenzos hinauf. Weil er früh dran war, parkte er den Wagen und wartete.

Plötzlich trat eine junge Frau mit offenem Haar aus dem

Tor. Er traute seinen Augen nicht. Es war Mel, das Mädchen, das er in der Pasticceria kennengelernt hatte.

Wieso war er nicht gleich darauf gekommen, dass sie etwas mit seinem Neffen zu tun hatte? An dem Abend, als sie sich kennenlernten, hatte sie ihm sogar gesagt, dass sie einen Tisch in Fabrizios Restaurant bestellt hatte!

Wie klein die Welt doch war … und Capri erst!

Er stieg aus und ging auf sie zu.

»Was machst du denn hier?« Sie lächelte überrascht.

»Ich wette, du wartest auf jemanden.«

»Erraten. Ich muss nach Capri und man hat mir gesagt, dass jemand mich abholen würde.«

Mit einer schwungvollen Geste hielt er ihr die Tür der Ape auf und forderte sie zum Einsteigen auf.

»Zu Ihren Diensten. Machen Sie es sich bequem, ich chauffiere Sie zu Ihrer Verabredung«, witzelte er.

»Ich wusste gar nicht, dass du als Taxifahrer arbeitest«, meinte Mel.

»Nur in Ausnahmefällen … Wenn zum Beispiel mein Neffe mich drum bittet.«

Verdattert sah sie ihn an. »Aber dann … bist du Fabrizios Onkel?!«

Nando nickte grinsend. »Und du bist die berühmte Journalistin!«

Sie lachten. Dann startete er den Motor.

»Ich gehe ihm im Restaurant zur Hand«, erklärte er. »Er hat mich gebeten, seine Ghostwriterin abzuholen, und da bin ich.« Er musterte sie. »Wie verstehst du dich mit ihm?«

Endlich jemand, der ihr etwas über Fabrizio erzählen konnte. Diese Gelegenheit würde sie sich nicht entgehen lassen.

»Gut, auch wenn seine Allüren die Sache nicht gerade einfacher machen«, rutschte es ihr heraus.

»Damit hast du ins Schwarze getroffen.«

»Aber du könntest mir helfen …« Vorsichtig sondierte Mel das Terrain.

Nando blinzelte neugierig. »Und wie?«

»Indem du mir von seiner Familie erzählst, beispielsweise.«

Das Mädchen redete nicht um den heißen Brei. Offenbar hatte sie den wunden Punkt seines Neffen bereits entdeckt.

»Warte ab, bis er dir davon erzählt.«

Ganz schön stur, diese Grecos!

»Er redet nicht gern darüber, aber wir sind Kinder unserer Vergangenheit und unserer Geschichte. Um zu seiner Stimme zu werden, muss ich ihn kennenlernen«, wandte Mel ein.

»Ich kann dir nur sagen, wenn du von Fabrizio erzählen willst, musst du hinter die Fassade blicken.«

»Das würde ich ja gern«, erwiderte Mel, »Aber ich fürchte, das wird alles andere als leicht. Er hat mir von Annie und seinem Aufbruch nach San Francisco erzählt, aber ich habe keinen blassen Schimmer, wo er geboren ist.«

Nando lachte. »Das kann ich dir verraten, das ist kein Geheimnis. Wir kommen aus Furore, dort ist Fabrizio aufgewachsen. Aber alles andere musst du ihn fragen.«

»Wieso ist das ein Tabuthema, Nando?«

Schon als Mel ein kleines Mädchen war, hatte ihre Mutter ihr vorgeworfen, störrisch wie ein Esel zu sein und vor nichts halt zu machen, und daran hatte sich nichts geändert.

Ihre Hartnäckigkeit überraschte Nando.

»Wir zwei sind die schwarzen Schafe der Familie.«

»Inwiefern?«

»Es tut mir leid, wenn Fabrizio nicht darüber reden will, aber ich kann ihm da nicht zuvorkommen.«

»Warum tut ihr beide eigentlich so geheimnisvoll?«

Nando brach in herzliches, ansteckendes Lachen aus.

»An meiner Geschichte ist nichts Geheimnisvolles, wenn du willst, erzähle ich sie dir.«

Vielleicht hilft mir das, Fabrizio zu verstehen.

»Gern, leg los.«

»Ich war vierundzwanzig, als meine Freunde mir zum Junggesellenabschied einen Ausflug nach Capri schenkten.«

»Aber du bist nicht verheiratet«, warf Mel ein, die bemerkt hatte, dass er keinen Ehering trug.

»Es kam nicht dazu, denn dieser Tag veränderte mein Leben.«

»Was ist passiert?«

»Es sollte ein ausgelassener Tag werden. Wir wollten Spaß haben, uns betrinken und auf den Putz hauen«, fuhr Nando fort. »Doch am Abend, als die anderen bereits völlig blau waren, habe ich mich abgeseilt. Ich musste allein sein und nachdenken. Die ganze Zeit fragte ich mich, warum ich nicht glücklich war …«

»Vielleicht hattest du Angst vor dem großen Schritt.«

»Das glaube ich nicht. Ich liebte Pina, wir waren zusammen groß geworden und unsere Heirat war genau das, was die Familien von uns erwarteten«, erwiderte Nando ernst.

»Und was hat dich deine Meinung ändern lassen?«

Er sah sie an und lächelte. »Faith. Eine junge Amerikanerin. Ich lernte sie an jenem Abend kennen und es war Liebe auf den ersten Blick.«

Als er Mels ungläubige Miene sah, fuhr er fort: »Das kann man nur verstehen, wenn man es selbst erlebt hat. Es geht einem durch und durch, wie eine Krankheit, die dich plötzlich erwischt.«

Als Fabrizio von Annie erzählt hatte, hatte es nicht nach der großen Liebe geklungen. Was, also, hatte seine Geschichte mit der seines Onkels zu tun?

»Und wegen eines One-Night-Stands hast du deine Ehe über den Haufen geworfen?«

»Ja, aber es war kein One-Night-Stand. Damals war zwischen uns nichts. Sie sagte, sie sei verheiratet. Wir redeten nur, die ganze Nacht, und trotzdem wusste ich im Grunde meines Herzens, dass ich mich selbst und Pina betrügen würde, wenn ich sie heiratete. Das hatte sie nicht verdient.«

»Und dann?«, drängte Mel, die jetzt unbedingt wissen wollte, wie es weiterging.

Nando zuckte die Achseln. »Nichts. Ich kehrte nach Furore zurück und verkündete, dass ich nicht heiraten würde. Meine Eltern versuchten, mich umzustimmen, sie sagten, wenn ich es nicht täte, hätte ich keine Familie mehr. Und genauso war's.«

Mel musste an Fabrizio denken. Eine Familie aus dem Süden. Ein zwanzigjähriger Junge, verführt von einer geschiedenen Frau, Ausländerin obendrein. Die Frage drängte sich geradezu auf.

»Wegen Annie ist das Gleiche passiert, stimmt's?«

Nando antwortete nicht.

»Er wird es dir erzählen.«

Nachbohren zwecklos.

»Und Faith? Hast du sie wiedergesehen?«

Nando parkte vor dem Restaurant.

»Ja, aber diese Geschichte erzähle ich dir ein anderes Mal. Fabrizio hasst es zu warten. Geh schon«, sagte er und hielt ihr die Wagentür auf.

Neun

In der großen Küche bewegten sich alle in vollkommenem Einklang, Köche und Kellner, Servicekräfte und Tellerwäscher. Jeder erledigte seine Aufgabe, ohne den anderen in die Quere zu kommen.

»Giuliano, mach den Teig dünner … Valerio, du musst die Dorade sorgfältiger filetieren, auf die Form kommt es an, Lino, alles muss runder und weicher sein …« Fabrizio sah seinen Mitarbeitern über die Schulter und überwachte ihre Handgriffe.

Als Mel die Küche betrat, prüfte er gerade eine Marinade.

»Wie oft soll ich dir noch sagen, dass du sie perfekt emulgieren sollst, sonst wird sie nicht sämig!« Der Junge sah zerknirscht zu Boden. »Jedes Mal das Gleiche! Nimm den Schneebesen und halt das Handgelenk locker! So schwer ist das doch nicht!«

Mel überlegte kurz, ob sie das Treffen lieber verschieben sollten, Fabrizio wirkte angespannt und sie wollte nicht stören.

»Entschuldige, Fabrizio, aber Soßen sind einfach nicht mein Ding!«

Mel wollte gerade wieder gehen, als Fabrizio dem Jungen väterlich den Arm um die Schultern legte.

»Ein guter Koch muss alles können«, sagte er und führte seinem Lehrling die Hand, »so emulgierst du die Soße, du musst den Rhythmus halten.« Er klang jetzt ganz anders, ruhig und gelassen. Er sah kurz auf, nickte Mel zu und wandte sich wieder dem Jungen zu. »Hast du verstanden?«

Der Junge nickte und schlug weiter.

»Herzlich willkommen«, sagte Fabrizio und kam ihr lächelnd entgegen. »Das erste Mal hast du mich im Gastraum gesehen, heute siehst du mich hinter den Kulissen.« Mit einer ausladenden Geste zeigte er auf die Küche und sein Team.

»Ich hätte nicht gedacht, dass so viele hier arbeiten«, meinte Mel.

»Wenn alles laufen soll wie geschmiert, musst du dich auf deine Mitarbeiter verlassen können.«

Und ich dachte, du verlässt dich auf niemanden.

»Jeder hat seine Aufgabe und muss zugleich alles können. Das ist wichtig, denn wenn etwas Unvorhergesehenes passiert, muss man souverän reagieren können. Auf die Teamarbeit kommt es an.«

Mel war verdattert. Der einsame Wolf, der kreative Individualist, der auf Teamarbeit setzte! Noch eine der vielen Seiten des Fabrizio Greco.

»Hast du eine Frage?«, fragte er angesichts ihrer ratlosen Miene.

»Jedes Mal, wenn ich glaube, etwas in den Fokus bekommen zu haben, ändert sich wieder alles. Es ist, als würde man aufs Meer schauen.« Mel deutete auf die funkelnden Wellen.

Fabrizio musterte sie kurz und lächelte.

»Vielleicht solltest du es anders sehen: Ich bin so, und du hast es begriffen.« Er wurde ernst. »Versuch nicht, mich in ein Raster zu zwängen und mir ein Etikett aufzukleben, Mel. Das ist der falsche Weg. Ich bin das, was ich fühle, wenn ich es fühle.« Er lächelte wieder. »Immer die gleiche Farbe, die gleichen Töne … das wäre doch stinklangweilig, findest du nicht? Apropos Farben, die Wahl der Grundzutaten ist zwar entscheidend, aber nicht alles. Wenn ich ein Menü kreiere, versuche ich stets, mit den Farben und ihren Kontrasten zu spielen. Das Auge ist das erste Sinnesorgan, das angesprochen wird, wenn man einen Teller serviert.«

»Farbe und Form«, auf dem Terrain fühlte sie sich einigermaßen sicher. »Nicht nur. Wenn du die Phantasie deines Gastes beflügeln willst, musst du verstehen, mit wem du es zu tun hast. Deshalb ist es wichtig, wie du ihn empfängst. Und dazu braucht es Intuition.«

Mel beobachtete, wie die Köche mit behänden Bewegungen die Gerichte zubereiteten: Sie schnitten Fleisch, spritzten Füllungen und garnierten die Teller mit Gemüsekonfetti.

»Eine Zutat deines Erfolges ist also die Intuition«, bemerkte sie und sah zu, wie er sich geschickt zwischen den brodelnden Töpfen und zischenden Pfannen bewegte.

Fabrizio hielt inne, griff nach einem Löffel, rührte in einem Püree und drehte sich wieder zu ihr um: »Wenn du die nicht hast, bist zu zum Scheitern verurteilt.«

»Weißt du, woran ich denken muss? An Raffaels Werkstatt. Dort ging es zu wie am Fließband, jeder wusste, was er zu tun hat. Doch der Meister sorgte für den entscheidenden Touch, der das Handwerk zur Kunst erhob.«

Fabrizio lachte. »Das ist ein schöner Vergleich! Raffael

war nicht nur ein großer Künstler, sondern einer der ersten großen Unternehmer.«

»Was ist dein Geheimnis?«

Fabrizio überlegte einen Moment.

»Ich habe Spaß in der Küche, jeden Abend probiere ich etwas Neues.« Ohne sie aus den Augen zu lassen, fügte er hinzu: »Es ist wie beim Sex, wenn man die Frau, die man liebt, verführen will, muss man sich jeden Tag neu erfinden.«

Er will mich in Verlegenheit bringen, aber diesmal gelingt ihm das nicht.

Sie hielt seinem Blick stand und ging zum Gegenangriff über.

»Darf ich dir eine Frage stellen?«

Fabrizio setzte ein gespielt argloses Lächeln auf.

»Natürlich.«

»Worin besteht der Unterschied, wenn man ein Gericht für eine Frau oder für einen Mann kocht?«

»In der Psychologie. Bei Männern muss man expliziter sein, sie lieben üppiges Essen, kräftige Farben, ausladende Formen …« Er blickte sie an, als könnte er ihre Gedanken lesen. »Frauen hingegen lieben den künstlerischen Dreh.«

»Und für wen kochst du lieber? Für einen Mann«, sie machte eine Kunstpause und blickte ihn herausfordernd an, »oder für eine Frau?«

Er antwortete nicht sofort. »Kommt darauf an.«

»Worauf?«

Er grinste.

»Auf die Situation. Zugegeben, ich bin ein Voyeur. Ich liebe es, die Menschen zu beobachten, wenn sie ein Gericht zum ersten Mal essen, vor allem, wenn es eine Frau ist, die mich interessiert. Es macht mir Spaß, ihr Gesicht zu beobachten, während sie isst, was ich extra für sie zubereitet habe.« Seine Stimme wurde eindringlicher. »Genauso, wie ich sie gern ansehe, wenn wir uns lieben.«

Mel schoss das Blut in die Wangen.

Verdammt, er hat's schon wieder geschafft.

Fabrizio legte den Mund dicht an ihr Ohr.

Sein warmer Atem.

Seine volle, weiche Stimme.

Seine Worte.

Ein alter Trick.

»Als ich für dich gekocht habe … habe ich dich beobachtet.«

Jeder einzelne Teller wurde von Fabrizio in Augenschein genommen, ehe er hinaus in den Gastraum ging. Manchmal genügte ein winziger Handgriff, ein weiteres Blättchen, ein Spritzer Sauce, eine minimale Veränderung des Arrangements, und alles wirkte anders, intensiver, appetitlicher, sinnlicher.

Fasziniert sah Mel ihm zu, wie er seine Leute anwies. Zwischen ihm und dem Team herrschte ein Einklang wie bei einem Orchester. Fabrizio war der Dirigent. Die Köche, Konditoren und Servicekräfte und selbst die Aushilfen folgten ihm aufs Wort. Es reichte ein Blick, um einer Sache den richtigen Dreh zu geben, und stets herrschte eine heitere, entspannte Atmosphäre. Über eine Stunde verfolgte Mel das Treiben in der Küche, dann zog das Tempo der Bestellungen an, und weil sie nicht im Weg sein wollte, verabschiedete sie sich und verließ das Restaurant.

Es war ein lauer Abend und Mel beschloss, einen Spaziergang zur Piazza zu machen. Nur wenige Leute waren dort: Wer es sich leisten konnte, saß jetzt in den Restaurants am Corso, die Tagestouristen waren bereits wieder gefahren, und nur ein paar versprengte Passanten schlenderten an den Schaufenstern entlang, in denen unbezahlbarer Luxus feilgeboten wurde.

Es war verblüffend gewesen, den Starkoch bei der Arbeit hinter den Kulissen zu sehen. Der sonst so eitle, selbstbezogene Fabrizio war wie ausgewechselt. Offen, zugänglich, für jeden Rat empfänglich und stets bereit zu helfen. Sie lehnte sich auf die Brüstung und blickte über das Meer. Fabrizio hatte viele Gesichter. Ein Matador. Ein Meisterkoch. Und ein Mann, der anderen zuhören konnte und den Menschen, für die er sich entschieden hatte, vertraute.

Wer war der Magier wirklich? Eine leichte Brise ließ Mel erschaudern. Sie legte sich den grünen Seidenschal um die Schultern und machte sich auf den Heimweg. Nando hatte ihr geraten, nicht an der Oberfläche haltzumachen, doch mit jeder neuen Entdeckung wurden all ihre vorherigen Überzeugungen über den Haufen geworfen. War Fabrizio ein Zyniker oder – wie er selbst behauptete – ein Künstler, der sich nahm, was sich ihm bot?

Mit dem Bus kehrte Mel zur Villa zurück.

»Bist du schon wieder da?«

Sie zuckte zusammen. Sie hatte nicht bemerkt, dass jemand im Garten war. Sie drehte sich um und machte ein paar Schritte auf das Schwimmbad zu. Mit einem Glas Whiskey in der Hand und der Flasche neben sich auf dem Boden saß Antonio im Dunkeln in einem Liegestuhl. Er prostete ihr zu.

»Kleiner Schlummertrunk gefällig?«, nuschelte er undeutlich.

»Lieber nicht«, antwortete Mel und setzte sich neben ihn. »Und du hast wohl auch schon genug.«

Als Antwort kippte Antonio einen weiteren Schluck der bernsteinfarbenen Flüssigkeit hinunter.

»Ich steck das gut weg.«

Sieht nicht danach aus.

»Was gibt's Neues im Restaurant? Was hat der große Fabrizio sich heute ausgedacht? Womit hat er dich beeindruckt? Der hat immer ein Ass im Ärmel. Der Glückliche …«

Seine Stimme klang bitter.

»Wir haben alle unsere Asse im Ärmel, wir müssen sie nur ausspielen.«

Durch die Dunkelheit spürte sie seinen Blick.

»Ich bin ein lausiger Spieler«, erwiderte er und schenkte sich nach.

»Ehrlich gesagt habe ich Angst zu verlieren.«

Er redete mehr mit sich selbst als mit ihr.

»Und weshalb, wenn du sowieso nichts riskierst?«

Antonio verzog das Gesicht.

»Weißt du, was es bedeutet, der Sohn von Augusto d'Ascenzo zu sein? Man spielt immer die zweite Geige. Egal, was du machst, es ist nie in Ordnung. Es ist immer falsch. Nur er weiß, wie man's richtig macht. Du bist weniger als nichts.«

Seine Worte waren voller Groll.

»Er mag despotisch und egozentrisch sein, aber es ist an dir, ihm zu zeigen, dass du anders bist als er«, konnte Mel sich nicht verkneifen zu sagen.

»Da kennst du ihn aber schlecht. Es ist besser, keinen Vater zu haben, als einen wie ihn.«

»Du weißt nicht was du sagst!«

Antonio prustete los. Ein übertriebenes, galliges Lachen.

»Leider weiß ich das nur zu gut, und ich weiß auch, dass er nicht ganz unrecht hat. Im Leben gibt es die Gewinner wie ihn und diejenigen, die im Schatten stehen und zuschauen, wie ich.«

Antonio war so betrunken, dass jede Diskussion zwecklos war.

»Wenn du in Selbstmitleid versinken willst, dann tu das. Aber erwarte nicht, dass ich dir dabei Schützenhilfe leiste.« Mel stand auf und wollte gehen.

»Aber klar doch, dir gefallen Kerle wie Fabrizio, die Erfolg haben und nur mit den Fingern schnippen müssen, damit ihnen die Welt zu Füßen liegt!«

Er war aufgestanden und stand ihr feindselig gegenüber.

»Mir gefallen Leute, die kämpfen und die glauben, dass man sein Schicksal selbst in der Hand hat!«, gab sie zurück.

Mit diesen Worten wünschte sie ihm eine gute Nacht und ließ ihn mit seiner Whiskeyflasche auf der dunklen Terrasse zurück.

Zehn

Mel hatte das Fenster zum Garten offengelassen, und eine sanfte frühmorgendliche Brise stahl sich in ihr Zimmer und weckte sie. Sie stand auf und beschloss, den Tag mit einem Sprung in den Pool zu beginnen. Nachdem sie in ihren Badeanzug geschlüpft war, ging sie in den Garten. Die Luft war mild und ein paar schüchterne Sonnenstrahlen kämpften sich durch die schweren Wolken. Der Garten lag verlassen, nur das Zwitschern der Vögel durchbrach die Stille. Mel legte das Badetuch auf eine Liege, hielt die Luft an und sprang in das glitzernde Blau. Einen Moment lang verschlug der Kontakt mit dem kühlen Wasser ihr den Atem. Dann begann sie zu schwimmen. Mit angespannten Muskeln zog sie Bahn um Bahn und gab sich dem Genuss des türkisblau funkelnden Wassers hin.

Wenn es das Paradies gibt, dann muss es sehr ähnlich sein.

Sie hielt inne, um Atem zu schöpfen.

»Melle! Melle!« Nur ein Mensch konnte so schreien. Mel drehte sich um und sah sie in ihrem geblümten Morgenrock und der unvermeidlichen roten Schürze auf den Pool zuschlurfen: Zia Rosa. Sie trug ein Silbertablett mit einer Espressotasse und den unvermeidlichen Leckereien. Mel winkte ihr aus dem Becken zu.

»Guten Morgen! Ich bin hier«, rief sie zurück. Wie schön es war, das Frühstück gebracht zu bekommen. Sie stemmte sich mit einem Schwung aus dem Wasser und schüttelte ihr Haar.

»Ein Bad um diese Uhrzeit! Du kriegst noch einen Herzschlag, Kindchen!«, sagte die Alte vorwurfsvoll, während Mel sich in das Handtuch wickelte.

»Aber das ist die schönste Zeit des Tages, es ist wunderbar und das Licht ist so herrlich.«

Zia Rosa hielt ihr die dampfende Espressotasse unter die Nase.

»Trink ihn, solange er heiß ist, ich hab zwei Löffel Zucker reingetan, in Ordnung?«

Wie hätte sie ihr sagen können, dass sie den Kaffee lieber ohne Zucker trank? Nickend griff sie nach der Tasse und Zia Rosa säbelte ihr ein Stück von der frisch gebackenen Torta Caprese ab.

»Die hab ich extra für dich gebacken. Die ist nahrhaft, mit Mandeln und Schokolade. Das hast du nötig«, sagte sie und beäugte Mel kritisch. »Und, wie ist sie? Wie ist sie?«, fragte sie begierig, während Mel in den Kuchen biss.

»Willst du sie wohl in Ruhe lassen!«, schallte es von der Terrasse herüber. Zia Maria lehnte auf dem Geländer, winkte Mel zu und verschwand wieder.

»Noch ein Stückchen? Um gut in den Tag zu starten, muss man fit sein«, beharrte Zia Rosa.

»Danke, normalerweise frühstücke ich nicht viel«, versuchte Mel einzuwenden, doch die Alte ließ nicht locker. »Ich weiß nicht, was euch junge Leute reitet, ihr wollt einfach nicht begreifen, dass ein bisschen Fleisch auf den Rippen euch guttut! Ein Mann will etwas zum Anfassen haben, keinen Hungerhaken! Ich weiß, wovon ich rede … Alle hatten nur Augen für Maria, aber nicht, weil sie schöner war«, Rosa setzte sich und goss sich einen Schluck Kaffee ein, »sondern weil sie so einen Busen hatte«, sie machte eine ausladende Bewegung mit den Händen.

»Fängst du schon wieder damit an! Begreif's doch endlich! Sie wollten dich nicht, weil du zu viel redest!« Zia Maria kam mit klappernden Absätzen auf sie zu.

»Hör sich einer die an! Als wir hierher nach Capri gekommen sind, hast du sogar Gaetano vergrault …« Zia Rosa wollte immer das letzte Wort haben.

Belustigt hörte Mel den beiden Schwestern zu. Sie zankten ständig, aber es war offensichtlich, wie sehr sie einander verbunden waren.

»Ich dachte, ihr wärt hier geboren.«

»Nein, Herzchen.« Zia Maria nahm neben Mel Platz. »Wir kommen aus Castellabate. Augusto ist wegen der Arbeit hierhergezogen, doch dann starb seine Frau, Gott hab sie selig, also sind Rosa und ich nach Capri gekommen, um ihm und den Kindern unter die Arme zu greifen.«

»Er ist der Jüngste von uns, der einzige, der uns noch geblieben ist«, fuhr Zia Rosa fort. »Damals waren Antonio und Deborah noch klein und Augusto schaffte es nicht allein.«

»Habt ihr diese Entscheidung nie bereut? Auf euer Leben zu verzichten …« Mel biss sich auf die Zunge.

»Wir haben auf nichts verzichtet!«

Sie hatten im Chor geantwortet und Mel schaute sie verdutzt an.

»Herzchen, Augusto, Antonio und Deborah sind unsere Familie, die Kinder, die wir nie hatten.« Zia Rosa hatte geantwortet und Zia Maria nickte zustimmend.

»Natürlich, aber ich dachte …«

»Entweder, man trifft die große Liebe«, fiel ihr Zia Maria ins Wort, »die einen um den Verstand bringt und ohne die man nicht leben kann, oder sie ist es nicht wert.«

»Wir haben Antonio und Deborah großgezogen«, fuhr Zia Rosa lächelnd fort, »unsere Kinder sind die, die wir wie Mütter großziehen, vergiss das nie.«

»Und habt ihr euch nicht verliebt?«

Zia Maria sah sie träumerisch an.

»Sie hat ein Herz aus Eis, an jedem Kerl hatte sie was auszusetzen, ich hingegen …«

Rosa verdrehte die Augen.

»Jetzt fang nicht wieder davon an. Wieso sollte Melle das interessieren? Das ist so lange her …«

»Aber es interessiert mich.«

»Meine große Liebe sollte nicht in Erfüllung gehen«, hob Zia Maria an. »Es war wie in einem Groschenroman. Ich lernte ihn am Strand kennen. Er war mit seiner Familie dort, um Ferien zu machen.«

Die Schwester stand auf und griff sich das Tablett mit den Tassen.

»Ich gehe, diese Geschichte kenne ich in- und auswendig«, sagte sie und schlurfte davon.

»Sie ist eifersüchtig«, flüsterte Maria verschwörerisch, »sie hat nie jemanden getroffen wie Vincenzo. Er war wunderschön, Melle. Es war der schönste Sommer meines Lebens, ich werde ihn nie vergessen.« Selbst nach so vielen Jahren lag Wehmut in ihrer Stimme. »Doch er stammte aus einer bedeutenden neapolitanischen Familie und ich …«, sie machte eine Pause, »ich war die Tochter eines Drogisten. Eine Weile haben wir uns noch geschrieben, dann sind die Briefe seltener geworden und schließlich ganz ausgeblieben.« Sie griff nach Mels Hand und drückte sie. »Aber ich weiß, dass seine Familie Schuld war. Heute wären die Dinge ganz anders gelaufen. Ihr jungen Leute lasst nicht mehr zu, dass eure Familien sich in eure Gefühle mischen. Und das ist gut so.«

Mel lächelte. Trotz ihres Alters hatte Zia Maria eine überaus fortschrittliche Einstellung.

»Mel!«

Diesmal war es Deborahs Stimme. Sie lehnte aus einem Fenster und rief ihr zu: »Fabrizio Greco hat angerufen. Er sagt, du sollst doch bitte zu ihm nach Hause kommen, und falls er noch nicht da ist, kommt er gleich.«

»Danke, ich mach mich auf den Weg«, rief Mel zurück und Zia Maria stand auf.

»Dann halte ich dich nicht länger auf, sonst kriege ich von Rosa was zu hören. Na, geh schon, sonst kommst du noch zu spät.«

Bei Fabrizios Villa angekommen, klingelte Mel mehrmals, doch niemand öffnete. Mel sah zum Himmel: Dicke schwarze Wolken brauten sich am Horizont zusammen. Das Piepen einer neuen SMS ertönte: Wurde aufgehalten. Der Schlüssel liegt unter dem Blumentopf links neben dem Tor. Geh schon rein.

Mel war hin- und hergerissen. Sollte sie hineingehen und sich sein Zuhause in aller Ruhe ansehen – *bin ich etwa auch eine Voyeurin?* – oder nicht? Ein gleißender Blitz, der zwischen Himmel und Meer niederging und ein dunkles Donnergrollen nach sich zog, ließ sie nicht lange überlegen. Sie fand den Schlüssel und trat ein.

Das Wohnzimmer war unaufgeräumt, die Sofakissen

türmten sich zu einem wilden Haufen, auf einem Tischchen stand eine halbvolle Kaffeetasse neben einem Buch, ein hellroter Pulli lag hingeworfen auf einem Stuhl. Offenbar war dies der bewohnteste Raum des Hauses. Wie es wohl in den anderen Zimmern aussah? Neugierig näherte sie sich einer angelehnten Tür. Dahinter lag Fabrizios Schlafzimmer. Nach dem, was durch den Türspalt zu sehen war, herrschte auch hier Unordnung. Ein flüchtiger Blick auf das riesige, zerwühlte runde Bett genügte, um Mel ein mulmiges Gefühl zu geben. Die zerknüllten Laken sahen nach einer unruhigen Nacht aus, oder nach einer Liebesnacht.

Was fällt mir eigentlich ein? Das geht mich nichts an!

Instinktiv zog Mel die Tür zu. Sie kam sich vor wie eine Einbrecherin, die sich in fremde Leben schlich. Sie wich von der Tür zurück, als könnte sie sich daran verbrennen. Von all dem wollte sie nichts wissen. Sie war hier fehl am Platz, ein Eindringling. Dieses Unbehagen lag weniger an dem Chaos, als an der Tatsache, dass beinah jeder Gegenstand etwas überaus Sinnliches ausstrahlte. In einer Nische stand eine kleine Bronzefigur: Zwei Liebende in verzweifelter Umarmung. Im Eingang ein rahmenloses Gemälde. Ein Frauenakt, hingestreckt auf einem Bett, als erwarte sie jemanden … oder nach dem Liebesakt. Die weichen, halb geöffneten Lippen, ein lustvolles Versprechen.

Bestimmt eine seiner zahlreichen Geliebten.

Ein Blitz und krachender Donner ließen sie zusammenfahren. Um sich auf andere Gedanken zu bringen, öffnete sie eine weitere Tür. Die Küche. Mel war überrascht. Vor ihr lag ein hochmoderner und im Gegensatz zum Rest des Hauses peinlich ordentlicher Raum. Die Stahlmöbel waren blank poliert, im Spülbecken stand nicht ein Teller und auch der Glastisch blitzte wie frisch gewienert.

Im ganzen Haus herrscht Chaos und nur hier, in seinem Reich, ist es fast krankhaft ordentlich.

Wie konnte ein Mensch zwei so unterschiedliche Seiten haben?

Um sich die Wartezeit zu verkürzen, holte Mel ihr Tablet hervor und las noch einmal das, was sie geschrieben hatte:

... Wir hielten in einer winzigen Bucht und ich sprang ins Wasser, sammelte Seeigel von den Felsen, kehrte ins Boot zurück und brach sie für Annie auf und sie öffnete sich mir ... Mit dem Geschmack des Meeres habe ich sie erobert.

Sie tippte weiter:

Annie war voller Leidenschaft, Hingabe und Energie. Durch sie begriff ich, dass alles möglich war. Man musste nur daran glauben. An jenem Tag, als ich das Ticket nach San Francisco in den Händen hielt, beschloss ich zu glauben, dass Träume wahr werden können.

»Guten Tag.«

Mel fuhr zusammen. Sie war so ins Schreiben vertieft gewesen, dass sie ihn nicht hatte kommen hören.

»Und, hast du einen Rundgang durch Blaubarts Schloss gemacht?«

Ertappt blickte sie zu Boden. Hätte sie es abgestritten, hätte er sie sofort durchschaut.

»Hast du etwas Interessantes entdeckt?« Er musterte sie belustigt.

»Hättest du mich nicht dazu aufgefordert, wäre ich nicht reingegangen!«

Lachend stellte Fabrizio die Einkaufstüten neben dem Kühlschrank ab. »Entspann dich, Mel. Ich habe nichts zu verbergen. Na ja …« Er warf ihr einen finsteren Blick zu. »Du hast doch nicht in die kleine Kammer am Ende des Flurs geschaut, oder?«

Einen Moment lang wusste sie nicht, was sie sagen sollte, dann lachte sie los.

»Du kannst ja nachsehen, ob Blut am Schlüssel klebt.«

Er grinste.

»Du kennst das Märchen also!«

»Es ist eines der Lieblingsmärchen der Kinder, sie lieben es, sich zu gruseln, wenn ich es ihnen erzähle.«

Fabrizio sah sie fragend an. »Der Kinder?«

Mel zögerte kurz. »Hin und wieder erzähle ich … den Kindern von Freunden Geschichten.«

Das Heim, die Kinder und die mit ihnen verbrachte Zeit gingen niemanden etwas an, es war ihr emotionaler Rückzugsort, den sie nicht mit Fabrizio Greco teilen wollte.

»Magst du Kinder?«

»Ja«, antwortete sie prompt.

»Ich auch. Ich mag ihre unverstellte Kreativität.«

Ehe Mel sich über diese Antwort wundern konnte, schälte er sich aus seinen Kleidern.

»Ich hasse nasse Sachen.« Mit nacktem Oberkörper stand er da.

Trotz ihrer Verlegenheit konnte Mel den Blick nicht von ihm losreißen.

»Ich muss mir schnell was anderes anziehen.« Er schlüpfte aus der Jeans.

»Wenn du willst, gehe ich nach nebenan …«

Fabrizio schaute auf und warf ihr einen fragenden Blick zu. »Wieso?«

Dämliche Frage!

»Entschuldige mich, ich stelle nur kurz eine Waschmaschine an.« Er klang, als wäre all das das Natürlichste von der Welt. Mel kam sich lächerlich vor.

»Kein Problem.« Sie versuchte beiläufig zu klingen. Er öffnete die Waschmaschine, stopfte die nassen Sachen hinein und sah sie kurz an. Offensichtlich fühlte er sich in seiner Haut pudelwohl. Mel beneidete ihn. Nacktheit hatte sie immer befangen gemacht und sie hatte alles unternommen, um sie zu kaschieren und zu verstecken, als wäre sie ein Makel, ein Vergehen. Niemals hätte sie sie so selbstverständlich zur Schau tragen können!

Vermeintlich konzentriert starrte sie auf den Bildschirm.

Sie hörte, wie er die Küche verließ, und zwang sich, ihm nicht nachzusehen.

»Bin gleich wieder da.«

Ihr war heiß. Sie brauchte Luft. Trotz des Regens öffnete sie die Fenstertür zum Garten, atmete tief durch und sog den Geruch von nasser Erde ein.

»Was hast du geschrieben?«

Fabrizio bewegte sich wie eine Katze. Auch diesmal hatte sie ihn nicht gehört. Er trug Jeans und ein weißes T-Shirt und schaute auf den Bildschirm ihres Tablets.

Mel wurde starr.

»Ich habe versucht, Annies Geschichte zu strukturieren.«

Nickend und ohne die Lektüre zu unterbrechen setzte er sich an den Tisch.

»Das sind nur Stichpunkte«, sagte sie hastig. Sein Gesichtsausdruck ließ nichts durchblicken. Bestimmt fand er ihr Geschreibsel platt und trivial. Bestimmt hatte sie ihn wieder enttäuscht.

Endlich sah er auf und lächelte.

Mel begann wieder zu atmen. Erst jetzt merkte sie, dass sie die Luft angehalten hatte.

»Du bist auf dem richtigen Weg.«

Für einen endlos scheinenden Moment musterten sie einander. Sie hätte ihm gern etwas gesagt, fand jedoch nicht die richtigen Worte. Wie sollte sie ihm erklären, dass sie in dem, was sie auf dem Monte Solaro in seinen Augen gesehen hatte, den Schlüssel gefunden hatte?

Fabrizio stand auf und kam auf sie zu. »Jetzt spürst du mich.«

O Gott, und wie.

Wieder einer dieser Gedanken, der ihrem Verstand durch die Lappen gegangen war. Die Grenzen zwischen Persönlichem und Geschäftlichem waren unter den gegebenen Umständen mehr als durchlässig. Wie sollte sie es bloß schaffen, Abstand zu wahren und sich gleichzeitig in ihn hineinzuversetzen, ohne in die Falle zu tappen?

»Freut mich, dass du das sagst.«

Das klang neutral. Hoffte sie zumindest. Sie machte einen Schritt von ihm weg und tat so, als wollte sie das Tablet ausschalten.

»Ich möchte, dass du es erst liest, wenn ich es in die richtige Form gebracht habe, in Ordnung?«

Professionell. Und ein bisschen nüchtern.

Er sah sie wortlos an und lächelte.

»Okay, Miss Ghost.«

Miss Ghost. Klingt nett.

»Was hältst du davon, wenn wir was essen? Beim Lesen habe ich Appetit bekommen.«

Ein Wink mit dem Zaunpfahl, begleitet von einem verschmitzten Grinsen.

Er kann's nicht lassen.

»Etwas Einfaches«, sagte Fabrizio und machte sich an den Einkaufstüten zu schaffen. »Ich habe die ersten Feigen der Saison gefunden und mir ist eine Idee gekommen. Hast du Lust, den Tisch zu decken? Hier sind Teller und Gläser.« Er zeigte auf den Küchenschrank.

»Gern.«

Mel deckte Sets, Besteck und Gläser, dann sah sie ihm bei der Zubereitung zu. Mit einem Glas stach Fabrizio Brotscheiben aus, legte die runden Scheiben auf einen Teller und drapierte rohe Schinkenstreifen herum.

»*Et voilà*, fertig ist das Nest!« Er nahm eine Burrata, schnitt sie klein und vermengte sie mit Mascarpone.

Als Mel ein Stück stibitzen wollte, zog er blitzschnell die Schüssel weg.

»Du musst deinen Appetit so lange zügeln, bis es fertig ist«, lächelte er. »Jetzt füllen wir die Nester. Gedulde dich noch einen Moment, du wirst es mir danken.« Er häufelte Burrata auf die Brotscheiben und machte Honig warm.

Mel ließ sich keinen seiner Handgriffe entgehen.

»Und die Feigen?«, fragte sie.

Fabrizio spülte sie ab, ritzte sie mit einem Messer kreuzweise ein und öffnete sie wie Blüten.

»Die kommen jetzt in die Mitte unseres Nestes und dann beträufele ich sie mit Honig«, erklärte er und nahm einen Löffel heißen Honig. »Der muss heiß und dickflüssig sein.«

Mel konnte sich nicht dagegen wehren: Dieses Zusammenspiel aus Essen, Gestik und verführerischer Körperlichkeit war einfach magisch.

Und gefährlich.

»Ich kann's gar nicht abwarten.« Sie hatte das erstbeste gesagt, was ihr eingefallen war, um die knisternde Spannung zu brechen.

Er blickte auf. »Wirklich?«

Ihr ging auf, wie doppeldeutig ihre Bemerkung gewesen war.

»Dann musst du dich zügeln.«

Fabrizio ging in den Garten, pflückte eine Kalla, stellte sie auf den Tisch, zog den Stuhl zurück und forderte sie auf, Platz zu nehmen. »Schau dir den Teller an, ehe du anfängst. Was siehst du?«

Mel lächelte.

»Ein Nest, wie du gesagt hast. Ein einladendes Nest …«, sie brach ab.

»Geh weiter. Was löst dieser Teller in deiner Phantasie aus? Lass dich gehen, das ist keine Prüfung.«

Wieder schaute sie auf das Burrata-Nest, in dessen Mitte die halb aufgebrochene, mit heißem Honig beglänzte Feige thronte. Das Bild drängte sich förmlich auf. Feuchte, verführerische Lippen. Sie sagte es und er nickte.

»Frauenlippen. Beschreib sie, ich will Adjektive hören.«

Adjektive können tückisch sein.

»Appetitlich?«

»Das kannst du besser.«

»Lockend?«

Er nickte.

»Begehrlich?«

»Lippen, die man küssen möchte.« Mit einem Finger fuhr er den Umriss ihrer Lippen nach.

Mel war wie erstarrt. All ihr Empfinden schien sich unter der Berührung seines Fingers zu bündeln, und einen Moment lang schloss sie die Augen.

»Jetzt kannst du kosten.« Er spielte mit ihr. »Halt die Augen geschlossen.«

Sie gehorchte. Was blieb ihr anderes übrig?

Der Geschmack der Burrata bildete zu der Feige einen einzigartigen Kontrast. Dazu kam die sündhafte Süße des Honigs.

Sie öffnete die Augen und sagte es ihm. Fabrizio lachte.

»Verstehst du jetzt, was ich mit erotischem Essen meine? Essen ist nicht nur Ernährung, es ist Leidenschaft. Erst muss es dein Auge verführen, dann deinen Gaumen.« Er lehnte sich zu ihr hinüber. »Es ist ein Vorspiel für die Liebe, aber die wenigsten wissen das. In jenen Tagen auf dem Boot mit Annie ist es mir klargeworden.«

Intuitiv begriff sie, was er meinte. Seine Waffe der Verführung war nicht nur das Essen, sondern seine körperliche, direkte, unverstellte Hingabe.

»Du redest vom Essen, als wäre es ein Liebesakt.«

Fabrizio lächelte.

»Es ist eben auch eine Art, Liebe auszudrücken.« Mit einem Finger wischte er ihr einen Tropfen Creme von der Lippe und steckte ihn sich in den Mund. »Davon musst du schreiben, Mel.«

Mel war wie gefangen von seinen Worten und Gesten.

Er kam ihr so nahe, dass ihre Gesichter sich fast berührten.

»Der erste Bissen ist wie ein erster Kuss. Voller Begehren,

Erwartung, Erregung. Gefühle, die so niemals wiederkehren werden. Denn der erste Kuss ist …« Mel spürte seinen warmen Atem auf den Lippen, »einzigartig und unwiederbringlich.«

Seine Augen waren ein dunkler, tiefer Brunnen, seine Stimme eine Zärtlichkeit.

Fabrizio nutzte ihre kurze Schwäche und streifte ihre Lippen mit einem Kuss. Ganz leicht und doch so intensiv, dass Mel erschauderte.

»Erzähl mir von San Francisco«, sagte sie, um wieder zu sich zu kommen und die richtige Distanz zu finden.

Die Versuchung, sich fallen zu lassen, war mächtig gewesen.

Übermächtig.

Elf

Es war bereits später Nachmittag, als Mel Fabrizios Villa verließ. Der Himmel war wolkenschwer, die Luft klar und licht. Sie hatte riskiert, das Projekt an die Wand zu fahren. Fast hätte dieser Kuss das empfindliche Gleichgewicht zwischen ihnen zum Einsturz gebracht.

Doch nicht zuzugeben, dass sie ihn wie wahnsinnig begehrt hatte, wäre verlogen gewesen. Fabrizios Anziehungskraft, die Intimität dieses Augenblicks, das Essen, seine Worte … einen Moment lang hatte sie sich gewünscht, den Verstand zum Schweigen zu bringen und sich ihm hinzugeben.

Zum Glück hatte sie es nicht getan, sonst wäre es ihr unmöglich gewesen, dieses Buch zu schreiben und sich auf dem unsichtbaren Schwebeseil halten zu können, das ihr den Weg zwischen Vernunft und Gefühl wies.

Fabrizio hatte das gespürt, er hatte ihren Rückzieher respektiert und seine Schilderung dort wieder aufgenommen, wo er aufgehört hatte.

Nach Annie hatte er ihr von Diane erzählt, der zweiten Frau, die sein Leben geprägt hatte. Fabrizios Worte bevölkerten ihren Kopf. Amerika, Annie und die wunderschöne Villa auf dem Hügel, sein Gefühl der Beengtheit, seine Rebellion. Und dann Diane. Die Entdeckung seines kreativen Potentials, der rauschhafte Aufstieg und wieder der Eros, der alles durchdrang.

»Meine ersten Rezepte waren von Diane inspiriert, von ihrer Sinnlichkeit, den Spielen, die sie mir beibrachte …«

Beim Reden hatte Fabrizio Mel nicht aus den Augen gelassen, aber jede weitere Berührung vermieden. Blicke und Worte genügten. Mels Verlegenheit angesichts einer besonders gewagten Beschreibung eines Gerichts, bei dem Phantasie und Sinnlichkeit sich aufs Trefflichste verbanden, ließ ihn schmunzeln.

In Gedanken versunken erreichte Mel die Villa von Axel Munthe. Auf einer Plakette waren die Worte des Schriftstellers zu lesen:

Mein Haus soll für die Sonne und den Wind und für die Stimmen des Meeres offen sein – wie ein griechischer Tempel – Licht, Licht und überall Licht!

Fabrizio hatte ihr davon erzählt.

»Die Villa darfst du dir nicht entgehen lassen, sie wird dir gefallen, dieser Ort öffnet einem die Seele.« Es war noch zu früh zum Abendessen und Mel beschloss hineinzugehen.

Sofort war klar, was Fabrizio gemeint hatte. Jenseits der weißen, von Jungfernrebe überschatteten Säulen der Loggia bot sich ein herrlicher Blick über den Golf von Neapel. Die Statuen und Büsten, die den Laubengang säumten, zeugten von der Unvergänglichkeit der Antike, die sich mit den Farben und Düften der allgegenwärtigen Natur verband.

Das Paradies auf Erden.

In dieses Paradies war Fabrizio zurückgekehrt, um seinen Erfolg in Italien zu begründen. Er hätte sich keinen besseren Ort aussuchen können. Er, der mit der Sinnlichkeit, den Aromen und der Präsentation seiner Gerichte spielte, hatte Capri gewählt, weil es seine Lebensphilosophie auf den Punkt brachte.

Mel stieg die Stufen zur Bar hinauf, setzte sich auf die Terrasse und holte das Tablet hervor. Sie wollte Fabrizios Schilderungen und das, was sie in ihr ausgelöst hatten, bis ins Detail festhalten.

Annie hatte mir den Weg nach Amerika gezeigt, Diane hatte mir mein Selbstvertrauen zurückgegeben.

Sie hielt inne, las den Satz noch einmal und unterstrich ihn. Wer hatte versucht, Fabrizios Selbstvertrauen zu zerstören? Was war vor seiner Begegnung mit der Amerikanerin passiert? Welches Geheimnis barg seine Vergangenheit?

Als ich nach San Francisco kam, änderte sich alles. Annie lebte in einer viktorianischen Villa unweit des Alamo Square. Wenn ich morgens erwachte, trat ich auf die Terrasse hinaus, um die Skyline der Stadt zu bewundern. Von dort aus erschien alles einfach und machbar. Am liebsten hätte ich mir sofort einen Job gesucht, doch Annie bestand darauf, dass ich mich erst einlebte und mein Englisch verbesserte. San Francisco brodelte vor Kreativität, und in der ersten Zeit waren wir ständig auf Empfängen und Partys eingeladen. All die Energie elektrisierte mich. Jeden Abend stellte sie mich neuen Freunden vor, bekannten Persönlichkeiten, Künstlern, Models, Journalisten, allesamt sympathische, inspirierende Menschen. Ich sprühte vor Ideen. Ich musste nur herausfinden, in welche Richtung ich meine Energie lenken sollte. Ich war An-

nie dankbar für alles, was sie für mich getan hatte, doch allmählich wurde mir dieses Leben zu eng. Ohne ihr etwas zu sagen fing ich an, mich umzuschauen. Ich war ein junger Italiener, der passabel aussah und kochen konnte. Und so war es nicht schwer, einen Job in einem kleinen Restaurant unweit der Ashbury Street zu finden. Sie suchten einen Tellerwäscher und ich nahm an. Meine spärlichen Ersparnisse waren aufgebraucht und ich wollte nicht auf Annies Kosten leben. Es kam zu ersten Streits. Sie beharrte darauf, dass ich diesen Job nicht bräuchte, sie hätte genug Geld für uns beide, und sah nicht ein, dass ich unabhängig sein und mich selbst verwirklichen wollte. Jede Erklärung war zwecklos. Es war das Ende unserer Beziehung.

Annie hatte einen Toy Boy *gewollt, und Fabrizio wollte keiner sein.*

Mel tippte weiter und ließ sich von ihren Vorstellungen und Eingebungen leiten. Ein unauflösliches Geflecht aus Kulinarik, Leidenschaft und Sinnlichkeit, verquickt mit der Geschichte eines Jungen, der es allein schaffen wollte. Um jeden Preis.

Doch es gab einen blinden Fleck in Fabrizios Schilderungen. Etwas, das Mel daran hinderte, ihm auf den Grund zu kommen und zu einem Teil von ihm vorzudringen, von dem sie spürte, dass er ihn in den hintersten Winkel seiner Seele verbannt hatte. Nur ein Mensch konnte ihr weiterhelfen: Nando.

Sie rief im Restaurant an und erfuhr, dass Nando um diese Zeit meist beim Fischen sei. Sie fragte, wo sie ihn finden könne, und machte sich auf den Weg zu den Uferfelsen.

Der schmale Pfad, den man ihr beschrieben hatte, endete an einer steilen Klippe.

Es dämmerte bereits. Nur die Schreie der Möwen, die zu ihren Nestern zurückschwärmten, und das Rauschen der Brandung an den dunklen Felsen erfüllten die Stille.

Wieder musste Mel an Fabrizios Worte denken.

»Ich will, dass du Capri mit allen Sinnen erfährst und den Verstand außen vor lässt. Als würdest du einer Musik lauschen, die dich umfängt, liebkost, in dich eindringt …«

Das Vogelkreischen klang wie eine herzzerreißende, überwältigende Melodie. Überirdisch.

Ich wünschte, du wärst hier und könntest diesen Moment mit mir teilen.

Der Gedanke verblüffte sie, er war wie von selbst gekommen.

Während sie dem Flug der Möwen mit den Augen folgte, entdeckte sie Nando, der angelnd auf einem Felsen saß und den Horizont betrachtete.

Sie kletterte zu ihm hinunter und setzte sich wortlos neben ihn. Minutenlang saßen sie schweigend da. Dann wandte Nando ihr sein gegerbtes Gesicht zu und lächelte.

»Also hast du ein weiteres Geheimnis dieser Insel entdeckt.«

Er warf seine Angel aus und Mel spähte in den Korb. Er war leer.

»Wohl kein guter Abend, um zu angeln …«

Er lächelte. »Das ist egal.« Er starrte in die langsam sinkende Sonne. »Hier geht's mir gut. Ich betrachte das Meer und die Möwen und fühle mich zu Hause. Jeder von uns hat einen Ort, an dem er sich angekommen fühlt. Für manche ist es die Familie, für andere die Arbeit. Mein Ort ist hier.«

Seine warme, tiefe Stimme war der seines Neffen ähnlich. »Das habe ich vor vielen Jahren begriffen, und ich bin geblieben.« Er sah sie an. »Und wo ist dein Ort, Mel?«

Sie zuckte die Achseln und spielte mit ihren Ringen. »Vielleicht habe ich ihn noch nicht gefunden«, erwiderte sie schlicht.

Nandos Blick wurde ernst.

»Und deine Familie?«

»Die ist kein heimeliges Nest. Mein Vater ist abgehauen, als ich zehn war. Eigentlich kenne ich ihn gar nicht.«

»Aber du hattest deine Mutter«, wandte er ein.

»Meine Mutter hat ihm nie verziehen. Seitdem ist sie wütend auf die ganze Welt. Zorn vergällt einem das Leben.«

Sie wusste nicht, wieso sie ihm das erzählt hatte. Sie öffnete sich so gut wie niemandem. Doch Nando schien ihr wirklich zuzuhören und sie zu verstehen. Er strich ihr sacht über die Wange.

»Du wirst deinen Ort finden, genau wie ich. Im Grunde sind doch die Menschen, die wir lieben, unsere wahre Familie.«

»Denkst du dabei an Faith?«

Er lächelte. »Wir sind seit dreißig Jahren zusammen. Ja, sie ist meine Familie.«

»Wie erträgst du es, dass sie am anderen Ende der Welt wohnt?« Mel konnte sich die Frage nicht verkneifen. »Was ist das für eine Liebe, die ihr lebt?«

»Unglaublich, dass ihr jungen Leute manche Dinge einfach nicht begreift. Du kannst dir nicht vorstellen, wie oft Fabrizio mich gedrängt hat, mit ihm nach San Francisco zu fliegen. Er verbringt jeden Winter dort. Aber das wäre nicht das gleiche. Es würde alles kaputtmachen. Sie weiß, dass ich hier bin, und wenn sie soweit ist, wird sie zu mir kommen. Mir reichen die wenigen Tage, die wir zusammen verbracht haben …«

Verstört hörte Mel ihm zu. Sie verstand ihn einfach nicht.

»Was hält Fabrizio davon?«

»Er weigert sich, mich verstehen zu wollen. Aber er ist ein Mensch, der sich nicht binden will, er hat seine Entscheidungen getroffen … und den Preis dafür gezahlt.«

»Was meinst du damit?«

Nando musterte sie prüfend: Früher oder später lief es immer wieder darauf hinaus, dass Mel ihn ausquetschen wollte.

»Du sollst nicht meine Biografie schreiben, sondern seine. Ich werde dir nicht von seiner Vergangenheit erzählen, wenn er das nicht will.«

Nando nimmt kein Blatt vor den Mund, genau wie sein Neffe.

»Ich versuche doch nur, ihn zu verstehen.«

Sie sah aus, als hätte man sie ertappt, trotzig und schuldbewusst.

»Was verstehst du denn nicht?«

Jetzt hieß es, ehrlich zu sein.

»Es ist, als hätte er zwei Gesichter. Einerseits das öffentliche des Spitzenkochs, der mit seinen radikalen, verblüffenden Kreationen die Welt erobert hat. Andererseits …« Sie suchte nach den richtigen Worten. »… andererseits sehe ich einen Menschen, der sich nicht zeigen will, der sich versteckt. Es ist, als versuche er, die anderen zu betören, um sich selbst etwas vorzumachen.«

Nando erhob sich und begann wortlos seine Gerätschaften zusammenzusammeln. »Du hast gesagt, ich soll nicht an der Oberfläche haltmachen, wenn ich seine Geschichte erzählen will!«, beharrte Mel.

»Fabrizio weiß, was er will«, erwiderte Nando entschieden.

Sie ließ nicht locker.

»Beruflich ja, aber sonst? Annie, Diane, jede wollte etwas von ihm, aber wonach hat er gesucht?«

Nando hielt ihr die Hand hin und half ihr auf.

»Lass uns gehen, bald ist es dunkel.«

»Ein Junge lässt nicht alles im Stich, um ans andere Ende der Welt zu gehen, wenn es dafür keinen Grund gibt«, fuhr sie fort und kraxelte hinter Nando her. »Wo war seine Familie, als er fortgegangen ist?«

Nando drehte sich um und sah ihr direkt in die Augen. »Ich bin seine Familie, Mel. Sein Vater und seine Mutter sind vor langer Zeit gestorben. Mehr gibt es da nicht zu wissen.«

Und mit diesen Worten war das Thema beendet. Mel blieb nichts anderes übrig, als ihm schweigend zu folgen.

Zwölf

Amerika war mein Ort. Annie war es nicht. Sie hatte mir geholfen, den Absprung zu schaffen, doch jetzt wollte sie mich in einen goldenen Käfig sperren.

Als sich der Abendtau über den Garten senkte und die Villa allmählich zur Ruhe gekommen war, hatte Mel sich in einer bequemen Kapuzenjacke auf die Terrasse gesetzt, um weiterzuschreiben. Sie konnte den sanften Zauber der blauen Insel spüren, der sie mit Fabrizio verband.

Ich wollte meine Freiheit wiederhaben und holte sie mir zurück, zusammen mit den wenigen Habseligkeiten, die ich aus Italien mitgebracht hatte. Von den Sachen, die Annie mir gekauft hatte, wollte ich nichts behalten. Sie verstand mich nicht und warf mir vor, sie verletzt zu haben. Sie flehte mich an zu bleiben. Doch ich hatte mich entschieden. Ich packte meinen Rucksack und ging.

Mel sah die Szene förmlich vor sich. Ein stolzer zwanzigjähriger Fabrizio, der den Luxus und das leichte Leben hinter sich ließ, um … was zu suchen?

Ich habe stets an die unbegrenzte Macht der Möglichkeiten geglaubt. An die Chance, seinen Traum zu verwirklichen, man selbst zu sein. Sich zu ändern, Entscheidungen zu treffen, das Leben voll und ganz auszukosten.

Das Wissen um die Möglichkeiten ist das Adrenalin, das einen vorwärtstreibt, das stärkste aller Gefühle. Und Gefühle sind es, die ich vom Leben will, ausgelöst vom Kuss einer Frau, von der Leidenschaft des Kochens, von einem Schmetterling, der eine Orchidee liebt …

Mel hielt inne. Wieder hatte sie geschrieben, ohne nachzudenken. Erst durch Fabrizio wurden ihre Worte lebendig. Durch das, was er in ihr ausgelöst hatte. Seine Liebe für das Leben und den unerschütterlichen Glauben, sich jeden Tag neu erfinden und begeistern zu können. Das musste auch Diane gespürt haben, als sie ihn Abend für Abend dabei beobachtete, wie er seinem Talent freien Lauf ließ …

Ich arbeitete auch weiterhin als Tellerwäscher in dem Restaurant auf der Ashbury Street. Unter dem Vorwand, noch aufräumen zu wollen, blieb ich abends allein in der Küche zurück und experimentierte mit Aromen, Gerüchen und Farben. Königslanguste mit Krabbenschaum, Tintenfisch, Krebse mit Johannisbeeren, Fasan mit Trüffel. Meine ersten eigenen Kreationen. Ich aß sie allein, weil niemand etwas von ihrer Herstellung mitbekam. Das glaubte ich zumindest. Bis zu jenem Abend.

Wieder einmal war ich allein in der Küche zurückgeblieben und kochte ein Gericht, das ich mir am Tag ausgedacht hatte. Ich war so in meine Arbeit versunken, dass ich nicht merkte, dass sich jemand hinter mir befand. Als ich mich umdrehte, stand dort Diane, die Besitzerin des Restaurants. Ich fürchtete, sie würde mich feuern und ich müsste mir einen anderen Job suchen. Doch sie lächelte.

»Schon seit Tagen schaue ich dir beim Kochen zu. Jeden Abend.« Sie kam näher, steckte den Finger in die Sauce, die ich gerade zubereitete, und leckte ihn ab.

Mel hielt inne. Wie sollte sie ganz und gar in seine Haut schlüpfen, wie sollte sie es schaffen, das Charisma, das sich in seiner Stimme, seinem Schweigen, der Wahl seiner Worte ausdrückte und seine Schilderungen so unmittelbar und lebendig machte, zu Papier zu bringen? Wie gern hätte sie ihre Vorbehalte über Bord geworfen und Fabrizios Gefühle zu ihren eigenen gemacht! Doch ihre Angst war stärker und hinderte sie daran, über die Schwelle zu treten.

Ich darf nicht denken. Nur fühlen. Versuch's noch einmal, Mel. Sie kniff die Lider zusammen und tippte weiter.

Noch einmal tunkte Diane den Finger in die Sauce und sah mir dabei direkt in die Augen. Die Botschaft war eindeutig. Ich nahm ihre Hand, führte sie an meine Lippen …

Mel schauderte. Lag es an der plötzlichen Meeresbrise?

Weiter …

Ihre Hände lagen reglos auf der Tastatur, als weigerten sie sich weiterzuschreiben. Schließlich fuhr sie fort.

Seit jenem Abend erlaubte Diane mir nicht nur, nach Herzenslust zu experimentieren, sondern beförderte mich zum Sous-Chef. Ich wusste, dass sie an mich glaubte, und dieser Gedanke befeuerte mich. Sie war mein »zündender Gedan-

ke«. Wenn sie bei mir war und mir beim Kochen zusah, mich berührte, mich provozierte, beflügelte sie meine Kreativität. Ihr Begehren war mein stärkstes Aphrodisiakum, ich spürte, ich würde es schaffen, die Welt stand mir offen, ich konnte meinen kulinarischen und erotischen Phantasien freien Lauf lassen …

Mel sicherte den Text, klickte auf das Mailprogramm, suchte Fabrizios Adresse heraus, hängte die Datei an und drückte auf SENDEN.

Am nächsten Morgen wurde sie von den erregten Stimmen von Vater und Sohn D'Ascenzo geweckt, die sich direkt vor ihren Fenstern stritten.

»Du brauchst gar nicht lang drum herum zu reden. Du traust mir nicht!«

»Ich muss die Aufträge erfolgreich zu Ende bringen, es geht um den Namen unserer Firma!«

»*Deiner* Firma, Papa. Ich zähle doch gar nicht. Ich habe nichts zu sagen!« Antonio war laut.

»Ach, jetzt willst du auch noch entscheiden? Dann lass mal hören, was du drauf hast!«

»Wozu habe ich eigentlich Architektur studiert?! Ich hätte mir denken können, dass man mit dir nicht zusammenarbeiten kann!«

»Wie soll ich dir trauen, wenn du dich vor jeder Aufgabe drückst, die ich dir gebe?«

»Ach, lass mich doch in Ruhe! Es hat keinen Zweck, mit dir zu diskutieren.«

»Antonio, warte … wo willst du denn hin?«

Die Stimmen entfernten sich.

Mel stand auf. Der alte Löwe wollte seinem Sohn keinen Platz machen und begriff nicht, dass er ihm damit die Chance verwehrte, sich zu entfalten. Dabei war nicht zu übersehen, wie sehr er ihn liebte.

Bei Mel war das anders gewesen. Grimmig dachte sie an ihre Mutter. Ihr Kopf hatte ihr verziehen, ihr Herz nicht. Ihre Gedanken kehrten zu Antonio zurück. Es musste schwer sein, im Schatten eines so einflussreichen und polarisierenden Menschen zu leben, allemal für jemanden mit wenig Selbstvertrauen. Für Antonio wäre es besser gewesen, die Nabelschnur zu durchtrennen, so schwer es auch sein mochte. Offenbar hatten Augusto und Mels Mutter eines gemeinsam: Sie waren unfähig, sich in andere einzufühlen.

Doch im Gegensatz zu Antonio hatte Mel die Kraft gefunden, sich zu lösen und ihren eigenen Weg zu gehen, und nach und nach hatte ihre mühsam erkämpfte Eigenständigkeit es ihr erlaubt, an sich selbst zu glauben.

Sie sah auf die Uhr: Es war schon spät, sie musste sich beeilen. Eilig machte sie sich fertig, nahm den Rucksack, verließ die Wohnung und lief prompt Augusto in die Arme, der auf dem Weg zurück zur Villa war. Er wirkte so bedrückt, dass sie unwillkürlich stehen blieb.

»Guten Tag …«

Signor d'Ascenzo blickte auf und zwang sich zu einem Lächeln.

»Haben wir dich geweckt?«, fragte er kleinlaut.

Mel schüttelte den Kopf.

»Keine Sorge, ich musste sowieso früh raus.«

Augusto sah sie betrübt an.

»Ich verstehe meinen Sohn einfach nicht. Was geht in ihm vor?«

»Vielleicht sucht er nur seinen eigenen Weg«, erwiderte Mel vorsichtig. Sie wollte sich nicht in fremde Angelegenheiten mischen, doch zugleich wollte sie helfen. Obwohl sie die Familie erst seit kurzem kannte, war ihr jedes ihrer Mitglieder bereits ans Herz gewachsen.

»In seinem Alter hatte ich schon zwei Kinder!«

»Augusto, die Zeiten haben sich geändert. Und darf ich Ihnen etwas sagen?« Sie wollte ehrlich sein. »Für Antonio ist es bestimmt nicht leicht. Versuchen Sie ihn zu verstehen. Sie sind ein charismatischer, erfolgreicher Mann, Sie haben …«

Augusto unterbrach sie. »Aber er hat doch alles, er ist klug und talentiert und könnte die ganze Welt zu Füßen haben, stattdessen versinkt er in Selbstmitleid. Ich bin siebzig Jahre alt. Begreift er denn nicht, dass ich nicht ewig weitermachen kann?«

Bekümmert sah sie ihn an. Es war absurd, dass beide litten, weil sie nicht miteinander reden konnten. Mel musste an das Unverständnis denken, das wie eine Wand zwischen ihr und ihrer Mutter gestanden hatte. An all das Ungesagte. Ihre ganze Kindheit hatte sie sich lästig gefühlt und schuldig, weil ihr Vater sie verstoßen hatte. Hätte ihre Mutter ihr nur gesagt, dass sie sie liebte und respektierte …

»Haben Sie je versucht, ihm das zu sagen? Ich glaube, Sie müssten Antonio nur ein bisschen Vertrauen schenken. Vielleicht fühlte er sich unfähig oder hat Angst, Sie zu enttäuschen. Sie sollten ihm eine echte Aufgabe geben.«

»Ich weiß nicht, ob es wirklich daran liegt«, wandte er ein, »aber ich werde darüber nachdenken.«

Er blickte ihr in die Augen. »Danke, Mel. Ich hoffe, Antonio findet irgendwann ein Mädchen wie dich.«

Sie legte ihm die Hand auf den Arm und lächelte. »Das wird er, Augusto …«

Er erwiderte ihre Geste, und einen Moment lang standen sie schweigend da. Mel spürte, wie ihr Tränen in die Augen stiegen. Eilig verabschiedete sie sich und hastete davon. Wie gern hätte sie einen Vater gehabt, der so mit ihr redete!

Dreizehn

»Kennst du diesen Geruch?«

Mel blieb auf dem Pfad stehen, der sich zwischen den Bäumen talwärts schlängelte. Sie schloss die Augen und atmete tief ein. Intensiver Pinienduft lag in der Luft, gemischt mit etwas anderem, bitter und unverwechselbar.

»Erdbeerbaum!«, rief sie und riss triumphierend die Augen auf. Nie würde sie die Sträucher mit den roten, fleischigen Beeren vergessen, ein Geschmack ihrer Kindheit.

»Du hast eine feine Nase. Für einen guten Koch ist das unerlässlich.«

»Das hat meine Großmutter auch immer gesagt.«

»Ich wette, sie war eine hervorragende Köchin.«

»Ja. Und eine großartige Zuckerbäckerin.«

»Jetzt weiß ich, woher du die Leidenschaft hast.«

Sie gingen weiter. Für jemanden, der das Wandern nicht gewohnt war, war der Weg anstrengend. Endlich erreichten sie die Klippen, von denen aus sich der Blick tief unten in der schmalen Bucht verlor. Mel blieb ergriffen stehen. Der Fjord glich einer Wunde, als wäre das Meer wie eine Messerklinge in den Fels gedrungen.

»Was du geschrieben hast, hat mir gefallen. Offenbar kommst du mir näher …«

Mel drehte sich langsam zu ihm um. Bis jetzt hatte er kein Wort über den Text verloren und sie hatte sich gehütet, nachzufragen. Offenbar war Fabrizios Satz noch nicht zu Ende.

»Aber …«, fragte sie leise.

»Wieso gehst du nicht einen Schritt weiter?«

Sie sah betreten zur Seite. Es hatte keinen Zweck, die Ahnungslose zu spielen. Sie wusste genau, was er meinte.

»Ist Sex denn so wichtig?«

»Schau mich an, Mel.«

Sie zwang sich, ihm in die Augen zu sehen.

»Er ist eine entscheidende Zutat.« Er näherte sich ihrem Gesicht. »Er ist meine Art, mich auszuleben.«

Mel musste sich räuspern.

»Inwiefern? Das musst du mir erklären … vielleicht sollte ich mir ein paar Notizen machen.«

Sie holte Stift und Zettel heraus; Fabrizio sah sie immer noch an.

»Über manche Dinge muss man nicht reden … oder schreiben. Die spürt man.«

»Wenn ich sehen und fühlen soll wie du, muss ich mehr darüber wissen.«

Seufzend verdrehte Fabrizio die Augen. »Störrisch wie ein Esel.«

Er überlegte einen Moment und hielt ihr dann die Hand hin. »Schließen wir einen Pakt?«

Sie schlug zögernd ein.

»Was ist, traust du mir nicht?«

Ich traue mir nicht.

Doch das konnte sie nicht sagen.

»Und wie lautet dieser Pakt?«

Es war unmöglich, sich seinem warmen Händedruck zu entziehen, Haut gegen Haut.

»Ich erzähle dir von Lora und versuche deine Frage zu beantworten. Aber es läuft nach meinen Spielregeln.«

Sie sah ihn misstrauisch an. »Das heißt?«

»Ein Pakt ist ein Pakt. Wovor hast du Angst?«

Mel beschloss, die Herausforderung seiner grauen Augen anzunehmen. »Abgemacht.«

Ein kleines Lächeln huschte über seine Lippen.

»Gut, dann lass uns hinunterwandern. Pass auf, wo du hintrittst.«

Der Abstieg wurde steiler und der Pfad schmaler. Unterhalb der Pinien waren die zum Meer abfallenden Felsen von dichtem Gestrüpp überwuchert, das sich dürstend nach dem Wasser reckte. Jetzt war der Pfad nur noch ein kaum wahrnehmbarer Streifen, der senkrecht auf den saphirblauen Wasserspiegel zuführte.

Fabrizio drehte sich zu ihr um. »Gib mir deine Hand, es ist gefährlich.«

Mel ignorierte seine langen, kräftigen Finger, die sich ihr entgegenstreckten.

»Danke, ich komme schon klar …«

Sie hatte den Satz noch nicht beendet, als sie über eine Wurzel stolperte. Hätte er sie nicht aufgefangen, wäre sie abgestürzt.

»Manchmal ist Stolz ein schlechter Ratgeber.« Fabrizio half ihr auf, und einen Moment lang lag Mel in seinen Armen. Sein Duft, seine Wärme, seine Muskeln …

Schluss jetzt, Mel!

Sie überwand den Drang, den Reizen seines Körpers nachzugeben, und machte sich los. »Okay, ich passe auf.«

Doch er ließ ihre Hand nicht los. »O nein, meine Süße, ich brauche dich gesund und munter.«

Meine Süße?!

In seinen Augen blitzte leiser Spott.

Er nimmt mich auf den Arm.

»Ich bin nicht süß und ich brauche keinen Babysitter!«

Er lachte. »Wenn du mich so anschaust, kann ich einfach nicht anders als dich … zu provozieren.«

Zählen, Mel, zählen.

»Was machst du da, Mel?«

»… elf, zwölf, dreizehn … ich zähle. Weil ich es mir leider nicht erlauben kann, den hochgerühmten Starkoch zum Teufel zu schicken!«

Sein Lächeln wurde fast zärtlich.

»Tu's doch. Wie gesagt, ich mag Menschen, die ehrlich sind, etwas wagen und keine Angst haben, sie selbst zu sein.«

Mel hatte das Gefühl, als gewähre er ihr Zugang zu einem Ort, der anderen verwehrt war. Jetzt lag kein Spott mehr in seinem Blick. Fast schien er sie zu bitten, ihm auch ihre Tür zu öffnen.

»Und du bist so ein Mensch, Mel. Das spüre ich. Auch wenn deine Beherrschung dich daran hindert, es durch und durch zu sein.« Er wiederholte seine Frage: »Wovor hast du Angst?«

Vor dir! Vor mir. Vor meinen Gefühlen.

Doch auch das konnte sie ihm nicht sagen.

»Mir das Bein zu brechen!«, versuchte sie es und merkte sofort, wie unpassend ihre Schnodderigkeit klang.

Fabrizio bohrte nicht weiter, ließ aber ihre Hand nicht los.

Kurz darauf erreichten sie eine von den hohen Felswänden umragte Uferstelle direkt am Wasser.

»Wir sind da. Diesen Ort kennt so gut wie niemand.«

»Ist das dein Ort?«, entschlüpfte es ihr, denn sie musste an ihre Unterhaltung mit Nando denken.

»Wieso willst du das wissen?«

»Weil er dir ähnlich ist.«

Fabrizio schwieg eine Weile.

»Was von mir siehst du hier?«

Mel schaute sich um und traf seinen Blick.

»Licht und Schatten. Die kräftigen Farben der Leidenschaft und des Lebens, aber auch Dunkelheit. Tiefe, unergründliche Wasser.«

Sie hatte einfach drauflos geredet. Als würde sie schreiben und er stünde nicht vor ihr. Sie brach ab. Abermals balancierte sie auf dem dünnen Seil zwischen Vernunft und Gefühl, zwischen ihrem Versuch, er zu sein, und ihrem Selbst.

Fabrizio schwieg. Sein Blick verlor sich in der Ferne, in einer anderen Welt, zu der Mel keinen Zugang hatte. Als er schließlich etwas sagte, ließ Mel sich von seinem unbeschwerten Tonfall nicht täuschen. Sie wusste, dass sie eine verborgene, schmerzhafte Saite zum Schwingen gebracht hatte.

»Diese Beschreibung wird den Lesern nicht unbedingt gefallen. Das Bild vom düsteren Schönling ist schon ein bisschen abgedroschen, findest du nicht?«

Die Tür war wieder zugefallen. Es hatte keinen Sinn, daran zu rütteln. Nicht jetzt.

»Ich glaube nicht, dass du irgendwelche Klischees nötig hast, um die Phantasie der Leser anzuregen«, gab sie in möglichst neutralem Ton zurück.

»Soll das ein Kompliment sein?« Er grinste.

»Eine Tatsache. Wie wär's, wenn du mir von Lora erzählst?«

Fabrizio forderte sie auf, sich zu setzen.

»In Ordnung, Miss Ghost. Aber du musst mir versprechen, dass du diesmal keine Zensur walten lässt.«

Der vielsagende Ton versetzte sie in Alarmbereitschaft.

Es ist seine Geschichte, Mel.

»Ich werde es versuchen.«

»Lora war eine Managerin, die oft in Dianes Restaurant zum Essen kam. Eine schöne Frau, auf den ersten Blick sehr kontrolliert, aber nur scheinbar …«

Na, prima.

Mel machte sich Notizen und versuchte, sich nichts anmerken zu lassen. Er legte eine abwartende Pause ein, doch als von ihr nichts kam, fuhr er fort.

»Sie war ein Fan von mir.« Er erhaschte Mels fragenden Blick und grinste. »Ich gefiel ihr.«

Was es zu beweisen galt.

»Und sie gefiel mir. Hast du ein Problem damit?«

»Wieso sollte ich? Es ist dein Leben, das wir erzählen wollen, nicht meins.«

Er beugte sich zu ihr hinüber. »Ich würde mich freuen, wenn du es eines Tages tätest.«

Was?

»Mir dein Leben erzählen, meinte ich«, sagte er, als er ihre ratlose Miene sah, die sofort wieder undurchdringlich wurde.

»Reden wir von dir.«

»Ganz wie du willst.« Er starrte zum Horizont, der mit dem dunklen Blau des Meeres verschmolz. »Ich kochte mit ihr und Lora war hingerissen.«

Da möchte ich wetten.

Mel sagte nichts und machte sich weiter Notizen.

»Sie war es, die mir vorschlug, zusammen ein Restaurant zu eröffnen. Sie kannte einen Haufen einflussreicher Leute und hatte reichlich Kapital.«

»Und das wollte sie in dich investieren.« Mel konnte sich einen ironischen Unterton nicht verkneifen.

»Wann hörst du endlich auf, so voreingenommen zu sein?« Er klang zuckersüß.

»Entschuldige.«

Fabrizio grinste.

»Ja, sie glaubte, ich sei eine gute Investition.«

»Was hat sie dir angeboten?« Mel bemühte sich, sachlich zu klingen.

»Dass wir Partner werden. Sie brachte ihre Kontakte ein, ich mein Können.«

»Und Diane?«

Fabrizio blickte wieder aufs Meer. »Wir hatten eine gute Zeit miteinander. Ich schuldete ihr viel, doch es war an der Zeit, ein neues Kapitel aufzuschlagen.«

Ein Kapitel: So einfach serviert er sie ab.

»Lora gab mir die Chance zu zeigen, was ich draufhatte, und das reizte mich und gab mir neue Energie, ich liebte die Herausforderung …«

Seine Augen leuchteten.

Mel fragte sich, was Diane gefühlt hatte, als Fabrizio sie für sein neues Abenteuer verlassen hatte.

»Schreibst du nicht mit?«

Mel schreckte aus ihren Gedanken hoch. »Entschuldige … kannst du das noch mal sagen?«

Er sah sie schief an. »Ich sagte, das war die Geburtsstunde

des erotischen Essens. Das erste Dessert, das ich erfunden habe, wurde von Lora inspiriert, hinter ihrer nüchternen, ein wenig steifen Fassade verbarg sich eine Frau voller Leidenschaft.«

Schon gut, schon gut, ich hab's kapiert.

Sie wünschte, er würde aufhören. Von etwas anderem reden.

»Was war das für ein Dessert?«

»Der Red-Passion-Becher. Ich suchte nach einem Nachtisch, der ihr entsprach. Ich wollte alle Spielarten von Rot: Ich nahm Kirschen, Erdbeeren, Johannisbeeren, Sahne, Chili und Schokolade und fing an zu experimentieren. Ein Nachtisch, der dich erst entspannt, dann verführt und schließlich verbrennt.«

Mel schluckte.

»Aber das war noch nicht alles.«

»Nicht?«

»Nachdem wir uns stundenlang geliebt hatten, hatte Lora die Idee …«

Aufhören, aufhören!

»Gibt's ein Problem, Mel?« Unschuldslächeln.

Die Genugtuung gebe ich dir nicht!

»Nein, wieso?« Unschuldsmiene.

»Nur so ein Gefühl.« Das gleiche Lächeln noch einmal. »Ich bin froh, mal frei heraus reden zu können.«

Er nahm seine minutiöse Schilderung wieder auf, derweil Mel sich mit übermenschlichen Kräften bemühte, sich am Riemen zu reißen, statt sich ins Wasser zu stürzen und auf den tiefsten Grund zu sinken. Schließlich hielt sie es nicht länger aus.

»Wieso erzählst du mir nicht von Loras Idee? Ich glaube, alles andere kann ich mir inzwischen ganz gut vorstellen.«

Fabrizio verkniff sich ein Grinsen. »Aber genau darin bestand die Idee.«

Wenn er weiterredet, bringe ich ihn um.

»Ich war gerade in der Küche, um uns was zu essen zu machen, als sie mich anschaute und sagte: ›Fabrizio, genau so musst du kochen. Sie müssen dich sehen, dich anschauen … sie müssen dich begehren wie dein Essen‹.«

»Nämlich wie?«, fragte Mel verdattert.

Er antwortete nicht. Ganz langsam fing er an, sein Hemd aufzuknöpfen und ließ sie dabei nicht aus den Augen.

»So.«

Sie konnte nicht mehr klar denken, ihre Gedanken schossen wild durcheinander. Der Nebel in ihrem Kopf wurde sekündlich dichter. Ihr Magen zog sich zusammen, sie bekam keine Luft mehr. Sie wusste nicht, ob sie sich mehr vor ihm oder vor sich selbst fürchtete, vor ihren Gefühlen, der Willkür ihres Körpers, der völligen Abwesenheit jeglicher Vernunft. Ihr war kalt und heiß und ihre Wangen brannten.

Sie konnte nicht mehr wie Fabrizio Greco denken oder fühlen oder sein.

Sie konnte nur noch sie selbst sein. Eine von Emotionen geschüttelte Frau, die sie zerrissen, betäubten und einer unbekannten, drängenden Begierde überließen.

Das Hemd flog weg.

Jetzt waren die Hosen dran. Fabrizio knöpfte sie auf und ließ sie ganz langsam an seinen muskulösen Beinen hinabgleiten. Es war nicht wie das letzte Mal, als er sich die nassen Sachen ausgezogen hatte, um sie zu waschen. Jetzt war jede seiner Bewegungen bedacht und sinnlich. Dann stand er nackt vor ihr. Mel sah weg. Er legte ihr die Hand unters Kinn und zeichnete ihre Züge und Lippen mit dem Finger nach.

»Hat sich noch nie ein Mann für dich ausgezogen, Mel?«

»Bitte …« Es war nur ein heiseres, von einem ungekannten Gefühl ersticktes Flüstern.

»Um was bittest du mich?« Seine Stimme brachte sie aus der Fassung, ließ sie den Halt verlieren, genau wie seine warme Haut, die sie überdeutlich spürte, so sehr sie die Augen auch zusammenkniff.

Seine Finger glitten durch ihr Haar, über ihren Hals, ihre Brust, die sich heftig hob und senkte.

»Spiel mit mir …«

Für ihn ist es nur ein Spiel.

Dieser Gedanke brachte Mel wieder zur Besinnung.

Sie öffnete die Augen und traf Fabrizios Blick. Jetzt wusste sie, was Annie, Diane, Lora und die anderen empfunden hatten.

Jetzt kann ich es schreiben, und das werde ich. Ich werde seine Stimme sein.

»Wenn ich es täte, könnte ich nicht mehr du sein.«

Sein Lächeln. Ein jähes, blendendes Aufglühen.

»Ganz im Gegenteil …«

Seine Hand begann sie wieder zu streicheln. »Es würde dich bereichern.«

Seine Finger fingen an, ihre kurzen Baumwollhosen aufzuknöpfen. Mel wurde starr.

»Zieh dich auch aus.«

»Nein, ich kann nicht.«

Fabrizios Hand hielt inne. Mel spürte sein Grinsen noch ehe sie es sah.

»Willst du in Klamotten schwimmen gehen?«

Sie kam sich saublöd vor.

Gleich darauf hörte sie ihn ins Wasser springen, dann seine Stimme, die nach ihr rief. »Komm, es lohnt sich, glaub mir!«

Mühsam rappelte sie sich hoch. Sie fühlte sich matt und wehrlos. Mit kräftigen Armschlägen durchpflügte Fabrizio das Wasser. Dann verschwand er und tauchte neben den Felsen wieder auf.

»Und, worauf wartest du?«

Zögernd schälte Mel sich aus ihren Kleidern und stand im Badeanzug da, ihrer schützenden Rüstung beraubt. Sie spürte seinen Blick und fühlte sich noch verletzlicher. Hastig rannte sie auf das Wasser zu und stürzte sich hinein.

Sie schwamm, um die Spannung abzubauen und sich von ihrem ungewollten Verlangen zu befreien. Schließlich hielt sie inne und ließ sich vom Wasser wiegen, mit reglosem Körper, die Augen geschlossen.

Fabrizio tauchte neben ihr auf.

»Wieso bist du geflohen?«

»Ich bin nicht geflohen!«

Er ließ sie nicht weiterreden. Mit einem Arm umschlang er ihre Taille, drückte sie an sich und küsste sie.

Der Geschmack nach Salzwasser und ihm. Der Wunsch nach totaler Hingabe.

Er drückte sie an sich und tauchte unter, ohne seinen Kuss zu unterbrechen. Mel ließ sich mitreißen. Sie versank in einer parallelen Unterwasserwelt, losgelöst von allem und ihren schrankenlosen Gefühlen ausgeliefert.

Als sie auftauchten und die Wirklichkeit wieder Konturen annahm, bekam Mel Angst. Angst, ihre Gefühle nicht zu ertragen, von ihnen erstickt zu werden. Sie machte sich von ihm los.

»Nein, Fabrizio. Ich will das nicht«, war alles, was sie hervorbrachte.

Dann schwamm sie zu den Klippen.

Vierzehn

Diane war wichtig gewesen. Sie hatte meine Kreativität geweckt, doch auf meinem Weg war sie nur eine Etappe und nicht die Endstation. Ich konnte nicht stehen bleiben. Mein Lebenshunger drängte mich weiter, neuen Zielen und Herausforderungen entgegen. Die Begegnung mit Lora bedeutete den Durchbruch.

Mel legte den Notizblock aus der Hand und las, was sie in den letzten Tagen geschrieben hatte. Sie fühlte sich zwiegespalten, als hätte ein Teil von ihr angefangen, zu leben und zu empfinden wie Fabrizio Greco, derweil der andere Teil Mel blieb. Einerseits wollte sie frei sein und sich von ihren Trieben leiten lassen, andererseits hatte sie alles unter Kontrolle.

Dissoziation.

Sie fragte sich, ob sie das auf Dauer aushalten würde.

Sie versuchte, sich auf die Geschichte von Lora zu konzentrieren, doch es hatte keinen Zweck. Ihre Abwehrmechanismen waren leckgeschlagen. Sie musste lächeln. Dieser Moment, in dem das Meer sie gänzlich umfangen und ihren Atem vereint hatte, war nicht leicht zu vergessen. Und es war nicht nur physisches Sehnen und Begehren gewesen, sondern noch etwas anderes.

Zeitlupe rückwärts.

Hatte sie sich das nur eingebildet? Ihr Verstand sagte ja. Sobald Gefühle im Spiel waren, wollten alle – und vor allem Frauen – nur das wahrhaben, was sie sehen wollten. Sie auch?

Will ich die Antwort wirklich wissen?

Sie versuchte sich wieder auf Fabrizios Geschichte zu konzentrieren.

Lora machte mir ein Angebot, das ich nicht ablehnen konnte. Ich fragte mich, was sie wirklich wollte. Suchte sie nur einen Geschäftspartner oder hatte sie in mir den Menschen gesehen, in den es sich zu investieren lohnte? Oder wollte sie etwas anderes? Sex? Eine Beziehung? Die Antwort konnte ich in ihren Augen lesen, als wir eines Abends ausgingen, um über ihr Angebot zu sprechen. Sie war eine schöne Frau. Ich war frei. Und wir wollten beide dasselbe.

Mel legte den Stift beiseite. Sie blickte auf die Wellen, die sich dicht vor ihr brachen, und auf die am Himmel kreisenden Möwen. Sie war dorthin zurückgekehrt, wo sie Nando das erste Mal gefunden hatte. Zum Nistplatz der Möwen.

Als sie aus dem Wasser gekommen waren, hatte sie Fabrizio gesagt, dass sie heimgehen wolle. Sie hatte behauptet, sie müsse ihre Gedanken ordnen und schreiben. Keiner von ihnen hatte ein Wort über das verloren, was soeben passiert war.

Und was will ich?

Nur wenige Tage zuvor hätte ihre Antwort gelautet: Eine gelungene Autobiografie von Fabrizio Greco schreiben und eine brillante Ghostwriterin sein, um ihrem Traum eine Chance zu geben.

Aber jetzt wusste sie, dass die Antwort nicht mehr stimmte. Zumindest nicht ganz.

Das, was sie tief in seinen Augen gesehen hatte, hatte sie ahnen lassen, dass es noch einen anderen Fabrizio gab, und der Teil von ihr, der sich mit aller Macht Bahn zu brechen versuchte, wollte ihn kennenlernen, zu ihm gelangen, sein unergründliches Wesen erfassen.

Und das nur, um eine möglichst gute Autobiografie von ihm zu schreiben?

Das war eine weitere Frage, die sie auf gefährliches Terrain führen würde.

Lora brachte mir bei, alles auf eine Karte zu setzen und nicht nur meine kulinarischen Kreationen in die Waagschale zu werfen, sondern meinen Körper. Im Grunde hatte ich das schon bei den Touristinnen getan, denen ich Meeresfrüchte servierte, wohl wissend, dass sie es in Wahrheit auf mich abgesehen hatten. Doch jetzt tat ich es ganz gezielt und es war ein faszinierendes Spiel: Lora sprudelte vor Phantasie und Kreativität. Sie verriet mir, worauf Frauen standen und was sie von einem Mann wie mir wollten. »Bei deinem Körper und deiner Ausstrahlung drehen die Frauen durch. Sie wollen dich genießen, auskosten, auf der Zunge zergehen lassen …«

Es waren nicht allein Fabrizios Worte, die Mel geschrieben hatte. Und es war nicht allein das Begehren der anderen Frauen, das sie ausdrückten.

Die Sonne schwand bereits, als Nando mit seiner Angel bei den Felsen auftauchte und Mel entdeckte. Sie saß nur wenige Schritte vom Wasser entfernt und schrieb, und der Wind spielte in ihren braunen Locken. Er stieg zu ihr hinab, doch Mel war so in ihre Arbeit versunken, dass sie ihn nicht bemerkte.

»Offenbar weißt du den Zauber dieses Ortes zu schätzen.«

Mel schreckte auf und drehte sich zu Nando um. Dieses von Lachfalten durchfurchte Gesicht hatte etwas Beruhigendes.

»Man kann sich ihm unmöglich entziehen.«

Er setzte sich neben sie und fing mit bedächtigen Handgriffen an, seine Angel zu präparieren.

»Arbeitest du an deinem Buch?«

Mel nickte verlegen.

»Ich mache mir Notizen …«

Nando musterte sie. Sie wirkte verändert. Ihre Augen leuchteten und ihr Gesicht schien von innen heraus zu strahlen.

Dieses Mädchen hatte ihm vom ersten Moment an gefallen.

»Also kommst du gut voran?«

»Das solltest du lieber deinen Neffen fragen«, entgegnete sie lächelnd. »Ich bin ganz zufrieden, auch wenn es nicht leicht ist.«

»Ich hatte ihm geraten, sich an einen Mann zu wenden.« Das war aufrichtig und ehrlich.

Aber ein Mann würde niemals zu seinem Kern vordringen.

»Der würde nur an der Oberfläche bleiben, schließlich ist Fabrizios Weg von den Frauen geprägt, denen er begegnet ist. Ein Mann hätte nur die »Eroberungen« gesehen, dabei sind sie für ihn etwas völlig anderes.«

Sie hatte so vehement geklungen, dass Nando stutze. Ihre

Augen blitzten, ihre Stimme bebte. Irgendetwas ging in ihr vor und bereitete ihm Sorgen. Vielleicht merkte sie es nicht, doch sie war dabei, sich in Fabrizio zu verlieben. Was konnte er ihr sagen, um sie zu warnen, ohne seinem Neffen in den Rücken zu fallen?

»Wahrscheinlich hast du recht, aber du darfst ihn nicht glorifizieren.« Er hantierte mit seinen Ködern und hoffte, er hatte nicht zu viel gesagt.

Er hat Angst, dass ich ihm ins Netz gehe.

Einen Moment lang saßen sie schweigend da.

»Fabrizio hat seinen Ort noch nicht gefunden, stimmt's?«

»Ich glaube nicht«, entgegnete Nando und befestigte den Köder.

»Vielleicht hat er nur Angst, ihn zu finden.«

Nando sah sie an, in seinen Augen stand leise Traurigkeit. »Jeder von uns ringt mit seinen Gespenstern: Manche wollen sich ihnen stellen, andere ignorieren sie und tun lieber so, als gäbe es sie nicht. Aber sie sind immer da, lassen unsere Gefühle gefrieren und hindern uns am Leben.«

Welches sind Fabrizios Gespenster?

»Weißt du, Mel, ich glaube, man lebt nur, wenn man liebt«, fuhr er fort. »Alles andere ist Überleben, man folgt dem Rhythmus der Wellen, ohne das Schiff wirklich zu steuern …« Der Schwimmer verschwand mit einem Ruck im Wasser und die Angel bog sich.

»Na bitte! Das muss ein dicker Fisch sein, schau mal, wie der zieht …«, sagte Nando und stand auf. »Hast du mal geangelt? Das ist aufregend, ein fairer Kampf zwischen dir und dem Fisch, die älteste Form der Jagd.« Die Schnur straffte sich immer mehr und er lockerte die Spule, um die Beute nicht zu verlieren.

»Eigentlich habe ich nie kapiert, wieso man stundenlang mit einer Angel in der Hand herumsteht …«

»Ich zieh ihn raus, und dann erkläre ich es dir«, erwiderte er und holte die Angel ein. Eine stattliche Brasse schoss aus dem Wasser, die silbernen Schuppen schillerten im Sonnenlicht.

»Die wiegt bestimmt ein Kilo! Was für ein Prachtexemplar!«

Er freute sich so, dass Mel es kaum fassen konnte, als er den Fisch behutsam vom Haken befreite und zurück ins Wasser warf.

»Wieso tust du das?«

»Ich fische nicht, um zu essen«, sagte er belustigt. »Ich liebe den Kampf. Ich komme hierher, denke nach und werde eins mit der Natur. Manchmal gewinnen sie, manchmal gewinne ich.« Er meinte die Fische. »Das bringt mich auf andere Gedanken und ich kann tief in mich hineinhorchen. Ich stelle mich beim Angeln auf die Probe, Fabrizio beim Kochen.« Er blickte sie unverwandt an. »Man darf nicht grausam sein«, er machte eine Pause. »Aber manchmal stirbt der Fisch, ohne dass man etwas dafür kann.«

Die Botschaft war klar und eindeutig.

Der Fisch bin ich.

Es war schon nach acht, und in der Villa d'Ascenzo herrschte hektische Betriebsamkeit. Zia Rosa hatte sich in der Küche verschanzt und frittierte Panzerotti, kleine Pizzen, Supplì, Gemüse und Hefebällchen, derweil im Ofen ein Auberginenauflauf brutzelte. Zia Maria wies Deborah an, die im Garten neben dem Schwimmbecken den Tisch deckte.

»Kerzen, wir brauchen Kerzen, die machen es gemütlicher …«, sagte sie und rückte hier einen Teller, dort ein Glas zurecht.

»Ist Melle schon zurück?« Zia Rosas Stimme lag wieder einmal mehrere Dezibel über normaler Lautstärke. »Die frittierten Sachen können nicht warten!«, drängelte sie und zog die Pfanne mit den letzten, mit Ricotta und Schinken gefüllten Panzerotti vom Herd, die Augusto so gerne aß. Ihre Schwester spähte aus dem Küchenfenster auf die Straße.

»Niemand zu sehen.«

»Hat Antonio ihr gesagt, dass wir feiern?«

Auf Zia Rosas schlichte Frage machten alle ein alarmiertes Gesicht. Hatte Antonio womöglich vergessen, Mel Bescheid zu sagen? Sogleich begann Zia Maria lauthals nach ihm zu rufen.

»Antò … Antò!«

»Was ist los?« Arglos steckte er den Kopf zur Küche herein.

»Du hast daran gedacht, oder?«

Antonio schlich zum Teller mit den frittierten Kleinigkeiten, stibitzte ein Hefebällchen und fing sich einen Hieb mit dem Kochlöffel ein.

»Pfoten weg, am Tisch wird gegessen! Wirst du denn nie erwachsen?«

Lachend schluckte Antonio seine Beute hinunter.

»Woran sollte ich denken?«

Zia Maria sah ihn fassungslos an. »Du solltest nur eine Sache tun: Mel zu Papas Fest einladen.«

»Und hast du?«, setzte die Schwester nach.

Antonio setzte ein schuldbewusstes Gesicht auf und den drei Frauen war sofort klar, dass Mel nicht Bescheid wusste.

»Aber ich habe sie heute Morgen nicht gesehen«, verteidigte er sich. »Ich habe mit Papa gestritten und bin früh los.«

Die Tanten wurden hektisch: Und wenn Mel nicht rechtzeitig kommen würde? Doch ehe eine Lawine von Vorwürfen über Antonio niedergehen konnte, war Mels Stimme im Garten zu hören.

»Hallo alle zusammen!«

Zia Maria lief ihr entgegen. »Ein Glück, dass du da bist! Heute ist Augustos Geburtstag und wir haben eine Überraschungsparty vorbereitet. Er wird gleich hier sein, nur du hast noch gefehlt.«

Zur Feier des Tages hatte Zia Maria sich einen Seidenschal mit handgestickten roten Blumen umgelegt, die zu ihren roten Pumps passten. Sie war so aufgeregt, dass sie beinahe gestolpert wäre. Mel sprang ihr bei.

»Tut mir leid, aber davon wusste ich nichts. Kann ich mich noch umziehen?«

Zia Maria musterte sie prüfend und schüttelte den Kopf. »Du bist perfekt«, konstatierte sie nachdrücklich und geleitete sie zum Pool. Dann rief sie den Rest der Familie zusammen und Deborah und Zia Rosa trugen die Antipasti auf.

Kurz darauf traf Augusto ein, bedankte sich überschwänglich und wollte Mel als Ehrengast an seiner Seite.

»Wie kann man seinen Siebzigsten schöner feiern, als mit einer hübschen jungen Frau neben sich? Jedes Jahr organisieren sie mir eine Überraschungsparty«, raunte er Mel zu, »und jedes Mal tue ich so, als würde ich aus allen Wolken fallen, sonst sind sie beleidigt!« Er warf seinen Schwestern einen liebevollen Blick zu, knuffte Mel in die Seite und erhob sein Glas. »Einen Toast auf unsere Familie.« Er wandte sich an Mel. »Und auf unseren wunderschönen Gast!«

Sie strahlte ihn an. Alle erhoben ihr Glas. Im Gewirr aus Stimmen und Gelächter spürte Mel mit aller Kraft, was das Geheimnis dieser chaotischen Familie war: Die Herzlichkeit.

»Mel, wenn du willst, erzähle ich dir, wie ich Vincenzo begegnet bin …«

»Nein …«, erscholl es einstimmig. »Das hast du uns schon hundertmal erzählt, Zia Maria!«

Alle lachten.

Augusto unterhielt die Runde mit seinen Geschichten aus der guten alten Zeit, als man ihn beauftragt hatte, einen Hafen am Niger in Afrika zu bauen. Mel hörte gebannt zu.

Trotz der Sticheleien und Wortgefechte herrschte in der Familie d'Ascenzo große Harmonie. Sie hatten sie aufgenommen wie eine Tochter. Alle wetteiferten darum, ihr etwas zu erzählen und sie Zia Rosas zahllose Köstlichkeiten probieren zu lassen, und zum ersten Mal in ihrem Leben hatte Mel das Gefühl, wirklich Teil einer Familie zu sein. Nach den frittierten Antipasti gab es Reiskuchen, gefolgt von dem Auberginenauflauf und mit Knoblauch, Petersilie, Rosinen und Pinienkernen gefüllte Kalbsrouladen. Zum Abschluss servierte Zia Rosa neben der unvermeidlichen Torta Caprese einen Babà mit Creme und Amarenakirschen.

»Den mache ich jedes Jahr!«, hatte sie betont, als sie festgestellt hatte, dass Mel ganz wild nach Amarenakirschen war. »Bei Gelegenheit gebe ich dir das Rezept.«

Nachdem sie mit einer Flasche Jahrgangschampagner angestoßen hatten, wandte sich Augusto an seinen Sohn und sagte wie beiläufig: »Antò, kannst du mir einen Gefallen tun? Könntest du morgen zum Amt nach Neapel fahren und die Genehmigungen für die d'Amicos beantragen …?«

Mit einem Schlag wurde es still. Augusto d'Ascenzo gab nie etwas aus der Hand.

»Papa, willst du uns Angst machen?«, prustete Antonio. »Kaum hast du die Fünfundsiebzig gepackt, wirst du verrückt!«

»Es wird mir wohl erlaubt sein, mir einen freien Tag zu gönnen! Ich fühle mich nicht besonders gut.«

Sofort machten alle sich Sorgen, doch er beruhigte sie und versprach, dass er am übernächsten Tag einen Arzt aufsuchen würde.

»Lasst uns noch einmal die Gläser erheben«, sagte er und zwinkerte Mel verstohlen zu. »Auf die Väter und die Söhne!«

Fünfzehn

An jenem Abend war Nando nicht ins Restaurant gegangen. Nach der Begegnung mit Mel hatte er keine Lust gehabt, Fabrizio zu sehen. Er war in sein Haus auf den Klippen zurückgekehrt und hatte sich etwas Schnelles zum Abendessen gemacht.

Danach hatte er sich vor die Tür unter die Bäume gesetzt, aufs Meer geblickt und die Tage gezählt, die ihn von Faiths Ankunft trennten. Dreizehn. Es waren die längsten und härtesten Tage des Jahres.

Er musste an Mels Frage denken und lächelte.

»Wie kann man jemanden so sehr lieben und es ertragen, ihn nur einmal im Jahr zu sehen?«

»Weil diese Woche magisch ist und uns durch die übrigen dreihundertachtundfünfzig Tage trägt«, hatte er geantwortet. Und es stimmte, auch wenn die letzten davon einfach endlos erschienen.

»Was machst du hier im Dunkeln?«

Nando drehte sich um und sah Fabrizio aus dem Halbdunkel auftauchen.

»Die kühle Luft genießen.«

Fabrizio setzte sich ihm gegenüber auf das weiße Steinmäuerchen, das die Steilwand säumte.

»Wieso bist du nicht heruntergekommen? Ich hab auf dich gewartet.«

Nando sah ihn an. Obwohl es schon spät war und er den ganzen Abend gearbeitet hatte, wirkte er hellwach. »Wie war's?«, wich er Fabrizios Frage aus.

»Wie immer, volles Haus. Aber was ist los, ist irgendetwas nicht in Ordnung?«

Nando lächelte. Sein Neffe kannte ihn gut.

»Was läuft da mit Mel?« Es hatte keinen Zweck, um den heißen Brei zu reden.

Fabrizio blinzelte ihn verdattert an. »Wie meinst du das?«

»So, wie du es verstanden hast«, antwortete Nando brüsk. Er konnte ihm nichts vormachen.

Fabrizio lachte. »Seit wann machst du dir um die Mädchen Sorgen, mit denen ich mich einlasse?« Er klang angespannt.

»Mel schreibt deine Autobiografie.«

Fabrizio musste an ihre salzigen Lippen denken, an ihre leuchtenden Augen, an den Drang, sich gehen zu lassen, den er in ihr gespürt hatte, als er sie an sich drückte.

»Ganz genau. Ich will ihr die Chance geben, mich besser zu verstehen.«

Obwohl er sein Gesicht nicht sehen konnte, ahnte Fabrizio den vorwurfsvollen Blick seines Onkels.

»Du weißt, dass du riskierst, alles kaputtzumachen.«

Ja, das wusste er, doch die Versuchung war einfach zu groß. »Was ist los, Onkel, machst du dir Sorgen um das Buch oder um Mel?«

»Du kannst dir deinen Spott sparen, ich kenne dich zu gut.« Er klang hart. »Ich habe mich nie in deine Privatangelegenheiten gemischt, aber diesmal solltest du auf mich hören: Lass sie in Ruhe, spiel nicht mit ihr.«

»Und wieso? Je leidenschaftlicher die Frau, desto besser kann sie über mich schreiben«, gab Fabrizio zurück. Auf keinen Fall wollte er zugeben, dass Nando recht hatte.

»Tu ihr nicht weh.« Nando ließ nicht locker. »Das hat sie nicht verdient.«

Fabrizio sprang auf. »Sie ist doch kein Kind mehr.« Er war laut geworden und hatte seinem Onkel den Rücken zugewandt. »Mel gefällt mir und ich gefalle ihr. Wir sind erwachsene Menschen. Sie weiß, wer ich bin und was sie von mir erwarten kann.«

Diesmal gab Nando nicht klein bei. »Das ist eine sehr bequeme Art, die Dinge zu sehen. Du spielst mit ihren Gefühlen und rechtfertigst dich damit, dass sie weiß, wer du bist. Ich habe dich immer unterstützt, aber diesmal gefällt mir nicht, was ich sehe.«

Doch Fabrizio war der größere Dickschädel. Obwohl Nandos Worte ihn trafen und er wusste, dass er recht hatte, würde er nicht auf sie hören. Um der Versuchung zu widerstehen, musste er ihr nachgeben. Selbst, wenn es ein Fehler war. Selbst, wenn man riskierte, alles zu zerstören.

Während die d'Ascenzos laut durcheinanderschwatzten, war Mel die einzige, die die Klingel hörte.

»Es ist jemand am Tor«, rief sie.

Jeder versuchte, den anderen zu übertönen, und niemand achtete auf sie. Mel gab auf. Sie stand auf, ging zum Tor, drückte den Türöffner und stand Fabrizio gegenüber.

»Ciao«, lächelte er und hielt ein dickes Paket in den Händen.

Sie hatte ihn seit ihrem Bad im Meer und dem Kuss nicht mehr gesehen.

»Darf ich hereinkommen?« fragte er belustigt.

Einen endlosen Augenblick lang hatte Mel ihn sprachlos angestarrt.

»Natürlich, entschuldige.« Sie trat zur Seite.

Fabrizio ging an ihr vorbei und sie spürte, wie sie sich ohne die kleinste Berührung magisch zu ihm hingezogen fühlte.

»Ich gehe voraus.«

Lächelnd folgte er ihr.

»Fabrizio!«

Deborah war die erste, die ihn bemerkte. Sofort umschwirrten ihn die Frauen.

Natürlich, er ist hier zu Hause.

Mel kam sich töricht vor. Sie hatte sich aufgeführt, als sei er der Gast, dabei war es genau umgekehrt. Er umarmte die drei Frauen und ging zum Familienoberhaupt. »Darf ich dir gratulieren?«

Ein beglücktes Lächeln erschien auf Augustos Gesicht. »Fabrì … du hast es nicht vergessen!«

»Fünfundsiebzig Jahre, auch wenn man sie dir nicht ansieht! Wie hätte ich das vergessen können? Das ist für dich.« Er stellte das Paket vor ihm ab.

Während Augusto auspackte, klopfte Fabrizio Antonio freundschaftlich auf die Schulter.

»Und, wie geht's?«

»Geht schon, Fabrì …«

Seine Antwort ging in den begeisterten Ausrufen der Familie unter. Auf einem leuchtend blauen Teller räkelte sich genüsslich eine herrliche Meerjungfrau. Ihr Körper bestand aus Erdbeerpudding, der schuppige Schwanz aus Panna Cotta mit grünem Tee, und das Haar aus feinen Vanillecremefäden, die sich kunstvoll um ihr Gesicht schmiegten. Auch Mel war sprachlos angesichts dieses kleinen Meisterwerks.

Fabrizio zwinkerte Augusto zu.

»Eine Hommage an deine Leidenschaft für schöne Frauen.«

Der Alte stand auf und nahm ihn fest ihn den Arm.

»Eine Leidenschaft, die wir teilen, nicht wahr?«

Fabrizio lachte. »Schöne Frauen machen das Leben lebenswert.«

Sein Blick wanderte zu Mel, der das Blut in die Wangen schoss. Dann hob er das Glas in Richtung Deborah und der Tanten: »Ein Hoch auf die großartigen Frauen d'Ascenzo!«

Zia Maria warf ihm einen koketten, schwärmerischen Blick zu. »Charmeur!«

Zia Rosa knuffte sie in die Seite. »Hör mit dem Getue auf, er könnte dein Enkel sein!«

»Na und? Was ist denn schon dabei? Du lebst wohl hinterm Mond, jetzt sind doch diese … wie heißen die noch, ich hab's im Fernsehen gesehen, diese Toyboys in Mode!«

Fabrizio prustete los und alle anderen fielen mit ein.

»Aber Tantchen, woher weißt du denn so was!«, rief Antonio gespielt empört.

»Ich bin schließlich nicht von gestern!« erwiderte sie mit einem kecken Lächeln, das ihr Gesicht in Falten legte.

Deborah legte ihr den Arm um die Schultern. »Du bist und bleibst ein Charmeur«, sagte sie an Fabrizio gewandt. »Du wirst dich nie ändern!«

Ihr Tonfall war ebenso liebevoll wie der Blick, den sie ihm

zuwarf, und der von Respekt, Nähe und echter Zuneigung zeugte.

»Na los«, sagte Augusto zu seinen Kindern, »lasst uns ein Foto von diesem Kunstwerk machen, ehe wir darüber herfallen.«

Antonio holte sein Handy hervor. »Papa, Fabrizio, Mel, stellt euch hinter die Meerjungfrau!« Sogleich beschwerten sich die Tanten, und Zia Maria bestand auf ein Foto zusammen mit Fabrizio.

»Dann kann ich es auf Facebook posten und meine Freundinnen sterben vor Neid!«, meinte sie und erntete schallendes Gelächter. Es hagelte gepfefferte Kommentare und wieder krakeelten alle durcheinander; inzwischen hatte sich Mel daran gewöhnt.

Fabrizio zog sie ein Stück beiseite. »Du bist still.«

Sie lächelte. »Kein Wunder, verglichen mit denen …«

»Das meine ich nicht.«

Sie konnte seinen Blick spüren.

»Was willst du, Mel?«

Mit einer derart direkten Frage hatte sie nicht gerechnet. Sie hätte nicht geglaubt, dass er jetzt und hier wieder damit anfangen würde.

Was will ich?

Sie konnte ihm nicht antworten, sonst hätte sie sich selbst antworten müssen.

»Du hast mir gesagt, was du nicht willst. Vielleicht können wir da anknüpfen.«

Mel spähte zu den d'Ascenzos hinüber und hoffte, irgendjemand würde kommen und sie erlösen. Doch obwohl Diskretion nicht gerade eine Stärke der Familie war, schien sich ausnahmsweise niemand einmischen zu wollen.

»Ich mache dir einen Vorschlag.«

Sie sah ihn argwöhnisch an. Sie hatte das ungute Gefühl, in der Klemme zu sitzen.

»Hast du schon mal Wahrheit oder Pflicht gespielt?«

»Das war früher unser Lieblingsspiel.« Sie biss sich auf die Lippe.

Er musterte sie kurz. »Eine Frage für jeden. Und wehe, du schummelst.«

Mel bemerkte, wie still es plötzlich geworden war. Die Familie d'Ascenzo schien sich in Luft aufgelöst zu haben.

»Wo sind denn alle?«, murmelte sie.

Fabrizio lächelte. »Sie haben beschlossen, uns allein zu lassen. Bist du meine Autobiografin oder bist du es nicht?«

Am liebsten wäre ich nichts anderes. Oder noch viel mehr.

»Du hast gesagt, du willst mich besser kennenlernen. Dann leg los.«

»Fabrizio, das ist doch kindisch …«

»Okay, ich fange an«, fiel er ihr ins Wort. Er suchte ihren Blick. »Sag mir, wer die Kinder sind.«

Und jetzt?

»Die Wahrheit, Mel.«

»Drei Nachmittage die Woche gehe ich in ein Kinderheim und verbringe Zeit mit ihnen. Ich spiele mit ihnen, helfe bei den Hausaufgaben, erzähle Märchen«, antwortete sie leise.

Er rührte sich nicht, doch seine Augen wirkten noch dunkler und wacher als sonst.

Jetzt war sie dran. »Hast du irgendeine der Frauen geliebt, mit denen du zusammen warst?«

Die Antwort kam ohne Zögern. »Ich habe sie alle gelicbt, auf unterschiedliche Weise. Jede hat einen Teil von mir bekommen.«

Wieder dieser rätselhafte Gesichtsausdruck.

»Wer hat dich verletzt?«

Ehe sie es sich versah, hatte sie geantwortet. »Ein Mann, von dem ich glaubte, er würde mich lieben.«

»Wer war es, Mel?«

»Nein, jetzt bin ich dran. Wieso bist du mit keiner von ihnen zusammengeblieben?«

»Ich brauchte neue Anreize.«

Er schwieg einen Moment.

»Wer hat dich verletzt, Mel?«

»Mein Vater.«

Die Wahrheit. Sie hatte die Wahrheit gesagt. Ausgerechnet dieser Unbekannte hatte es geschafft, sie ihr zu entreißen. Sie zwang sich, an die nächste Frage zu denken.

»Ist Sex für dich wichtiger als Liebe?«

»Sex schenkt mir Emotionen. Und das ist es, was ich vom Leben will, das habe ich dir bereits gesagt.«

Du hast mir nicht ehrlich geantwortet.

»Wieso hast du so viel Angst vor Sex?«

Sein Blick durchbohrte sie. »Ich hab keine Lust mehr auf das Spiel. Gute Nacht, Fabrizio.«

Ohne ihn anzusehen drehte sie sich um und ging zu ihrer Wohnung. Wieder einmal hatte sie zugelassen, dass er ihr zu nahekam. Sie hatte sich verletzlich gemacht, ohne auch nur das kleinste Bisschen über seine Vergangenheit oder seine Familie herauszukriegen. Ihr Verstand ließ sie im Stich.

Nach einer unruhigen, von Albträumen geplagten Nacht war Mel schließlich eingeschlafen. Am nächsten Morgen wurde sie wach, weil sie etwas Feuchtes in ihrem Gesicht spürte. Als sie die Augen aufschlug, guckte sie dem Dackel mitten ins Gesicht. Lachend strubbelte sie ihm durchs Fell. »Na, sind wir zwei jetzt Freundinnen geworden?«

Die Antwort war eine Salve liebevoller Nasenküsse. »Okay, habe verstanden!«

Sie stand auf. Nach und nach holten die Erinnerungen an den vorigen Abend sie ein. Seit ihr Vater von einem Tag auf den anderen grußlos verschwunden war, hatte sie ihr Gefühlsleben eisern im Griff gehabt. Ihr Vater war ihr Held gewesen, ihr Idol. Nachdem er fort war, hatte sie sich eines geschworen: Niemals einem Mann zu trauen. Im Laufe der Jahre hatte ihre Mutter sie in dieser Überzeugung bestärkt. Männer nutzen dich aus, sie benutzen dich und lassen dich fallen. Besser, man machte sich keine Illusionen und hielt seine Gefühle in Schach, um sich ihnen nicht auszuliefern. Bis heute hatte Mel sich einzig und allein von der Vernunft leiten lassen, ihrem Schutzwall. Doch jetzt drohte dieser langsam zu bröckeln. Hätte sie das nur geahnt, als sie sich begeistert zur Ghostwriterin hatte machen lassen!

Ein Teil von ihr hätte am liebsten die erstbeste Fähre genommen, gleichzeitig schämte sie sich, dass sie so feige war.

Sie beschloss, in den Pool zu springen, um wieder einen klaren Kopf zu bekommen, ehe sie Fabrizio gegenübertrat. Es war niemand im Becken und Mel streckte sich, nachdem sie ein paar Runden geschwommen war, in einen Liegestuhl, schloss die Augen und ließ sich von der Sonne streicheln. Sie versuchte, an nichts zu denken und ihre Energien zu sammeln. Dann erst würde sie nachdenken.

Das Geräusch des Wassers schreckte sie auf; jemand war ins Wasser gesprungen. Sie öffnete die Augen, schirmte sie mit der Hand gegen die Sonne ab und versuchte zu erkennen, wer es war. Augusto d'Ascenzo glitt durch das Becken auf sie zu und tauchte japsend wieder auf. »Langsam spüre ich das Alter, früher hätte ich mühelos zwei Bahnen geschafft.«

»Zum Glück geht es Ihnen wieder besser …« Sie wusste, dass er am Abend zuvor nur Theater gespielt hatte. »Sie hätten ihre Schwestern nicht so erschrecken dürfen!«

Er lachte. »Die sind zäh.« Mit jugendlichem Schwung stemmte er sich aus dem Wasser. »Aber Danke für den Rat. Antonio ist heute früh losgefahren. Sie haben eine Einladung zum Abendessen verdient.«

Mel verbrachte den ganzen Morgen am Pool, umhegt von den Tanten, die immer wieder in die Küche wuselten und sie mit Leckereien verwöhnten: Ein Kaffee, ein bisschen Obst, etwas Süßes, ein Stück Pizza. Augusto erzählte ihr die Geschichte der Familie d'Ascenzo und bestand darauf, dass sie zum Mittagessen blieb.

Essen war ihre Art, Gästen und Freunden ihre Herzlichkeit zu zeigen, und Mel musste zugeben, dass ihr das ganz und gar nicht missfiel.

Nach mehreren, von bunten Familienanekdoten begleiteten Gängen, hatte Mel das Gefühl, keinen Bissen mehr hinunterzubekommen. Sie bedankte sich bei Zia Rosa für die Lasagne, das Gratin und die gebackenen Hefekringel, und die Tante versprach ihr, ihr sämtliche Rezepte zu geben.

Zurück in ihrer Wohnung warf Mel einen Blick auf ihr Handy: Morgen um acht an der Marina Piccola. Pünktlich.

Den Tagesanbruch liebte er am meisten. Er war es gewohnt, früh aufzustehen und die ersten Morgenstunden für eine Bestandsaufnahme zu nutzen, den Tag zu durchdenken und eine halbe Stunde zu joggen, egal, wo er war.

Fabrizio trat aus der Dusche und rubbelte sich das Haar trocken. Dann schlüpfte er in ein Paar leichte Hosen und ein T-Shirt und ging zur Tür. Er hatte einen Entschluss gefasst.

Mel würde seine Geschichte nur dann gänzlich erfassen und aufschreiben können, wenn sie das Gefühl hatte, Teil davon zu sein. Doch das erforderte einen weiteren Schritt. Den wichtigsten. Nur dann würde sie die Leser mitreißen können.

Kurz Zeit später bog Fabrizio in die Gasse Richtung Marina Piccola ein. Um sie für sich zu gewinnen, musste er mehr von sich geben. Etwas, das er noch niemandem gegeben hatte.

Er musste an Nandos Worte denken und an das, was Mel am Abend zuvor bei den d'Ascenzos entschlüpft war.

»Tue ich es nur für das Buch?« Er war nicht umhingekommen, sich diese Frage zu stellen, war sich jedoch nicht sicher, ob er die Antwort auch wissen wollte. Langsam atmete er ein und aus. Der Tag war herrlich: In der kristallklaren Luft verlor sich der Blick in der Unendlichkeit. Mit den Augen suchte er die ferne Küste nach einem bestimmten Punkt ab, der sich scharf gegen den Himmel abzeichnete. Dort war er: Er wusste, dass er dort war, ein winziger, jedoch tief in ihm verwurzelter Fleck. Dort hatte alles angefangen und alles geendet, dort hatte sich der Kreis geschlossen.

Furore.

Sechzehn

Die Marina Piccola lag still da. Nur das leise Schmatzen der Wellen gegen die vertäuten Boote und das Kreischen der Möwen war zu hören, die im Steilflug herabstürzten, die Wasseroberfläche streiften und sich wieder hoch in den Himmel schwangen. Die bunten Sonnenschirme der Strandbäder waren zugeklappt, der Strand menschenleer.

Mel sah ihn sofort. Er rollte die Taue eines weißblauen Holzbootes mit schlankem Rumpf ein. Langsam schlenderte sie auf ihn zu, um ihn noch einen Moment ungestört beobachten zu können. Jeder seiner Handgriffe war gekonnt und geschmeidig, als hätte er sein Leben lang nichts anderes getan. Abermals kam Mel nicht umhin, die Kraft und Anmut seiner Bewegungen zu bewundern.

»Schön, dass du da bist. Auf die Minute.«

»Guten Morgen, Fabrizio. Was für ein herrliches Boot!«

»Das ist ein Oldtimer, ganz aus Holz. Ich halte es selbst in Schuss, ich hänge an dem Ding.« Er deutete auf den Bootssteg. »Wollen wir los?«

Sie blickte ihn fragend an. »Und wohin?«

Fabrizio lächelte. »Erinnerst du dich? An Bord gibt es nur einen Kapitän.«

Mel verdrehte die Augen. »Jawohl, Captain, aye aye!«

Sie verloren kein Wort über das, was im Garten der d'Ascenzos vorgefallen war. Mel war erleichtert und dankbar, dass er sich das, was sie ihm gesagt hatte, nicht zunutze machte.

Amüsiert sah er zu, wie sie über den Steg ins Boot balancierte, dann wickelte Fabrizio das letzte Tau zusammen und sprang leichtfüßig an Bord.

»Setz dich, wo du willst, mach's dir bequem.«

Er stellte sich ans Steuer, und schaukelnd glitt das Boot aus der kleinen Bucht. Eine Weile sagte keiner ein Wort. Mel hatte geglaubt, Fabrizio würde eine kleine Rundtour mit ihr machen, um ihr die Insel aus einem anderen Blickwinkel zu zeigen, doch schon bald wurde ihr klar, dass das Boot auf das offene Meer hinausfuhr.

»Bleiben wir nicht auf Capri?«

Sein Blick war schwer zu deuten. »Die Antwort ist die gleiche wie vorhin.«

Mel gab auf. Es hatte keinen Zweck. »Ich habe ein Faible für Überraschungen«, sagte sie mit leisem Spott.

Fabrizio musterte sie eindringlich. »Hätte ich nicht gedacht.«

Der Satz traf sie.

»Und wieso nicht?«

»Weil du immer alles unter Kontrolle hast.«

Er hatte recht, sie wussten es beide, und ohne etwas zu erwidern ließ sie den Blick über das Meer zum Festland gleiten, das allmählich näher rückte.

Wo bringt er mich hin?

Fabrizio schien ihren Gedanken gelesen zu haben. »Du wolltest wissen, wo alles angefangen hat. Gleich wirst du es sehen.«

Zahllose Fragen gingen ihr durch den Kopf.

»Vor zehn Jahren bin ich hierher zurückgekommen.« Fabrizio verstummte. Er fixierte einen Punkt an der Küste und Mel meinte, eine Art Öffnung im Fels auszumachen, doch noch waren sie zu weit entfernt, um etwas Genaues zu erkennen.

»Amerika hat mir viel gegeben, doch mir wurde klar, dass mir noch etwas fehlte.«

»Und was?«

Er sah sie unverwandt an. »Ich wollte das Sprichwort entkräften: *Nemo propheta in patria.*«

Niemand ist Prophet in seinem eigenen Land, wiederholte Mel in Gedanken.

Sie sah ihn an und spürte, dass er etwas verschwieg. Etwas, das sie nicht zu fassen bekam.

»Offenbar hast du es geschafft. Du bist berühmt geworden.«

Seine Züge verhärteten sich. »Der König des erotischen Essens, so werde ich genannt.« Der Hohn in seiner Stimme war unüberhörbar. »Und weißt du, warum?«

»Weil deine Kreationen …« Sie wusste nicht, wie sie die Bitterkeit in seiner Stimme deuten sollte. »War es nicht genau das, was du wolltest?«

»Aber klar. Ich wollte auf mich aufmerksam machen, ich wollte, dass man über mich spricht, egal wie, Hauptsache, mein Name war in aller Munde.«

Schweigend wartete sie ab, dass er weitersprach. Dies war nicht der Moment, um Fragen zu stellen.

»Deshalb beschloss ich, ein Restaurant zu eröffnen, das man nicht so schnell vergessen würde.«

Woher rührte bloß all diese Bitterkeit?

»Aber damit erzähle ich dir ja nichts Neues«, er warf ihr einen spöttischen Blick zu.

Unwillkürlich wurde sie rot bei dem Gedanken an die herrlichen nackten Frauenkörper aus Meeresfrüchten, Austern, Langusten, fein geschnittenem Obst und Gemüse, Sushi …

»Die beiden Models«, murmelte sie.

Fabrizio ließ ein freudloses Lachen hören.

»July und Sara. Als ich ihnen den Vorschlag machte, waren sie begeistert.« Er sah sie an. »Es war ein schönes Spiel. Es machte uns Spaß, miteinander zu spielen.«

Mel sah zu Boden und wünschte, sie hätte ihn falsch verstanden. Sie wollte den Rest nicht hören. Doch sie wusste, dass sie keine Wahl hatte.

Wir sind mitten auf dem Meer, wo sollte ich denn hin?

»Es machte mir Spaß, herumzuexperimentieren, auch beim Sex. Und sie ließen sich bereitwillig darauf ein.« Er sah ihr direkt in die Augen. »Willst du wissen, wie?«

Nein, nein, nein!

Sie schwieg, unfähig, ein Wort herauszubringen, unfähig, sich von seinem Blick loszureißen.

Fabrizio beschleunigte und die Küste kam näher. Dann schaltete er den Motor ab und warf den Anker. Staunend betrachtete Mel die Öffnung im Fels: ein erhabener steinerner Bogen, der sich über einer winzigen, sonnendurchfluteten Bucht erhob.

Er setzte sich neben sie. Nah, zu nah. »Zwei wunderschöne Frauen und ein Mann, dem es Spaß macht, mit Essen zu verführen. Ich habe für sie gekocht, habe zugesehen, wie sehr sie mein Essen genossen. Dann … «

Lächelnd sah Fabrizio sie an. »Dann wollten sie mich, erst

die eine und dann die andere und dann beide zusammen. Und ich habe das Gleiche mit ihnen gemacht, erst die eine, dann die andere, dann beide …«

In ihr tobten die Gedanken, diese übermächtige, unbekannte Sehnsucht und gleichzeitig der Wunsch, sie kontrollieren zu wollen und sich wieder in ihr Schneckenhaus zu verkriechen.

Er schwieg, ohne sie aus den Augen zu lassen. »Warte«, sagte er nur.

Im nächsten Moment zog Fabrizio sich aus und sprang ins Meer. Mel starrte auf das blaue Wasser, in dem er verschwunden war. Als er wieder auftauchte, hatte er zwei große Seeigel in der Hand. Er ließ sie ins Boot fallen und kletterte hinterher. Wortlos holte er ein Messer aus der Luke, griff sich einen Igel und öffnete ihn mit einem präzisen Schnitt. Mel schauderte.

»Du musst sie kosten. Das ist der Weg, der dich zu mir bringt. Einen anderen gibt es nicht.«

Ehe sie etwas erwidern konnte, steckte er den Finger in die winzigen, orangefarbenen Eier und hob ihn an ihre Lippen. Mel öffnete den Mund, ließ sich von ihm berühren, sich den nach Algen und Meer duftenden Rogen auf die Zunge streichen. Sie schloss die Augen und aß.

»Weißt du, was ich mir wünschte?«, raunte er. »Dass dein Körper eine gedeckte Tafel wäre, voller köstlicher Gerichte. Und ich würde sie verschlingen, deine Haut schmecken …«

Mel spürte seinen brennenden Blick, er machte ihr Angst.

»Glaubst du, ich will dich provozieren?«

Mit einer so direkten Frage hatte sie nicht gerechnet.

»Wenn du meinst, das würde dir gelingen, dann irrst du dich.«

Sie konnte ihm nicht in die Augen sehen. Dann hätte sie ihre Gefühle preisgegeben, das drängende Verlangen, seinen Phantasien zu folgen. Sie am eigenen Leib zu spüren.

»Mel, lauf nicht weg.«

Sacht, aber bestimmt nahm er ihr Gesicht in beide Hände. Ihre Blicke trafen sich.

»Ich will, dass du alles weißt.«

Alles?

»Was es für mich heißt, beim Sex bis zum Äußersten zu gehen, ohne Tabus, hemmungslos und unverfälscht.«

»Ich weiß nicht, ob ich dir folgen kann.«

Er strich ihr mit dem Daumen über die Stirn. »Deinen Kopf brauchst du nicht, Mel, das solltest du inzwischen wissen.«

Zärtlich fuhr er ihr mit dem Finger über die Lippen. Die Berührung durchzuckte sie wie ein Stromschlag. Heißes Begehren loderte in ihr auf, verstärkt durch die zarte, hypnotische Berührung seines Fingers. Sie verlor sich in seinem unverwandten Blick.

Nein, Mel, tu's nicht.

Diesmal würde es verdammt schwer werden, auf ihren Verstand zu hören.

»Sag mir, dass du mich willst.«

Das kann ich nicht.

Hilflos starrte sie ihn an.

»Sag es mir, Mel.«

Seine Finger streiften ihr Haar, ihren Hals, ihre Brust.

»Nein …«

»Nein, weil du mich nicht willst oder weil du es nicht zugeben willst?«

Sie antwortete nicht, doch innerlich schrie sie vor Verlangen. Sie wollte weinen, brüllen, flehen. Sie erkannte sich nicht wieder, sie war nicht mehr sie selbst. Was hatte er mit ihr gemacht?

Er hörte auf, sie zu streicheln, ließ sie jedoch nicht aus den Augen.

»Weißt du, weshalb ich dich hierhergebracht habe?«

Die jähe Kehrtwende brachte sie aus dem Gleichgewicht.

»Keine Ahnung«, entgegnete sie mit rauer Stimme.

Sein Gesicht war ernst und angespannt. »Wenn du es herausfinden willst, musst du mitkommen.«

Schwimmend war sie ihm in die kleine Bucht jenseits des steinernen Bogens gefolgt. Dort, wo er seinen Schatten warf, war das Wasser finster. Die Kälte, die Mel verspürte, war nicht nur körperlich. In dem Moment hatte sich Fabrizio nach ihr umgedreht. Seine Augen hatten die metallische Farbe des Wassers. Sie hatte gespürt, dass dieser Schritt einer Grenzüberschreitung gleichkam, die er unter allen Umständen hatte vermeiden wollen. Doch nun hatte er es getan. Warum? Was war auf der anderen Seite?

Fabrizio schwamm zu dem winzigen weißen Kieselstrand und Mel tat es ihm gleich. Staunend blickte sie sich um. Das glasklare grüne Wasser umspülte den rötlichen Fels des Fjords, der sich tief in den Berg bohrte und dessen Wände bedrohlich über dem Kieseldreieck aufragten, auf dem ein paar alte Holzboote lagen. Hier und da klammerten sich Häuser mit blinden Fenstern an den Fels. Keine Menschenseele war zu sehen, es herrschte absolute Stille. Jenseits des Steinbogens lag gleißend blau das offene Meer.

»Das ist Furore. Unesco-Weltkulturerbe und mein persönliches Paradies.« Er versuchte, spöttisch zu klingen, doch es gelang ihm nicht.

Mel sah ihn abwartend an. Langsam schritt Fabrizio über den leeren Strand auf einen Pfad zu, der sich zu den stillen Häusern emporschlängelte. Er hob die Hand und zeigte auf das höchste Haus mit dem Tonnendach und den von der Zeit und dem Salz verwitterten rosa Mauern.

»Das war mein Zuhause.«

Mel schaute zu den nackten Fenstern empor, die von Verfall und Verlassenheit zeugten. Fabrizio beantwortete ihre unausgesprochene Frage. »Heute wohnt dort niemand mehr.«

Warum? Wo ist deine Familie? Was ist hier passiert?

Wie gern hätte sie ihn gefragt. Doch etwas in seinem Blick hielt sie zurück. »Komm. Ich will dir was zeigen.«

Er ging zu den Booten hinüber, die sich auf einer Seite der Bucht aneinanderreihten. Mel folgte ihm schweigend. Seine sonst so lässigen Bewegungen verrieten Anspannung. Es war, als kämpfte er eine innere Schlacht, von der sie ausgeschlossen war. Einen Kampf gegen einen unsichtbaren, aber deshalb nicht minder gefährlichen Feind. Mel wusste nicht, wieso, doch als Fabrizio beim letzten Boot stehenblieb, das ein wenig abseits von den anderen lag, war ihr klar, dass sie recht hatte. Es war ein altes, heruntergekommenes Fischerboot. Das Metall war rostzerfressen, der stumpfe Lack an mehreren Stellen abgeplatzt. Er drehte sich zu ihr um, und seinen bleigrauen Augen war anzusehen, welcher Sturm in ihm tobte.

»Ich frage mich, warum ich dich hierhergebracht habe«, sagte er tonlos.

Mel trat näher. Unter der abgeblätterten Farbe war ein Schriftzug zu sehen. Sie rieb den brüchigen Lack herunter. Ein paar Buchstaben waren zu lesen: »I LO…E C…P…«

Seine Hand hielt sie zurück. »Nein.«

Mel erstarrte. »Entschuldige, ich weiß nicht, was mich geritten hat«, stammelte sie.

Er schwieg einen Moment.

»Ich kann dir sagen, was da steht.« Seine Stimme klang noch immer hohl. »I love Capri. Ich dachte, das würde den Touristinnen gefallen.«

Unsicher sah sie ihn an. »Ist das dein altes Boot?« Eine tiefe Falte erschien auf seiner Stirn. »Es war das Boot meines Vaters.«

Er schwieg.

Mel bekam die dumpfe Ahnung, dass dieser Satz sein schmerzvolles Geheimnis enthielt. Intuitiv hob sie die Hand und streichelte ihm über die Wange.

Fabrizio griff nach ihrer Hand, die an seiner Wange lag. Schweigend standen sie da. Es brauchte keine Worte, nur die warme Berührung von Haut auf Haut. Mel hatte ihm lediglich bedeuten wollen, dass sie da war, auch wenn sie nicht wusste, was geschehen war und was ihn noch immer quälte. Doch die Berührung hatte ein Verlangen in ihr ausgelöst, das sie mit sich riss.

Fabrizios Lippen suchten Mels und sie ließ jeden Widerstand fahren und erwiderte seine Küsse mit hungriger Gier. Seine Hände brannten auf Mels nackter Haut, sie presste ihn an sich, streichelte ihn, krallte sich in seinen Rücken. Er umschlang sie, überwältigte sie, leckend, saugend und beißend wanderte sein Mund an ihr hinab … Mel stöhnte und gab sich ihm hin, streichelnd schob sich seine Hand zwischen ihre Schenkel. Sie öffnete sich ihm, gierte nach ihm, mit Händen und Lippen, drängte sich an ihn, unfähig, noch länger zu widerstehen.

»Sag es mir jetzt, Mel …« Fabrizios Stimme war wie heißer Honig, der sich glühend und lustvoll über sie ergoss. »Sag mir jetzt, dass du mich willst.«

»Ja.« Ein heiseres, fremdes Flüstern, das dennoch ihre Stimme war. »Ja, ich will dich … jetzt, sofort …«

Er riss sie an sich, trieb ihre Beine auseinander und drang in sie ein. Haltlos gaben sie sich einander hin. Doch plötzlich nahm Mel eine Veränderung wahr. Sie spürte einen Schmerz von ihm ausgehen, der sie überrollte und hinwegzuspülen schien. Erschrocken öffnete sie die Augen und suchte seinen Blick. Doch Fabrizio schien sie nicht zu sehen, er sah durch sie hindurch, presste sie an sich und stieß immer heftiger in sie hinein. Mel spürte, dass er es brauchte, um seiner Verzweiflung Luft zu machen.

Schließlich hielt sie es nicht mehr aus. »Fabrizio, bitte … bitte …« Die Tränen liefen ihr über die Wangen.

Wie aus einem fernen Land aus Nebel, Schatten und Traurigkeit kam er wieder zu sich. Sein Blick wurde wieder klar. Er nahm sie wahr und sah das Unbehagen in ihren Augen. »Mel, was hast du? Was ist los?«

»Du hast mir weh getan …«

Die Verblüffung auf seinem Gesicht verwandelte sich in fassungslose Reue. Er drückte sie an sich, wiegte sie sanft und küsste jeden Zentimeter ihrer Haut. Ganz sacht und behutsam fing er wieder an, sich in ihr zu bewegen. Ihr Stöhnen schwoll an, Fabrizio wurde schneller und nahm sie mit leidenschaftlicher Begierde, bis sie vor Lust schrie.

Hinterher blieb Mel in seinen Armen liegen und sog seinen Duft und seine Wärme ein.

Siebzehn

Sie hatte allen gesagt, sie müsse schreiben und würde sich ein paar Tage nicht blicken lassen. In Wahrheit wollte sie allein sein, zu sich kommen und ihr inneres Gleichgewicht wiederfinden.

Offenbar hatten die d'Ascenzos ihr Bedürfnis nach Ruhe verstanden und gaben sich weniger chaotisch und laut als sonst. Nur hin und wieder war Zia Marias vorwurfsvolle Stimme zu hören: »Seid leise, das Mädchen muss schreiben, ihr stört sie!«

Und obwohl Zia Rosa es sich nicht nehmen ließ, Mel mit ihren Köstlichkeiten zu verwöhnen, tat sie es auf Zehenspitzen. Sie klopfte, trat ein, lächelte, strich ihr übers Haar, stellte ein Tablett mit Leckereien ab und schlich wieder hinaus.

Seit jenem Tag in Furore hatte Fabrizio nichts mehr von sich hören lassen. Den gesamten Rückweg zur Insel hatte sie neben ihm am Ruder gesessen. Er hatte sie fest an sich gedrückt, ohne ein Wort zu sagen. Mel hatte jeden Moment ausgekostet: Das Schweigen, das beruhigende Knattern des Motors, das gegen den Kiel rauschende Wasser, das unablässige Kreischen der Möwen.

Sie hatten sich ohne ein weiteres Wort verabschiedet. Keiner von beiden hatte das Gefühl, noch etwas sagen zu müssen. Die Emotionen dieses Tages einten sie, greifbar und lebendig. Mehr brauchte es nicht.

Dennoch hatte sie heimlich gehofft, Fabrizio würde sich melden.

Doch er hatte es nicht getan.

Umso besser.

Das sagte sie sich immer wieder, während sie vor dem Bildschirm saß und auf die weiße Seite starrte, den Albtraum eines jeden Schriftstellers. Allmählich begann sie zu glauben, dass sie sich alles nur eingebildet hatte.

Vielleicht werde ich verrückt.

Sie stierte auf den Rechner und die weiße Seite schien sich über sie lustig zu machen. Was sollte sie Fabrizio sagen? Dass sie seine Geschichte nicht weiterschreiben konnte?

Sie konnte an nichts anderes denken als an ihn. Es war nicht nur Sehnsucht. Es war mehr, etwas, das im Kopf begann, dann anschwoll und schließlich wie eine Flutwelle jeden Teil von ihr erfasste und mit sich riss.

Allein die Erinnerung an ihn, an ihre hungrigen, gierigen Körper, an ihre Lippen, die nicht voneinander lassen konnten, an ihre Zungen, an die Berührung seiner Haut, seinen Geruch, seinen Geschmack … Sofort fing ihr Körper an, verrücktzuspielen. Als wäre Fabrizio bei ihr, in ihr.

So geht es nicht weiter.

Aber ihre Erinnerungen rissen sie lustvoll mit sich fort. Aus irgendeinem fernen Winkel sandte ihr Verstand schwache Signale aus.

Ich will ihn. Ich kann nicht ohne ihn.

Die Stimme des Instinkts.

Übermächtig. Drängend und unüberhörbar.

Mel gab sich einen Ruck. Ihre Finger glitten über die Tastatur und fingen an zu schreiben.

Ich wollte nach Hause, nach Italien. Es war nicht nur Heimweh. Ich war Amerika dankbar für alles, was es mir gegeben hatte, dass es mir ermöglicht hatte, meine Träume zu verwirklichen, doch jetzt wartete eine neue Herausforderung auf mich: Ich wollte das Sprichwort »Niemand ist Prophet im eigenen Land« Lügen strafen. Ich würde mein neues Restaurant dort eröffnen, wo alles angefangen hatte, an einem der faszinierendsten Orte des Universums, auf der mondänsten aller italienischen Inseln: Capri.

Fabrizio sah von der Datei auf, die er soeben bekommen hatte. Mel war gut, da gab es keinen Zweifel mehr. Endlich waren sie auf einer Wellenlänge, und er hatte es geschafft, sie dorthin zu bringen, wo er sie haben wollte: Die Wette war aufgegangen. Er musste an den Augenblick denken, als er sie in den Armen gehalten hatte, an ihre Hingabe und seine Begierde, sie bis in ihre geheimsten Winkel auszukosten. Er hatte sich gehen lassen. Einen Moment lang hatte er die Kontrolle verloren und sich von seinen Emotionen mitreißen lassen. Es war beglückend gewesen. Und gefährlich. Er schob den unliebsamen Gedanken beiseite, wandte sich wieder der Lektüre zu und hielt stutzend inne:

Ich wollte, dass man von mir redete. Wie schon Oscar Wilde sagte: »Es ist egal, ob man gut oder schlecht darüber spricht, Hauptsache, man spricht darüber.« Auch auf die Gefahr hin, als »König des erotischen Essens« abgestempelt zu werden und die Spießer zu schockieren. Meine Originalität, meine Krea-

tivität, meine Genialität: Ich wollte, dass alle davon erfuhren und mich dafür bewunderten. Deshalb kehrte ich zurück.

Obwohl sie den wahren Grund nicht kannte, war sie ganz nah dran. Er hatte kein Wort darüber verloren, und doch hatte sie seinen Willen gespürt, aller Welt zu beweisen, zu was ein Fischerssohn aus Furore fähig war, seinen Groll gegen die, die ihn verstoßen hatten. Ihre Empathie sprach aus jeder Zeile. Genau das hatte er gewollt. Deshalb hatte er sie nach Furore gebracht. Woher also diese innere Unruhe? Wieso hatte er das Gefühl, zu weit gegangen zu sein?

Wieder vertiefte er sich in Mels Text. Es war seltsam, sich durch ihre Augen zu sehen. Sich zugleich von innen und außen wahrzunehmen. »Vielleicht bin ich deshalb so verschlossen«, überlegte er spöttisch.

Sex und Essen sind meine Art, Gefühle zu wecken und auszuleben. Julys und Saras hinreißende Nacktheit, dekoriert mit aphrodisischen Meeresfrüchten und den Delikatessen der Insel der Träume, war der perfekte Ausdruck dafür. Um zu Vollkommenheit zu gelangen, musste ich bis zum Äußersten gehen, ich musste meine Kreationen auf ihrer Haut anrichten, unsere zügellosesten Phantasien entfachen, den Begierden unserer drei Körper freien Lauf lassen, damit sich die Aromen der Speisen mit unserer wilden Erregung vereinten und wir uns daran berauschen konnten …

Fabrizio hätte es nicht besser ausdrücken können. Diese Zeilen waren er, Wort für Wort.

Er lächelte. Der Kokon war vor seinen Augen aufgebrochen.

Sein Lächeln erstarb. Der Schmetterling hatte sich befreit und war davongeflogen.

Wie Adam und Eva war auch ich aus meinem Eden vertrieben worden. Vergeblich hatte ich versucht, wieder hineinzugelangen. Ich habe die Dunkelheit kennengelernt. Sie ist in mir, doch ich habe gelernt, mich gegen sie zu wehren.

Er schaltete den Computer aus, aber es half nichts. Es war, als wäre jemand gewaltsam in ihn eingedrungen und hätte sich Zutritt zu einem Raum verschafft, den niemand je hatte betreten dürfen.

Am nächsten Tag herrschte im Restaurant gereizte Stimmung. Fabrizio lief in der Küche hin und her und rüffelte seine Mitarbeiter. Die Bouillon schmeckte fad. Die Jakobsmuscheln waren zu trocken. Im Crumble fehlten die Mandeln. Die Köche schwiegen und blickten betreten zu Boden.

»Habe ich euch denn gar nichts beigebracht? Wie oft muss ich dir noch sagen, dass du die Schalen unten aufschneiden musst, damit du die Krebse beim Schälen nicht kaputtmachst?!« Diesmal hatte er es auf Ciro abgesehen, den Sohn seines alten Schulfreundes Michele, der erst seit wenigen Tagen da war.

Doch der Junge, der seinen Chef womöglich noch nicht gut genug kannte, blickte ihn trotzig an. »Blödsinn, Fabrì«, blaffte er zurück. »Das hast du mir noch nie gesagt, keiner kommt als Profi zur Welt!«

Er hat recht, ich hacke völlig grundlos auf allen herum. »Entschuldigt, Leute, heute ist nicht mein Tag.«

Ohne ein weiteres Wort verließ er die Küche. In seinem

Gemütszustand richtete er nur Schaden an. Mels Worte arbeiteten in ihm. Er musste ihr Einhalt gebieten.

Als er das Büro betrat, saß Nando am Schreibtisch und machte die Ablage.

»Darf man wissen, was heute mit dir los ist?«, blaffte er seinen Neffen an.

»Nichts.« Fabrizio hatte keine Lust, mit ihm zu reden und ihm zu sagen, wie es ihm ging, erst recht nicht nach der letzten Auseinandersetzung.

»Probleme mit dem Buch?«, bohrte Nando.

Ihm entging wirklich nichts.

»Sie hat's fertig«, erwiderte Fabrizio lakonisch.

Der Onkel sah ihn argwöhnisch an. »Höre ich da heraus, dass du nicht zufrieden bist?«

Fabrizio ging über den spöttischen Unterton hinweg und warf seinem Onkel einen trotzigen Blick zu. Genau wie früher, dachte Nando, wie damals, wenn er gegen seinen Vater rebellierte. Sein Herz zog sich zusammen und er sagte nichts, als Fabrizio entgegnete: »Es wird schon laufen.«

Ihr war, als hätte jemand die Zeit angehalten.

Am Abend zuvor hatte sie Fabrizio die Datei geschickt, doch er hatte noch nichts von sich hören lassen. Wieso antwortete er nicht? War es an ihr, ihn anzurufen?

Bestimmt hat er noch nicht alles gelesen. Oder es hat ihm nicht gefallen.

Mel spürte, dass etwas passiert war. Verzweifelt hatte sie versucht, sich auf andere Gedanken zu bringen: Sie hatte mit Zia Rosa gekocht und einen Spaziergang durchs Dorf gemacht, und jetzt lag sie am Pool und schaute alle naselang auf ihr Handy, in der Hoffnung auf eine SMS.

»Wie läuft's mit der Arbeit?«

Antonio war gerade von einer Baustelle zurück und setzte sich neben sie.

»Ich bin fertig. Er liest es gerade. Ich warte auf das Urteil«, witzelte sie.

»Bestimmt wird alles super, da bin ich mir sicher.«

Ich mir nicht.

»Und du, wo treibst du dich herum? Ich habe dich seit Tagen nicht gesehen …«, versuchte sie, das Thema zu wechseln.

Grinsend fing Antonio an, von der Baustelle zu erzählen, die er für seinen Vater leitete, und von der Zusammenarbeit mit den Handwerkern und dem Bauherren.

»Am Anfang haben sie ständig nach meinem Vater gefragt, aber allmählich nehmen sie mich ernst. Das ist ein wichtiger Kunde, da muss ich hinterher sein. Heute bin ich schon früher zurück, weil die bestellten Fliesen nicht gekommen sind.«

Mel lächelte. Es hatte nicht viel gebraucht, um Antonio sein Selbstvertrauen zurückzugeben. Den ganzen Nachmittag saßen sie plaudernd am Pool und ließen sich Zia Rosas Speckkuchen schmecken. Um sieben gab das Handy endlich das heiß ersehnte Piepen von sich. Eine Nachricht von Fabrizio. Ein einziger, neutraler Satz: Ich erwarte dich bei mir.

Sie stand auf. »Ich muss gehen.«

»Machst du dir Sorgen wegen des Buches oder wegen Fabrizio?«, sagte er mit einem kleinen Schmunzeln.

Sie zwang sich zu einem unbeschwerten Lachen. »Ich gehe mich umziehen. Ich will unseren Freund nicht warten lassen.«

Achtzehn

Der nüchterne Ton seiner SMS hatte die nagende Beklommenheit, die Mel seit Beginn dieses endlosen Tages nicht losgeworden war, noch verstärkt. Während sie auf Fabrizios Villa zuging, wurde sie immer langsamer. Sie hatte keine Ahnung, was sie erwartete. Und obwohl die azurblaue Insel ihren schönsten Sonnenuntergang in den Himmel malte, konnte sie ihn diesmal nicht genießen.

Als sie endlich vor der Tür stand, zögerte sie. Antonios Frage ließ sie nicht los. Was war es, das sie umtrieb? Das Buch oder Fabrizio? Was bedeutete ihm das, was in Furore geschehen war? Sie wusste, um die Antwort zu wissen, musste sie ihm nur in die Augen sehen.

Sie hob die Hand und drückte auf den Klingelknopf. Die Tür sprang auf. Fabrizio stand auf der Terrasse, auf der sie zum ersten Mal zusammengesessen hatten.

Kein gutes Zeichen.

Er lehnte auf dem Geländer und blickte ihr entgegen. Schön, aber distanziert, mit nüchternem Blick, aus dem sich nichts herauslesen ließ. Mel verspürte einen heftigen Stich in der Magengegend und blieb stehen, unfähig, das zu tun, was sie am liebsten getan hätte: Zu ihm gehen, sein Gesicht in die Hände nehmen, ihn küssen, umarmen und seine

Wärme spüren. Ihr Mund war wie verkleistert, sie brachte keinen Ton hervor.

»Ciao, Mel«, auch seine Stimme klang nüchtern.

Sie winkte halbherzig und blieb abwartend stehen.

Fabrizio konnte ihre Anspannung spüren. Ein Teil von ihm wollte sie in die Arme schließen, sie an sich drücken und den Sprung in den Abgrund wagen. Doch er konnte nicht. Er würde tun, was er zu tun beschlossen hatte.

»Ich hab's gelesen.«

Auf Mels Gesicht kämpften die unterschiedlichsten Gefühle: Unsicherheit, Hoffnung, Angst, Begehren. Ihr Blick konnte nicht lügen.

»Und?« Sie brachte kein weiteres Wort heraus, jetzt wusste sie, dass für sie etwas ganz anderes zählte.

»Ich fand's gut. Du hast es geschafft, all deine Vorurteile und Hemmungen über Bord zu werfen und dich in mich einzufühlen.«

Eigentlich hätte Mel sich freuen müssen, doch war da nur ein schwarzes Loch in ihrer Brust. Fabrizio schien davon nichts zu bemerken. »Einen Teil würde ich allerdings streichen, weil«, er hielt kurz inne, »weil du da etwas gesehen hast, das es nicht gibt. Etwas, das nichts mit mir zu tun hat.«

Noch beim Reden wusste er, dass es nicht stimmte. Er machte ihnen beiden etwas vor.

Mel blieb stumm. Das wattige »Nichts« in ihr wurde größer. Es dämpfte die Geräusche und Gefühle.

Fabrizio blieb keine Wahl: Er musste es durchziehen.

»Es gibt kein Dunkel, vor dem ich mich verteidigen muss.«

Die Worte trafen sie wie ein Peitschenhieb. Sie blickte auf

und sah ihm direkt in die Augen. »Wieso hast du mich nach Furore gebracht? Sag mir die Wahrheit.«

Er antwortete nicht.

»Dann sage ich sie dir.«

Heiße Wut packte sie.

»Du wusstest, dass ich nur schreiben kann, wenn ich meine Gefühle involviere! Du hast es mit Absicht getan!«

Sag mir, dass das nicht stimmt.

»Ich wollte, dass du weißt, wer ich bin.«

»Jetzt weiß ich es!«

Und ich wünschte, ich hätte es nie erfahren.

Mel wandte sich von ihm ab, damit er die Tränen in ihren Augen nicht sah. »Du bist ein riesengroßes Arschloch, Fabrizio Greco.«

Er erwiderte nichts. Mel konnte sich nicht mehr zurückhalten, die Worte brachen einfach aus ihr heraus.

»Du hast mich manipuliert. Genau wie all die anderen. Du hast mir etwas vorgemacht. Und du warst brillant, *chapeau*!«, schloss sie mit einer zynischen Verbeugung.

»Ich habe dir nur die Frau zeigen wollen, die du bist. Ich habe den Teil in dir ans Licht geholt, den du nicht wahrhaben willst. Aber ohne ihn hat das Leben keine Würze.«

Mel funkelte ihn zornig an. »Aber mir war die fade Variante lieber! Was glaubst du, wie mir jetzt zumute ist?«

Jetzt weinte sie haltlos. »Weißt du, wie es sich anfühlt, benutzt zu werden? Natürlich nicht, wie auch? Du bist ja derjenige, der die anderen benutzt! Mach doch mit dem Buch was du willst! Ich bin ja sowieso nur ein Ghost, ein Gespenst, das nicht existiert!«

Sie drehte sich um und rannte davon.

Weit weg. Möglichst weit weg von ihm.

Das Abendlicht war matt und diffus. Mel hatte keine Ahnung, wohin sie lief. Sie war aus der Villa gerannt, hatte die erstbeste Richtung eingeschlagen und die Häuser weit hinter sich gelassen. Der Pfad war immer steiler und unwegsamer geworden, doch das kümmerte sie nicht. Sie musste allein sein, weit weg von den Menschen, den Lichtern, den Stimmen. Von allem.

Sie brauchte die Einsamkeit. Im spärlichen Licht einer schmalen Mondsichel stolperte sie zum Rauschen der Brandung durch den Wald. Irgendwann blinkte ein Lichtstrahl im dunklen Himmel auf und Mel erkannte, dass sie die äußerste Spitze der Insel erreicht hatte. Eine gepflasterte Straße führte zum Leuchtturm hinauf. Sein Lichtsignal war wie ein Zeichen und sie folgte der Straße bergan.

Was bin ich für eine naive Träumerin gewesen.

Sie hatte geglaubt, die Situation im Griff zu haben und ihre Gefühle von der Geschichte, die sie schrieb, trennen zu können. Doch ehe sie es sich versehen hatte, war daraus eins geworden. Sie hatte seine Anziehungskraft unterschätzt, ebenso wie ihr Bedürfnis, zu lieben und geliebt zu werden. Sie hatte sich verletzlich gezeigt und war verletzt worden.

Meine Mutter hatte recht.

Es war bitter und schmerzvoll, sich das einzugestehen, und zugleich wusste Mel, dass es zu nichts führte.

Sie erreichte den Felsen, auf dem der Leuchtturm aufragte und seine Lichtbalken in die Finsternis schickte.

»Es gibt kein Dunkel, vor dem ich mich verteidigen müsste«, klang seine Stimme ihr durch den Kopf. Doch sie hatte dieses Dunkel gespürt, diesen Schmerz, diese Leere. Hatte sie sich das wirklich nur eingebildet? Sie starrte zum pechschwarzen Meer hinab. Wozu sich quälen und sich immer wieder die gleichen Fragen stellen, auf die es keine Antwort gab? Fabrizio hatte sie benutzt. Und sie hatte ihm nicht nur erlaubt, es zu tun, sondern ihn geradezu darum gebeten.

Die frische Luft ließ Mel wieder klar denken und riss den zähen Nebel mit sich fort. Mit einem Mal war alles schmerzlich klar.

»Mel, meine Kleine, wenn du das Gefühl hast, alles ist verloren und das Leben hat keinen Sinn mehr, dann lass alles hinter dir und fang bei dir selbst neu an. Niemand kann dir nehmen, was du im Herzen trägst. Dein Vater ist fortgegangen, deine Mutter konnte dich nicht lieben, doch du hast mich und deine Freunde. Die wirklichen Bande sind die, die wir uns erschaffen und Tag für Tag pflegen. Hör niemals auf, an dich selbst zu glauben.« Noch nie zuvor waren Nonna Adelinas Worte so hilfreich gewesen. Jetzt wusste sie, was zu tun war, der Schmerz war in einen hintersten Winkel verbannt. Ihm würde sie sich ein andermal widmen. Sie warf einen letzten Blick auf die dunkle, raunende Weite und machte sich auf den Rückweg.

Während sie den Pinienwald durchquerte, sah sie sie. Überwältigt blieb sie stehen. Es war wie damals in den heißen Sommernächten bei ihrer Großmutter auf dem Land.

Dies war das letzte Geschenk, das Capri ihr machte; vielleicht, um sie zu trösten. Die Sträucher ringsum waren geschmückt mit winzigen, glimmenden Perlen. Glühwürmchen. Ein tanzender Lichtschweif, der ihr den Weg weisen wollte.

Zurück zu sich selbst.

Zurück nach Hause.

Den Weg, den sie in sich trug.

Als Mel erwachte, war ihr, als lastete eine Bleiplatte auf ihrer Brust.

Dann fiel ihr alles wieder ein.

Dieser Mistkerl! Er hat mich benutzt.

Und mit einem jähen, schmerzvollen Riss war nun alles zu Ende. Die unauflöslichen Fäden, die sie mit Fabrizio verbanden, mussten gekappt werden, wenn sie darüber hinwegkommen wollte.

Zu Hause ist es bestimmt anders. Bestimmt wird es dort leichter.

Sie schloss ihren Koffer und ließ den Blick noch einmal durch das Zimmer wandern, um sich zu vergewissern, dass sie nichts vergessen hatte. Von Fabrizio und dieser Insel wegzukommen, auf der sie eine unbekannte Seite ihrer selbst kennengelernt hatte, war jetzt das Allerwichtigste. Sie musste Abstand gewinnen, und zwar sofort.

Zu Hause warteten die Kinder auf sie, ihre Arbeit, der Blog.

Arbeiten, in Bewegung bleiben. Um nicht nachzudenken und die Wunden verheilen zu lassen.

»Darf ich reinkommen?« Zia Rosa steckte schüchtern den Kopf ins Zimmer.

Mel drehte sich um und versuchte, zu lächeln. Der Blick der Alten fiel auf den Koffer und ihr Gesicht wurde traurig.

»Dein Entschluss steht also fest? Du willst abreisen?«

Mel nickte. Ihre Kehle war so zugeschnürt, dass sie kaum ein Wort herausbrachte.

»Das Buch ist fertig, ich muss nach Hause.«

Zia Rosa kam auf sie zu und nahm sie fest in die Arme.

»Du wirst uns fehlen«, sagte sie.

»Ihr mir auch.«

Um von ihrer Rührung abzulenken, befühlte Zia Rosa prüfend Mels Taille und Hüften. »Und ich hab's noch nicht mal geschafft, dir ein bisschen Speck auf die Rippen zu füttern, du bist noch immer hageldürr … Dir hat mein Essen wohl nicht geschmeckt«, grummelte sie, doch die Herzlichkeit in ihrer Stimme war nicht zu überhören.

»Das ist nicht wahr! Ich kann's gar nicht abwarten, zu Hause alles nachzukochen, die Pizzelle, die Hefebällchen, die Endivienpizza!«

»Das wird sowieso nicht so gut wie bei mir. Wenn's schmecken soll, wie sich's gehört, musst du wiederkommen«, erwiderte sie und streichelte ihr über die Wange. Die Traurigkeit in Mels Augen war Rosa nicht entgangen, auch wenn sie den Grund dafür nicht kannte. »Wir warten auf dich, das weißt du, oder?«

Mel schloss sie fest in die Arme. »Danke«, flüsterte sie, und ihr ging auf, dass sie sich hier zum ersten Mal wirklich zu Hause gefühlt hatte.

Eine letzte, kräftige Umarmung, und Zia Rosa ließ sie los. »Du solltest dich jetzt fertigmachen, sonst verpasst du die Fähre.«

Sie schlurfte aus dem Zimmer und nestelte verstohlen ein Taschentuch aus der Schürze.

Ihr werdet mir fehlen.

Als Mel fertig gepackt hatte, ging sie zu Augusto, um sich zu verabschieden.

»Wieso bleibst du nicht noch ein paar Tage? Es ist ein Jammer, dass du abreist, und da spreche ich im Namen aller, das weißt du«, sagte er und kam auf sie zu.

Mel biss sich auf die Lippe und spürte die Tränen aufsteigen. Wieso musste der Abschied von ihnen so schwer sein?

»Ich muss zurück, aber eure Gastfreundschaft werde ich euch nie vergessen. Ihr habt mir diese Tage unvergesslich gemacht. Ohne euch wäre es nicht dasselbe gewesen …«

Augusto zog sie wortlos an sich und umarmte sie fest. Dann blickte er sie lächelnd an. »Das ist kein Lebewohl, sondern ein Auf Wiedersehen. Komm bald wieder. Der Sommer auf Capri ist lang, und von Rom ist es nicht weit. Den Weg kennst du ja. Wir warten auf dich.«

Von Antonio hatte sie sich schon am Abend zuvor verabschiedet und versprochen, sich zu melden.

»Du hast meine Handynummer und die E-Mail-Adresse, es gibt also keine Ausreden. Lass von dir hören!«

Mel hatte gelacht. »Heißt das, dass ich anrufen muss? Seit du den Bauleiter machst, hast du wohl nicht einmal mehr Zeit, eine Freundin anzurufen!«

»Für dich finde ich immer Zeit. Ich bin sogar kurz davor zu sagen, dass ich morgen nicht nach Neapel fahren kann, weil ich dich zur Fähre bringe. Du solltest nicht alleine fahren.«

Mel hatte ihn beruhigt. Sie hatte sich ein Taxi bestellt, um niemandem zur Last zu fallen. Der Wagen wartete bereits. Sie wollte gerade einsteigen, als Zia Rosa sie zurückrief. »Melle, warte …« Mit einem Heft in der Hand schnaufte sie auf sie zu. »Das ist für dich«, sagte sie und drückte es ihr in die Hand.

Mit ratlosem Blick schlug Mel es auf. In kindlicher Schrift waren darin sämtliche Rezepte notiert, die Zia Rosa in ihrem langen Leben gesammelt hatte.

»Das kann ich nicht annehmen«, sagte Mel und hielt ihr das Heft mit den vergilbten Seiten hin.

Zia Rosa ergriff ihre Hände. »Aber ja, wie willst du sonst

Pizzelle für deine Kinder machen? Hier drin stehen alle Geheimnisse, die du wissen musst.«

»Aber dann hast du es doch nicht mehr, Zia!« Der Kosename war Mel ganz instinktiv herausgerutscht. Sie war kaum fünf Wochen hier gewesen, doch die kleine, bärbeißige Alte mit den fleckigen Schürzen war ihr ans Herz gewachsen.

»Ich hab alles im Kopf, ich brauche das Heft nicht. Du sollst es haben, dann denkst du vielleicht hin und wieder dran, uns anzurufen und zu sagen, wie es dir geht.«

Mel schloss sie fest in die Arme. »Das hätte ich auch so getan.«

»Dann schreib noch ein paar von deinen Rezepten rein und bring's mir zurück.« Das war Rosas Art zu sagen: komm wieder. Sie schob Mel brüsk in Richtung Taxi. »Und jetzt ab mit dir, die Fähre wartet nicht. Ab einem gewissen Alter ist man nah am Wasser gebaut, und ich will dich nicht heulend verabschieden.«

Das hat nichts mit dem Alter zu tun.

Mel drehte sich um und hastete davon, das Heft fest in den Händen.

Mit tränenverschleierten Augen blickte sie aus dem Fenster. Sie wollte sich jede Kleinigkeit einprägen.

Hier hatte sie größte Herzlichkeit und bitterste Täuschung erfahren.

Fabrizio die bis dahin so fest verriegelte Tür zu ihrem Herzen zu öffnen, war ein Fehler gewesen. Jetzt zahlte sie den Preis dafür. Wehrlos und verletzt fragte sie sich, warum sie sich ausgerechnet ihm hingegeben hatte. Mel fühlte sich betrogen, von ihm und von sich selbst. Es würde schwer werden, diese Mauer wieder aufzubauen, denn auch sie hatte sich verändert. Trotzdem musste sie ihr Leben weiterleben, ihr »wahres Leben«, das diesem Traum, der sich als Albtraum entpuppt hatte, folgte.

Das Taxi setzte sie am Anleger ab und Mel schob sich durch die Schar der soeben angelandeten Touristen zur Fähre. Es war noch gar nicht lange her, da war sie ebenso euphorisch von Bord gegangen.

Ein Teil von mir wird hierbleiben, für immer.

Da war Mel sich sicher, auch wenn sie hoffte, dass der Schmerz der Erinnerungen mit der Zeit nachlassen würde.

Sie bestieg die Fähre, ohne sich noch einmal umzublicken. Hätte sie es getan, hätte sie nach seinem Gesicht in der Menge gesucht. Vergeblich. Die Augen hinter der Sonnenbrille verborgen, zog sie ihren Koffer hinter sich her in den Fahrgastraum.

Die letzten Passagiere kamen an Bord, die Matrosen holten die Gangway ein und die Fähre löste sich vom Kai.

»Mel … Mel!« Jemand rief nach ihr.

Ihr Herz begann zu rasen und sie stürzte an Deck. Auf der Mole stand Nando. Kaum hatte er sie entdeckt, erschien ein Strahlen auf seinem Gesicht. Mit den Armen rudernd rief er ihr etwas zu, das im Lärm der Motoren unterging. Mel hob winkend die Hand, warf ihm einen Kuss zu und ließ ihn nicht aus den Augen, während die Fähre sich immer weiter von der Insel entfernte.

Es hätte nicht funktioniert.

Reglos stand Fabrizio auf der Terrasse seines Restaurants und starrte der immer kleiner werdenden Fähre nach.

Einen Moment lang war er kurz davor gewesen, zur Mole zu rennen, nach ihr zu rufen, sie zurückzuhalten.

Doch er hatte sich gezwungen, sich nicht von der Stelle zu rühren, bis das Schiff sich vom Kai gelöst hatte. Er hatte ihr schon genug wehgetan. Nun musste er sie gehen lassen und der Versuchung widerstehen, sie zurückzuholen und nicht mehr loszulassen. Niemals hätte er geahnt, dass dieses Spiel plötzlich umschlagen und ihn mit sich reißen würde.

Während er Mel von Annie, Diane und Lora erzählt hatte, hatte er sein Leben Revue passieren lassen. Das hatte ihn verletzlich und gefährlich gemacht, nicht nur für sie, sondern auch für sich selbst.

Er verzog den Mund zu einem bitteren Lächeln. Er hatte sie kennenlernen und aus der Reserve locken wollen und dabei alle Vorsicht in den Wind geschlagen, und unversehens hatte sich Mel in sein Herz geschlichen.

Es hätte nicht funktioniert.

Er war ein freier Geist. Er hasste es, in das Korsett einer Beziehung gezwängt zu werden. Er wollte keine Familie, er genügte sich selbst. Doch diesmal tat die Trennung weh. Fabrizio wusste, dass er in allen Frauen nach ihrem Gesicht und ihrem Lächeln suchen würde. Die Liebe ist eine wunderschöne Blume, die am Abgrund wächst. Man muss nur den Mut haben, sie zu pflücken. Er wusste nicht mehr, von wem dieser Satz stammte.

Diesen Mut hatte er nicht gehabt.

Neunzehn

Ihr altes Leben hatte sie wieder. Mel war zu ihren Artikeln, ihrem Blog und ihren Kindern zurückgekehrt.

Wieder auf den gewohnten Bahnen zu sein, hatte ihr geholfen, die Welt ein wenig freundlicher zu sehen. Nach und nach erschienen ihr Capri, Fabrizio und die d'Ascenzos wie ein Traum. Fast war es, all das wäre gar nicht passiert, und die Erinnerung daran gehörte einer anderen. Doch sie wusste, dass das ein Abwehrmechanismus war, der sie vor Wehmut und Trauer schützte. Mel zwang sich, sich an den kleinen Dingen zu erfreuen, die ihre Tage erfüllten, und verbannte den Monat auf der Insel in den hintersten Winkel ihres Bewusstseins. Doch manchmal genügte eine Kleinigkeit, ein Geruch, das Kreischen einer Möwe oder ein blühender Strauch, um sie jäh auf die azurblaue Insel zurückzubringen und die Gefühle, die sie abgeflaut und erloschen geglaubt hatte, schmerzhaft wieder aufleben zu lassen.

Als der Verleger ihr zu ihrer Arbeit gratuliert hatte, war jede Bemerkung und jeder auf Fabrizio bezogene Kommentar für Mel eine solche Qual gewesen, dass sie noch nicht einmal gefragt hatte, wie es um ihr Buch über die gläsernen Gärten stand. Der Verleger hatte ebenfalls kein Wort darüber verloren. Noch ein zerplatzter Traum.

»Mel, schau mal, wie heißt der?« Anna zupfte sie ungeduldig am Arm.

Es war einer der ersten Frühlingstage, und mit ihrer Freundin Viola hatte Mel mit den Kindern einen Ausflug in den Zoo gemacht. Jetzt standen sie vor dem Leopardenkäfig.

»Das ist ein Leopard«, antwortete sie und zwang sich zu einem Lächeln.

»Siehst du, der ist genauso traurig wie du. Er ist ganz allein …«

Mel kniete sich neben sie und drückte sie fest an sich. »Ich bin nicht traurig, mein Schatz.«

Kindern entgeht aber auch nichts.

»Und er vielleicht auch nicht«, fuhr sie beschwichtigend fort. »Leoparden sind Einzelgänger, sie werden nur gesellig, wenn sie sich eine Frau suchen, ansonsten sind sie lieber allein.«

»Das gefällt mir nicht, allein sein ist doof!«, erwiderte die Kleine und rannte zu den anderen Kindern, die sich vor dem nächsten Käfig drängten.

Man kann niemanden zur Liebe zwingen.

Sie dachte nicht an den Leopard. Sie dachte an den Mann, der sich für die Einsamkeit entschieden hatte.

Die Bucht von San Francisco lag unter dichtem Nebel und die Golden Gate Bridge schien auf Wolken zu schweben. Fabrizio, der wie jeden Morgen über die Brücke joggte, war für dieses Schauspiel unempfänglich. Er hatte anderes im Sinn. Das Rauschen des Blutes in seinen Ohren. Den Schweiß, der sein Hemd durchnässte. Die vom Endorphin freigesetzte Euphorie. Das war eine der vielen Arten, sich zu betäuben. Er wurde schneller.

Lora, die neben ihm lief, blieb abrupt stehen und zwang ihn ebenfalls zum Halt.

»*Looking for the runner's high, uh?*« Sie musterte ihn forschend. »*What's wrong with you, Fabrizio? You're not the same anymore.*«

The runner's high, das Läuferhoch; Lora kannte ihn gut. Sie wusste, dass etwas nicht in Ordnung war. Seit er wieder in Sausalito war, hatte Fabrizio sie des Öfteren bei einem besorgten Seitenblick ertappt.

Hätte er ihr die Wahrheit gesagt, hätte sie ihm nicht geglaubt. Es reichte nicht, dass ein Ozean zwischen ihm und Capri lag. Der Gedanke an Mel und an ihre gemeinsamen Augenblicke ließen ihn nicht los.

Ihre Stimme. Ihre Lippen. Ihre Haut.

»*Fabrizio, are you okay?*«

Nein, hätte er am liebsten geantwortet, nichts ist okay. Mir geht's beschissen. Seit der Rückkehr nach Kalifornien hatte er versucht, sich abzulenken, er hatte sogar wieder angefangen, kulinarische Events zu organisieren. Doch es half nichts. Er kam erschöpft nach Hause und fand keinen Schlaf, und die Erinnerungen, die er vergeblich zu betäuben versucht hatte, brachen über ihn herein.

Nando hatte ihn mehrmals angerufen und gebeten, zurückzukommen. Er hatte abgelehnt.

Er lächelte Lora an. »*I'm fine, Lor. Let's go. No more runner's high, you've got my word.*«

Mel stellte das Stativ mit dem Fotoapparat vor dem marmornen Küchentisch auf. Zufrieden betrachtete sie ihre Torte. Zur Erinnerung an jenen Tag hatte sie etwas ganz Besonderes erschaffen wollen und sich selbst übertroffen. Das

Ergebnis war eine grüne Wiese mit kleinen Zuckerorchideen in allen Rosaschattierungen, auf denen winzige bunte Schmetterlinge thronten. Sie hatte drei Tage gebraucht, um all die Blumen, Schmetterlinge und Grashalme zu formen. Doch es hatte sich gelohnt. Sie aktivierte den Selbstauslöser und rannte lächelnd hinter den Tisch. *Klick*.

Auf dem Foto hatte sich eine Haarsträhne gelöst, was dem Ganzen einen sympathischen, spontanen Touch verlieh. Mel fing an, die Details zu fotografieren. Mit Viola hatte sie beschlossen, das einjährige Bestehen des Blogs im Kinderheim zu feiern; mit dem Kuchen wollte sie die Kinder überraschen.

Wie gern würde ich ihnen den Schmetterlingsgarten zeigen.

Sie verscheuchte den Gedanken genauso schnell, wie er gekommen war, setzte sich an den Schreibtisch, um die Bilder hochzuladen, und begann zu schreiben.

Kreative Gedanken, laut gedacht.

Heute ist es genau ein Jahr her, dass ich mit diesem Blog angefangen und versucht habe, meine Welt zu zeigen: Alles, was mich bewegt, neugierig macht und verblüfft. Als ich dieses Jahr auf Capri war, hatte ich das Glück, etwas Einzigartiges und Überwältigendes zu sehen: Den Schmetterlingsgarten.

Sie schloss die Augen und war wieder dort, mit Fabrizio, der ihr zulächelte. Dort hatte er sein Herz einen winzigen Spaltbreit geöffnet und ihr den Mann hinter der Maske gezeigt, und ihr Widerstand hatte zu bröckeln begonnen.

Sie tippte weiter.

Die Erinnerung an jenen Tag werde ich niemals vergessen, und ich will sie mit euch teilen, liebe Freunde, die ihr mich Tag für Tag begleitet.

Sie hielt kurz inne, dann postete sie das Foto.

Hier bin ich, nicht mehr nur eine Stimme aus dem Off, die die Welt in Bildern erzählt, sondern die wahrhaftige Mel. Ich wollte, dass ihr mich kennenlernt, und dachte, dies wäre die passende Gelegenheit.

Die Torte kann die Schönheit des Ortes und das, was er mir bedeutet, nur ansatzweise wiedergeben, doch ich will sie dennoch mit euch teilen, um eure Neugier zu wecken und euch Lust zu machen, den Schmetterlingsgarten und Capri zu besuchen, diesen magischen, verwunschenen Ort, an dem ich das Paradies auf Erden gefunden habe und an dem alles möglich erscheint.

Sie postete auch die anderen Bilder zusammen mit kleinen Rezeptanweisungen, klappte den Computer zu, zog sich um und verließ das Haus.

Im Heim wurde sie von den Kindern mit begeistertem Hallo empfangen. Jeder von ihnen hatte ein Bild für ihren Blog gemalt: Eine Blume, ein Ringelreihen mit ihr in der Mitte; alles in leuchtenden Farben. Mel war gerührt, wie viel Mühe sie sich gemacht hatten.

»Die sind wunderschön«, sagte sie und meinte es von Herzen.

Als sie die Torte auspackten, blieb den Kindern vor Staunen der Mund offen stehen. Mel hatte sie verzaubert.

Abends hängte sie die Bilder an ihre Pinnwand. Jedes zerknickte Blatt war ein Puzzleteil ihres Herzens. Anna. Luca. Vittorio. Giovanna.

Ihre Kinder.

Seit jenem Fest war mehr als ein Monat vergangen. Mel war gerade dabei, einen Artikel für eine Kochzeitschrift fertigzuschreiben, als das Telefon klingelte.

Sie war so ins Schreiben vertieft, dass sie den Anruf entgegennahm, ohne auf das Display zu schauen.

»Ja?«

»Mel, ich bin's.« Einen Moment lang war sie wie vor den Kopf geschlagen. Der Klang der Stimme versetzte sie mehrere Monate zurück. Ihr Herz begann zu rasen. »Bist du noch da?«, fragte die Stimme.

Sie war froh, ihn zu hören, wie oft war sie kurz davor gewesen, ihn anzurufen, und hatte es dann doch nicht getan, weil er eine Verbindung zu Fabrizio war.

»Wie geht es dir? Du hast dich nicht mehr gemeldet, du hast uns gefehlt …

Ich weiß, aber es tat einfach zu weh.

»Ihr habt mir auch gefehlt«, flüsterte sie mit hämmerndem Herzen. »Sehr.«

»Die Tanten reden dauernd von dir, wir sind alle Fans von deinem Blog geworden. Er ist phantastisch. Beim Lesen ist es fast, als würden wir dich reden hören und als wärst du hier.« Nandos Stimme war voller Herzlichkeit.

»Hör auf, sonst muss ich noch heulen.«

»Wenn ich dich so dazu kriege, zurück nach Capri zu kommen, mache ich weiter.«

Mel lachte.

»Hör mal«, fuhr er fort. »Als ich Faith die Torte vom

Schmetterlingsgarten gezeigt habe, war sie sprachlos. Sie will dich unbedingt kennenlernen.«

Er erzählte, dass Faiths Mann gestorben sei und sie nach Capri gezogen war. »Deshalb rufe ich dich an. Nächste Woche feiern wir unsere Verlobung und ich will, dass du dabei bist.«

Capri. Fabrizio. Das kann er nicht von mir verlangen.

»Ich würde wahnsinnig gerne kommen, Nando, aber ich kann nicht.« Ihre Stimme klang heiser und Nando verstand sofort.

»Wegen Fabrizio brauchst du dir keine Sorgen zu machen. Er ist in Sausalito und kommt erst im Juni zur Hochzeit zurück.«

»Ich weiß nicht, ob ich das hinkriege«, antwortete Mel.

Nando ließ nicht locker. Er hatte Faith die Schmetterlingsgarten-Torte versprochen und er durfte sie nicht enttäuschen.

»Ich bitte dich, tu's für mich.«

»Ich kann dir die Torte schicken und es so arrangieren, dass sie unbeschadet bei euch ankommt.«

Nando hatte alles gegeben, doch Mel war hart geblieben.

Danach hatte er jeden Tag angerufen und sämtliche Register gezogen. Auch Zia Rosa und Zia Maria hatten angerufen und selbst Augusto und Antonio hatten sich gemeldet.

Schließlich hatte Mel kapituliert. Sie würde hinfahren, aber nur für einen Tag.

Zwanzig

Ich hätte nicht wiederkommen dürfen. Das war das erste, was sie dachte, als die Silhouette Capris wie ein schmerzvolles Déjà-vu in der Ferne auftauchte.

Sie hatte die ganze Woche damit zugebracht, die Torte für Faith zu backen, denn sie wollte sie nicht enttäuschen und hoffte, ihr Geschenk würde diesen Moment, auf den sie und Nando so lange gewartet hatten, zu etwas ganz Besonderem machen. Doch am Morgen der Abfahrt waren ihr plötzlich Zweifel gekommen. Sie hatte Angst, auf die Insel zurückzukehren. Dort zu sein und ihn nicht zu sehen. Waren denn all diese Monate umsonst gewesen? Statt zu verblassen, hatten sich die Erinnerungen lediglich hinter der Trauer darüber verschanzt, was nicht gewesen war und was hätte sein können.

Ehe sie es sich anders überlegen konnte, hatte Mel die Torte auf den Arm genommen und die Wohnungstür hinter sich zugezogen. Dann war sie mit dem Auto nach Neapel gefahren und hatte die Fähre bestiegen.

Nun bereute sie ihre Entscheidung. Sie hatte geglaubt, ihre Gefühle wieder im Griff zu haben. Mit jedem Meter, den sich die Fähre der Insel näherte, brachen die Erinnerungen mit aller Macht hervor und ließen die gemeinsamen

Tage lebendig werden: Die Streits, die Nähe, die Leidenschaft, den Schmerz. Es waren die schönsten, erfülltesten Tage ihres Lebens gewesen. Es war unmöglich, sich Capri ohne Fabrizio vorzustellen, und selbst wenn sie um den Schmerz gewusst hätte, hätte sie kein bisschen anders gehandelt. Sie hätte ihn begehrt und sich ihm hingegeben wie an jenem Tag in Furore.

Die Fähre lief in den Hafen ein und näherte sich dem Kai.

Schluss jetzt. Ich bin wegen Nando und Faith hier.

Sie war gekommen, um mit ihnen zu feiern, und fest entschlossen, ihnen den großen Tag nicht zu verderben.

Die Fähre legte an. Mel ging an Deck und hielt nach Nandos Gesicht Ausschau. Sie entdeckte ihn sofort. Auch er hatte sie gesehen und winkte ihr strahlend zu.

Mit der Torte beladen ging sie von Bord, und nachdem Nando das wertvolle Paket sicher abgestellt hatte, schloss er sie fest und herzlich in die Arme.

»Du glaubst nicht, wie sehr ich mich freue, dich wiederzusehen!«, sagte er und drückte ihr zwei Küsse auf die Wange.

»Mir geht es genauso«, murmelte sie mit feuchten Augen.

»Na, na.« Nando kramte ein blütenweißes Taschentuch hervor und reichte es ihr. »Jetzt will ich dich fröhlich sehen!«

Mel wischte sich die Tränen fort und versuchte zu lächeln.

»Na, siehst du, so ist es besser. Und jetzt lass uns gehen.«

Vorsichtig balancierte er das Paket zu seiner Ape. Mit dem flauen Gefühl, das einen erfasst, wenn man bekommt, was man wollte, und merkt, dass man sich eigentlich nach etwas anderem sehnt, folgte Mel ihm. Sie war wieder in Capri. Sie blickte sich um: Obwohl es erst Anfang April war, wimmelte es vor Touristen. Erst vor wenigen Monaten hatte sie sich gefühlt wie sie. Doch jetzt war sie nach Hause gekommen.

Sie sagte Nando, was sie empfand. Lächelnd hielt er ihr die Wagentür auf. »Ein einschneidendes Erlebnis macht einen Ort zu unserem Ort«, erklärte er. »Wir haben darüber gesprochen, erinnerst du dich?«

Mel nickte und musste an ihre Unterhaltung auf dem Felsen denken. Capri war zu ihrem Seelenort geworden, verknüpft mit unvergänglicher Wehmut.

Sie setzte sich auf den Beifahrersitz. Wie gern hätte sie Nando nach Fabrizio gefragt, um wenigstens seinen Namen zu hören, doch sie hielt sich zurück. Aufmerksam sah er sie an.

»Faith kann es gar nicht abwarten, dich kennenzulernen.«

Sie lächelte. »Mir geht's genauso.«

Sie schwiegen. Fabrizios Gegenwart war fast greifbar, doch keiner der beiden erwähnte seinen Namen.

Wenig später parkte Nando den Wagen.

»Komm mit«, sagte er, nahm das Paket und stieg aus.

Die Piazzetta wimmelte vor Menschen. Verwundert drehte Mel sich zu Nando um, doch ehe sie etwas fragen konnte, kam eine weißhaarige Dame herzlich lächelnd auf sie zu.

»Mel, ich bin Faith. Danke, dass du gekommen bist, ich bin ja so froh, dich kennenzulernen!«

Unter Nandos zärtlichem Blick schloss sie Mel in die Arme. Mel erwiderte die Umarmung. All diese aufrichtige Herzlichkeit tat ihr gut. Sie war froh, wieder hier zu sein, trotz allem.

Faith tauschte einen Blick mit Nando, der unmerklich nickte.

»Komm, Mel«, sagte sie, hakte sie unter und zog sie zur Mitte des Platzes, wo eine riesige Tafel gedeckt war. Mel stellte sich auf Zehenspitzen und spähte über die vielen Köpfe hinweg.

»Was ist das?«, fragte sie neugierig.

Schlagartig verstummte sie. Das musste Einbildung sein.

Auf einer Spiegelfläche, die die gesamte Länge des Tisches einnahm, prangte wie ein wahrgewordener Traum aus Gebäck, Marzipan und mit Mango-, Pfirsich-, Schokoladen- und Himbeermousse gefülltem Biskuit ihr »Italienischer Garten«. Ein Fernsehteam nahm alles auf und mehrere Journalisten bestürmten einen von einer Menschentraube umringten Mann mit Fragen. Mels Knie wurden weich. Sie drehte sich nach Faith um, doch sie war verschwunden.

In dem Moment teilte sich die Menge.

Mel sah auf und traf Fabrizios Blick. Lächelnd kam er auf sie zu. Sie verlor den Halt. Alles um sie herum – die Menschen, der Tisch mit dem überwältigenden Zuckergarten, der leuchtend blaue Himmel über Capri – begann sich zu drehen.

Er legte ihr den Arm um die Schultern und fing sie auf.

»Es ist alles in Ordnung, Mel. Ich bin hier.«

Ich bin hier?!

Was war hier los?

Fabrizio drückte sie an sich und drehte sich zu den Journalisten und dem Blitzlichtgewitter der Fotoapparate um.

»Das alles haben wir ihr zu verdanken«, sagte er, »Mel Ricci, die jedes Detail dieses kleinen Meisterwerks entworfen hat. Die Zeichnungen finden Sie auf ihrem Blog *Cake Garden.* Ich habe lediglich bei der Umsetzung geholfen, zusammen mit den Teilnehmern der Kochschule, die ich seit diesem Jahr auf Capri leite.« Er deutete auf ein paar junge Leute, die sogleich von den Fotografen ins Visier genommen wurden. »Ich weiß, es ist ein Risiko, doch wir glauben an dieses Projekt, denn nur, wenn wir uns auf unsere Heimat, unsere Wurzeln und unsere Kultur besinnen, können wir die Gespenster der Vergangenheit vertreiben und der Welt und uns zeigen, was in uns steckt.«

Mels Gefühle spielten verrückt. Fabrizio hielt sie fest und nebelhaft nahm sie Nando und Faith wahr, die daneben standen, und hörte die Fragen der Journalisten.

»Wie ist Ihnen die Idee gekommen? Was hat ihre Liebe zu Gärten mit ihrer Leidenschaft für die Konditorei gemein? Seit wann gibt es Ihren Blog?«

Der Strom der Fragen riss nicht ab, doch das Einzige, was zählte, war Fabrizio, der sie mit sicherem, zärtlichem Griff in die Mitte des Platzes schob. Seine Nähe. Wie in Trance fing Mel an zu antworten, während die Fotografen sie mit klackernden Auslösern neben den Kochschülern, neben Fabrizio, neben dem Zuckergarten ablichteten.

Als sich die allgemeine Aufmerksamkeit auf ein Schauspielerpaar richtete, das auf der Piazzetta aufkreuzte, um dem Spektakel beizuwohnen, konnte Mel ihm endlich in die Augen sehen. Ihr Lippen formten nur ein einziges Wort: »Warum?«

Er erwiderte ihren Blick. Seine Augen waren hell und durchscheinend wie das Meer.

»Weil ich nicht mehr davonlaufen will.«

Mit einem Mal waren all die Menschen, die Tafel mit dem Zuckerwerk und der Trubel ringsum weit fort. Er nahm ihr Gesicht in seine Hände.

»Vertraust du mir?«

Sie wusste es noch nicht. Doch sie wünschte es sich von ganzem Herzen.

»Komm.«

Er nahm ihre Hand und sie verließen den Platz.

Einundzwanzig

Das kleine Motorboot mit dem schlanken Kiel schaukelte sacht auf dem Wasser von Marina Piccola. Fabrizio sprang hinein und hielt ihr die Hand hin.

»Aber … und der Kahn?«

Er grinste. »Mit dem hier kommt man schneller voran.«

Mel nahm seine Hand. Die Berührung mit der warmen Haut fuhr ihr durch den Magen bis ins Herz.

Sie setzte sich und Fabrizio löste die Leinen, startete den Motor und ging ans Steuer. Mel wagte nichts zu sagen, aus Angst, der Zauber könnte zerplatzen und sie würde aus einem wunderbaren und allzu intensiven Traum erwachen.

Das Aufjaulen des Motors ließ sie hochschrecken. Der Bug des schnellen Außenborders hob sich und das Boot schoss über die Wellen. Das Einzige, was Mel von dieser Fahrt im Gedächtnis behalten würde, waren die Salzwasserspritzer auf ihrem Gesicht, das von der weißen Gischt des Bootes durchzogene Blau und das Gefühl, sich von außen zu sehen, als wäre dies ein Film und sie Zuschauerin und Darstellerin zugleich.

Fabrizio konzentrierte sich auf die Fahrt und hielt den Blick auf die näher rückende Küste gerichtet. Mel brauchte nicht zu fragen, wohin sie fuhren. Sie hatte es von Anfang an geahnt, und als der steinerne Bogen sichtbar wurde, gab es keinen Zweifel mehr: Furore.

Diesmal jedoch ankerte er nicht. Er drosselte den Motor und ließ das Boot unter dem Bogen hindurch in die kleine Bucht tuckern.

Noch immer war es hier menschenleer und still. Sanft setzte das Boot auf dem Kieselstrand auf. Fabrizio warf den Anker und stieg aus. Dann hielt er ihr die Arme hin. Mel, die noch immer das Gefühl hatte, zu träumen, zögerte einen Moment, dann ließ sie sich von ihm aus dem Boot heben. Schweigend ging er mit ihr auf dem Arm den Strand entlang. Während er sie trug, umfing er sie mit ungeahnter Zärtlichkeit. Ein Teil von ihr wünschte, sie würden ewig so bleiben.

Diesen Moment muss ich festhalten.

Fabrizio ging auf die noch immer verwaist wirkenden Häuser zu. Doch das oberste Haus, sein Haus, sah diesmal anders aus: Es war frisch gestrichen und hatte neue Fenster. Was hatte das zu bedeuten?

Fabrizio öffnete die Tür und trug sie über die Schwelle. Mel blieb das Herz stehen. Die Symbolik dieser Geste war ihr nicht entgangen.

Es roch nach frischer Farbe, alles strahlte in Weiß und Azurblau. Durch die offenen Fensterläden strömte die Sonne in die Zimmer und tauchte alles in warmes, einladendes Licht. Jetzt erst setzte Fabrizio sie ab und sah sie abwartend an. Sie blickte sich verwirrt um.

»Rede mit mir, ich bitte dich.«

Ehe ihr Realitätssinn vollends flöten ging, musste sie wissen, was los war. Fabrizio wollte sie abermals an sich ziehen und hielt inne.

Nein, nicht jetzt. Auch wenn er in diesem Moment nichts dringender brauchte als ihre Nähe. Doch er wusste um seine Wirkung auf sie und wollte nicht, dass dies ihre Entscheidung beeinflusste. Ohne sie aus den Augen zu lassen, machte er einen Schritt zurück und lehnte sich an das Fenster.

»Mein Vater wollte, dass ich bin wie er. Er begriff nicht, dass ich anders war und meinen Weg finden musste.«

Mel spürte, wie schwer es ihm fiel, sich von ihr fernzuhalten, wie viel Überwindung es ihn kostete, ihr das zu erzählen.

»Als er sich den Knöchel verstauchte, überließ er mir das Boot, und ich strich es bunt an und fing an, die Touristinnen herumzuschippern. Aber das weißt du ja.«

Er schwieg einen Moment. Eine leise Spannung lag im Raum.

»Als er dahinterkam, machte er mir eine entsetzliche Szene«, fuhr Fabrizio fort. »Ich wehrte mich und sagte ihm ins Gesicht, was ich von ihm hielt und dass er mich zu nichts zwingen könne und dass ich beschlossen hätte, wegzugehen.« Er sah Mel gequält an. »Die Ärzte meinten, sein Herz hat das nicht verkraftet. Er hatte einen Infarkt. Er ist ins Koma gefallen und nicht mehr aufgewacht. Eine Woche später ist er gestorben.«

Fabrizio wandte ihr den Rücken zu, und Mel sah, wie seine Hände sich ans Fensterbrett klammerten. Ein unerwartetes, heiseres Geräusch ließ sie zusammenzucken.

Er schluchzte.

Am liebsten wäre sie zu ihm gestürzt und hätte ihn fest an sich gedrückt, um auch das kleinste Quäntchen Schmerz zu ersticken. Doch sie brachte es nicht fertig. Reglos und wie gelähmt stand sie da. Langsam drehte er sich zu ihr um.

»Ich bin trotzdem gegangen. Meine Mutter hat mir nie verziehen und wollte mich nicht wiedersehen, auch nicht, als ich zurückgekommen war. Ich war der Skandal der Familie und sie schämte sich für mich. Dann ist sie auch gestorben. Und hier endet das schöne Märchen vom Fischerssohn, der zum internationalen Star wurde«, schloss er bitter.

Es gab nur eines, das sie tun konnte.

Sie atmete tief durch. »Ich war zehn, als mein Vater abgehauen ist. Von einem Tag auf den anderen, ohne ein Wort der Erklärung und ohne sich zu verabschieden. Meine Mutter hat mich mit der Behauptung großgezogen, alle Männer seien Lügner und Betrüger und hätten nur Sex im Kopf.« Sie hatte in einem Atemzug gesprochen, aus Angst, nicht weiterreden zu können, wenn sie eine Pause machte.

Fabrizio löste sich vom Fenster und kam langsam und ohne sie aus den Augen zu lassen auf sie zu.

»Ich habe Sex benutzt, ohne es überhaupt zu merken. Um zu dem zu werden, was ich bin. Berühmt, begehrt, vergöttert. Sex war wie eine Droge, die ich brauchte, um mich lebendig zu fühlen. Um mich geliebt zu fühlen. Um zu wissen, wer ich bin.«

Sie blickten einander an, bis tief in die Seele. Sie hatten nichts mehr zu verbergen. Der Schmerz verwandelte sich in etwas Warmes, Unbekanntes, das sich unaufhaltsam und erlösend in ihnen Bahn brach.

Er streckte die Hand aus und streichelte ihr sacht über die Wange.

»Können wir noch einmal von vorn anfangen?« Er lächelte zärtlich. »Ich bin Fabrizio.«

»Und ich bin Mel«, murmelte sie.

Er zog sie an sich und küsste sie, sanft und behutsam,

nicht drängend und fordernd. Als könnte er endlich Gefühle zulassen, die er sich immer verwehrt hatte, als holte er etwas nach, das unwiederbringlich verloren schien.

Mel schlang die Arme um ihn und vergrub die Finger in seinen dichten, weichen Locken. Jetzt hielt sie nicht mehr den von allen Frauen angehimmelten Spitzenkoch und abgebrühten Zyniker in den Armen, sondern einen nach Zärtlichkeit lechzenden kleinen Jungen.

Fabrizio hob den Kopf und sah sie an. »Du verlässt mich nicht, oder?«

Mel spürte, wie ihr letzter Widerstand brach. Abermals zog sie ihn an sich. Ihre Münder vereinten sich zu einem endlosen Kuss. Ihre Hände suchten einander, streichelnd, tastend, und ihre nackten Körper fanden sich wieder.

Endlich war ihre Leidenschaft frei.

Sie waren nach Hause gekommen.

DANKSAGUNGEN

Ein herzliches Dankeschön an alle, die uns nahestehen, uns die Treue halten und an uns glauben!

Vor allem Danke an Massimo Bray, den verlässlichen Freund, der, ebenso wie wir, Italien von seiner Schokoladenseite zeigen will und Bücher dafür für bestens geeignet hält.

An Monica, deren phantastischer Blog cakegardenproject uns zu der Figur von Mel inspiriert hat.

An Zia Silvia, die uns mit ihrer Begeisterung und Großzügigkeit stets unterstützt hat.

An Pietro Parisi, den »Bauernkoch«, für sein offenes Ohr und die gemeinsamen Werte.

An Massimo Biagi: Ohne sein Know-How als Videofilmer wären die glücklichen Autorinnen verloren…

An alle Freunde auf Facebook, die uns unterstützt, mit uns gefühlt und mit uns gelacht haben.

An Patrizia Fassio, die uns Freundin und einzigartige Stütze ist.

An Valentina Rossi, unseren stets gegenwärtigen und hilfreichen »Junior«. An Lara Giorcelli für ihre Gastfreundschaft.

An Giulia De Biase, die erste, die an unser kreatives Doppel geglaubt hat.

An Maria Paola Romeo, die unsere endlosen Anrufe zu den unmöglichsten Zeiten stoisch erträgt.

An Rodolfo Matto, der uns von seinem Capri erzählt und uns ermöglicht hat, es mit anderen Augen zu sehen.

An Zia Rosa und Zia Maria, die, auch wenn sie nicht mehr leben, immer in unseren Herzen sind.

An Annemarie, weil wir den Schmetterlingsgarten ohne sie niemals entdeckt hätten.

An Silvio, »Leittier« und erfahrener Koch.

An Marta, Maria Elisa, Alessandra und Cinzia, die uns helfen, unsere Bücher zu promoten.

An Giovanni, den jungen Freund, der uns geholfen hat, die Welt der sozialen Netzwerke zu verstehen, ein beinharter Job!

An Veronica Meddi, Tiziana Zita, Maria De Giovanni, Elisabetta Bagli, Annamaria Corposanto für das, was sie über uns geschrieben haben.

Und ein besonderer Dank an Francy, Floriana, Karin, Angela, Regin, Endimione, Lavinia, June Ross und all die Blogger, die uns bei unserer Arbeit gefolgt sind und uns unterstützt haben.

Danke an Luca Fogliano für seine unerlässliche technische Unterstützung und unendliche Geduld.

Und *last, not least* an Marco, der weiß, wie man mit Worten und Essen verführt. Danke, Charmeur!

Zum Schluss ein besonderes Dankeschön an unseren Verlag, der uns die Möglichkeit gibt, das zu schreiben, was wir am meisten lieben: romantische Komödien.

ELISABETTA & GABRIELLA

Fabrizios REZEPTE

REZEPTVERZEICHNIS

TRIUMPH VON MEERESFRÜCHTEN

ZUTATEN (FÜR 4 PERSONEN)
500 g Miesmuscheln
500 g Schwertmuscheln
500 g Venusmuscheln
12 Jakobsmuscheln
1 EL Fenchelsamen
1 getrocknete Chilischote
2 Knoblauchzehen
Saft einer Orange
2-3 EL Olivenöl
5 cl Brandy
Salz

ZUBEREITUNG

Die Muscheln sorgfältig putzen und wässern. In einer Pfanne den Knoblauch im Olivenöl andünsten und die Muscheln zugeben. Die Fenchelsamen, die zerkleinerte Chilischote und eine Prise Salz hinzugeben und mit dem Brandy ablöschen. Sobald der Brandy verkocht ist, den Orangensaft zugeben und reduzieren. Mit gerösteten Weißbrotscheiben servieren.

SCAMPI-CARPACCIO MIT ZUCCHINI

ZUTATEN (FÜR 4 PERSONEN)
8 Scampi
4 Zucchini
1 rote Zwiebel
1 EL süßes Paprikapulver
30 g Olivenöl extra vergine
Salz
Pfeffer

Für die Zitronenvinaigrette:
1 kleines Stück Ingwer
½ Zitrone
40 g Olivenöl extra vergine
Salz
Pfeffer
Zitronenthymian

ZUBEREITUNG

Die Zucchini waschen, würfeln und mit der gehackten Zwiebel anbraten. Ein wenig Wasser hinzufügen, salzen und pfeffern und 10 Minuten dünsten. Die Scampi waschen, Darmfäden entfernen und zwischen zwei Lagen Frischhaltefolie mit dem Fleischklopfer sanft flachklopfen. Auf einem Teller mit den Zucchini anrichten und mit dem süßen Paprika würzen. Aus geriebenem Ingwer, Öl, der Zitrone, Salz und Pfeffer eine Vinaigrette herstellen, Scampi und Zucchini damit beträufeln und vor dem Servieren mit fein gehacktem Zitronenthymian bestreuen.

MIESMUSCHELN MIT SAFRAN

ZUTATEN (FÜR 6 PERSONEN)
1,5 kg Miesmuscheln
10 kleine Schalotten
1 Selleriestange
10 cl Weißwein
25 cl Sahne
½ EL Fenchelsamen
Saft einer ½ Zitrone
1 Tütchen Safran
Schnittlauch nach Belieben
20 g Butter
Salz
Pfeffer

ZUBEREITUNG

Die Miesmuscheln säubern, mit dem Wein und zwei geschälten, in feine Scheiben geschnittenen Schalotten in einen Topf geben. Auf großer Flamme erhitzen, bis sich die Muscheln öffnen, abgießen und den Fond durch ein Gazetuch auffangen. Die übrigen Schalotten schälen und halbieren und mit der gewürfelten Selleriestange, der Butter, den Fenchelsamen, dem Safran, einer Prise Salz und einer Kelle des Muschelfonds in einen großen Topf geben. Zudecken und bei milder Flamme 20 Minuten köcheln lassen. Die Sahne, den Zitronensaft, reichlich Pfeffer und die Muscheln hinzugeben. Fünf Minuten erhitzen. Mit Schnittlauch bestreuen und servieren.

ERDBEEREN IM SCHWARZEN MEER

ZUTATEN (FÜR 2 PERSONEN)
200 g Bitterschokolade
150 ml Sahne
1 Spritzer Brandy
14 Erdbeeren

ZUBEREITUNG

Die zerkleinerte Schokolade mit der Sahne im Wasserbad schmelzen. Den Brandy hinzufügen und im Fonduetopf oder Schokoladenbrunnen servieren. Dazu die gewaschenen Erdbeeren mit Blütenansatz auf einer Platte anrichten. (Nach Belieben können auch andere geschälte, grob gewürfelte Früchte dazu gereicht werden.)

COUSCOUS MIT MINZE

ZUTATEN (FÜR 6 PERSONEN)
500 g Couscous
3 mittelgroße Auberginen
1 EL Mandeln
1 Knoblauchzehe
Olivenöl extra vergine
1 Bund Minze

ZUBEREITUNG

Die Auberginen würfeln und mit einem Teil des Öls und dem Knoblauch in eine Pfanne geben. Zehn Minuten dünsten. In der Zwischenzeit ein Pesto aus der Minze, dem restlichen Öl und den gerösteten, gehackten Mandeln zubereiten. Den Couscous kochen und mit dem Minzpesto abschmecken. Die Auberginen hinzufügen. Im Kühlschrank durchziehen lassen und servieren.

GEFÜLLTE DATTELTOMATEN MIT RICOTTA-THUNFISCH-CREME

ZUTATEN (FÜR 6 PERSONEN)
30 reife Datteltomaten
200 g Schafsricotta
150 g Thunfisch, abgetropft
Kapern nach Belieben
Salz
Petersilie

ZUBEREITUNG

Den Ricotta mit den Kapern und dem Thunfisch im Mixer zu einer Creme verrühren. Mit Salz abschmecken. Die Datteltomaten waschen, kreuzweise auf einer Seite einschneiden und die Kerne vorsichtig entfernen. Mit einem Spritzbeutel die Ricottacreme einfüllen. Auf der gegenüberliegenden Seite ein kleines Loch bohren und einen Stängel Petersilie hineinstecken, um eine »Tomatentulpe« zu erhalten.

FENCHEL-ORANGEN-SALAT

ZUTATEN (FÜR 4 PERSONEN)
2 mittelgroße Fenchelknollen
3 Orangen
50 g Pinienkerne
20 g Rosinen
Olivenöl nach Belieben
Apfelessig nach Belieben
Salz

ZUBEREITUNG

Die Fenchelknollen putzen und in feine Scheiben schneiden. Zwei Orangen schälen, weiße Häutchen entfernen, würfeln. Mit den in lauwarmem Wasser eingeweichten Rosinen und den Pinienkernen mischen. Alles mit Öl, Salz, Apfelessig und dem Saft einer ausgepressten Orange abschmecken.

DINKEL, RUCOLA UND BIRNEN

ZUTATEN (FÜR 6 PERSONEN)
300 g Dinkel
60 g reifer Gorgonzola
4 Birnen
1 Bund Rucola
200 g milder Caciottina (halbfester Schnittkäse)
1 EL Kastanienhonig
Weißweinessig nach Belieben
Olivenöl nach Belieben
Salz
Pfeffer

ZUBEREITUNG

Den Dinkel in reichlich Salzwasser kochen, abgießen und abkühlen lassen. Aus Öl, Honig, Essig, Salz und Pfeffer das Dressing zubereiten. Den Dinkel mit dem gewürfelten Käse, dem Rucola und den in feine Scheiben geschnittenen Birnen mischen. Mit dem Dressing abschmecken und servieren.

BURRATA-NESTER

ZUTATEN (FÜR 2 PERSONEN)
1 Burrata von 150 g
60 g Mascarpone
2 Scheiben San-Daniele-Schinken
2 Scheiben Tramezzini- oder Sandwichbrot
2 Feigen
60 g Honig

ZUBEREITUNG

Mit einem Glas oder einem Ausstecher runde Scheiben aus dem Brot stechen. Die Scheiben auf einen Teller legen und die längs gefalteten Schinkenscheiben zu einem Nest herumdrapieren. Die Burrata kleinschneiden, mit dem Mascarpone in einer Schüssel verrühren und in die Nester füllen. Mit heißem Honig beträufeln. Die Feigen halbieren, auf das Nest setzen, mit dem restlichen Honig beträufeln und servieren.

ROHE SEEIGEL

ZUTATEN (FÜR 4 PERSONEN)
16 Seeigel
1 Zitrone

ZUBEREITUNG

Mit einem Seeigelmesser oder einer Schere in die Öffnung fahren und einen Deckel herausschneiden. Die Seeigel von Algen befreien, mit Zitronensaft beträufeln und servieren (nach dem Öffnen so schnell wie möglich verzehren).

STEINBUTT ALLA CASTELLANA

ZUTATEN (FÜR 4 PERSONEN)
4 Steinbuttfilets

Für die Sauce:
120 g Brotkrumen
1 Bund Petersilie
1 Zweig Kerbel
3 saure Gürkchen
30 g Kapern
1 Knoblauchzehe
1 kleine Zwiebel
20 cl Fischfond
75 g Olivenöl extra vergine
Salz

ZUBEREITUNG

Die Steinbuttfilets ca. 5 Minuten gar dämpfen und auf dem Teller anrichten. Das Brot im Fischfond einweichen, ausdrücken und mit dem Kerbel, der Petersilie, dem Knoblauch, der Zwiebel, den sauren Gurken und den Kapern im Mixer pürieren. Mit drei Esslöffeln Fischfond zu einer sämigen Creme rühren, mit einigen Tropfen Olivenöl und Salz abschmecken. Auf den Fisch geben und servieren.

KÖNIGSLANGUSTE

ZUTATEN (FÜR 4 PERSONEN)
1,5 kg Langusten
500 g geschälte Tomaten
2 Zwiebeln
1 Knoblauchzehe
1 Zweig Thymian
2 Stängel Petersilie
½ Lorbeerblatt
20 cl trockener Weißwein
10 cl Marsala
5 cl Cognac
60 g Butter
Salz
Pfeffer

ZUBEREITUNG

Die Langusten unter fließendem Wasser waschen und leicht andrücken. Den Schwanz in fünf bis sechs Stücke teilen (ohne den Panzer zu entfernen) und das Endstück wegwerfen. Den Kopf halbieren, Sand entfernen und Koralle beiseitelegen. Den Ofen auf 190 °C vorheizen. Die zerdrückten Tomaten zusammen mit der gehackten Zwiebel, dem Knoblauch, dem Thymian und einem Esslöffel gehackter Petersilie in einen niedrigen, großen Bräter geben. Die Langusten darauf legen, salzen, pfeffern und die geschmolzene Butter, den Weißwein, Marsala und Cognac hinzugeben. 25 Minuten im Ofen garen. Die Langustenstücke auf einer Platte anrichten. Den Bräter auf die Flamme stellen und die zerkleinerte Koralle zum Sud geben und einkochen lassen. Wenn die Sauce fertig ist, über die Languste gießen und alles mit gehackter Petersilie bestreuen. Sofort servieren.

RIESENGARNELEN MIT JOHANNISBEEREN

ZUTATEN (FÜR 4 PERSONEN)
30 g frische Garnelen
8 Kirschtomaten
150 g Johannisbeeren
2 Zitronen
1 Kopfsalat
20 g schwarzer Pfeffer
40 g Olivenöl extra vergine
Salz
Pfeffer

ZUBEREITUNG

Die Zitronen halbieren und eine davon mit den Pfefferkörnern in 1½ Liter Wasser zum Kochen bringen. Die Garnelen hineingeben, Flamme reduzieren und 5 Minuten köcheln lassen. Abgießen, abkühlen lassen und schälen. Den Salat waschen, trocknen und fein schneiden. Die Johannisbeeren entstielen, waschen und mit Küchenpapier trockentupfen. Die Tomaten würfeln. In einer Schüssel Öl mit dem restlichen Zitronensaft, Salz und Pfeffer vermengen. Die Garnelen auf einem Salatbett anrichten, mit den Tomatenwürfeln und den Johannisbeeren garnieren, mit der Vinaigrette beträufeln und servieren.

PERLHUHN MIT TRÜFFEL

ZUTATEN (FÜR 4 PERSONEN)
4 Perlhuhnbrüste
40 g Butter
20 cl Sahne
10 cl Weißwein
5 cl Portwein
40 g weißer Trüffel
80 g Selleriestangen
40 g Möhren
Salz
Weißer Pfeffer

ZUBEREITUNG

Die Selleriestangen und Karotten in feine Scheiben schneiden. 10 g Butter in einer Pfanne erhitzen, Sellerie, Karotten und ein wenig Wasser hinzufügen und 10 Minuten köcheln lassen. In einer zweiten Pfanne die restliche Butter schmelzen, die Perlhuhnbrüste hineinlegen, salzen und pfeffern. Sobald sie goldbraun sind, mit dem Wein ablöschen und 15 Minuten dünsten. Herausholen und warm stellen. Den Portwein zum Fond geben und weiterköcheln, bis er sämig ist. Zum Binden die Sahne hinzufügen, dann die Möhren und den Sellerie. Die Perlhuhnbrüste auf heißen Tellern anrichten, mit der Sauce begießen und Trüffel darüberhobeln.

KRABBENSCHAUM

ZUTATEN (FÜR 4 PERSONEN)
500 g Krabbenfleisch
4 Blatt Gelatine
1 Beutel Instantgelatine
5 EL geschlagene Sahne

Für die Béchamel
30 g Butter
30 g Mehl
35 cl Milch
Salz

ZUBEREITUNG

Das Krabbenfleisch abtropfen und pürieren. Die Gelatineblätter in kaltem Wasser einweichen, abgießen, gut ausdrücken und in einem Topf im Wasserbad schmelzen. Abkühlen lassen und das Krabbenfleisch hinzufügen. Aus Butter, Mehl, Milch und einer Prise Salz die Béchamel zubereiten. Nach dem Aufkochen 3 Minuten köcheln lassen. Die Gelatine nach Gebrauchsanweisung zubereiten, abkühlen lassen und darauf achten, dass sie nicht erstarrt. Die Sahne schlagen und unter die Béchamel und das Krabbenpüree heben. Einen Fingerbreit Gelatine in eine Form füllen und im Tiefkühlfach erstarren lassen. Den Krabbenschaum darauf verteilen. Mit der restlichen Gelatine bedecken und vor dem Servieren für mindestens 3 Stunden kühlstellen.

TINTENFISCHKRONE

ZUTATEN (FÜR 4 PERSONEN)
250 g Reis
40 g Butter
½ l Gemüsebrühe
½ Zwiebel
½ Karotte
½ Selleriestange
3 Nelken
1 Bund Kräuter der Provence

Für die Sauce:
350 g Tintenfisch
40 g Olivenöl extra vergine
10 cl trockener Weißwein
1 Knoblauchzehe
1 Chilischote
300 g reife Tomaten
1 Zwiebel
Petersilie nach Belieben
200 g Erbsen
1 Lorbeerblatt
10 g Butter
Salz, Pfeffer

ZUBEREITUNG

Zwiebel, Möhre und Sellerie in Scheiben schneiden. Die Brühe in einem Topf zum Kochen bringen. Die Kräuter zusammen mit den Nelken in einer Pfanne andünsten, einige Minuten simmern lassen, den Reis hinzufügen und unter ständigem Rühren 2 Minuten anschwitzen. Die kochende Brühe hinzufügen und weiterrühren. Die Pfanne bedecken und für 20 Minuten in den auf 200 °C vorgeheizten Backofen stellen. Die Tomaten überbrühen, Haut und Samen entfernen und zerkleinern. Eine halbe Zwiebel und den Knoblauch hacken und mit 2 Esslöffeln Öl und der Chilischote in einer Pfanne anschwitzen. Die Tintenfische hinzufügen, anbraten und mit Wein ablöschen. 5 Minuten köcheln lassen, salzen und pfeffern. In einer weiteren Pfanne das restliche Öl mit der anderen gehackten Zwiebelhälfte, dem Lorbeerblatt, den Tomaten und den Erbsen erhitzen. 20 Minuten bei mittlerer Hitze kochen lassen. Wenn die Sauce fertig ist, die Tintenfische hinzufügen. Den Reis in eine gebutterte Kranzform füllen, mit der Gabel festdrücken und auf einen Teller stürzen. Die Tintenfischsauce in die Mitte füllen und ringsum verteilen.

COPPA RED PASSION

ZUTATEN (FÜR 4 PERSONEN)

Für die Himbeergelatine
200 g Himbeeren
4 Gelatineblätter
1 EL Zitronensaft

Für die Kirsch-Pannacotta:
½ l frische Sahne
100 g Zucker
200 g entsteinte Kirschen
5 Gelatineblätter

Für das Joghurt-Baiser-Topping mit Erdbeeren:
200 g fester weißer Joghurt
100 g Baisers
200 g Erdbeeren

Für den Boden:
200 g Bitterschokolade
Chilipulver

ZUBEREITUNG

Die Schokolade mit einem Esslöffel Chilipulver im Wasserbad schmelzen. Zwischen zwei Lagen Backpapier streichen und mit dem Spachtel glätten. Locker zusammenrollen und im Kühlschrank aushärten lassen.

Die Himbeergelatine zubereiten: Die Himbeeren waschen, pürieren und durch ein Sieb streichen. Die Gelatineblätter einweichen. Gut ausdrücken und mit einem Esslöffel Wasser in einem kleinen Topf schmelzen. Das Himbeerpüree und einen Esslöffel Zitronensaft hinzufügen. Die Schokolade aus dem Kühlschrank nehmen, splittern und die Böden von vier Dessertbechern damit auslegen (einige Splitter zurückbehalten). Mit zwei Fingern breit Himbeerpüree bedecken. Die Becher in den Kühlschrank stellen, bis die Gelatine fest geworden ist.

Für die Pannacotta die entsteinten Kirschen mit der Hälfte des Zuckers pürieren. Die Gelatine mit ein wenig Wasser einweichen. Die Sahne, den restlichen Zucker und das Kirschpüree in einen Topf geben und erwärmen. Die gut ausgedrückte Gelatine hinzugeben und alles miteinander verrühren, ohne es zum Kochen zu bringen. Leicht abkühlen lassen und auf die Himbeergelatine gießen (es darf nicht zu heiß sein, damit sich die Himbeergelatine nicht verflüssigt). Wieder für mindestens 2 Stunden kaltstellen. Für die letzte Schicht die Baisers zerkrümeln und mit dem Joghurt mischen. Mit winzigen Erdbeerstückchen garnieren. Zum Servieren die restlichen Schokoladensplitter über die Coppa Red Passion streuen.

ITALIAN SUSHI

ZUTATEN (FÜR 14 ROLLEN)
250 g Sushireis
75 ml Reiswein
30 g Zucker
2 g Salz
200 g Mangoldblätter
50 g entgrätetes Lachsfilet
50 g entgräteter Schwertfisch

ZUBEREITUNG

Den Reis unter fließendem Wasser waschen, bis es klar ist. 15 Minuten einweichen lassen, abgießen und im Sieb weitere 15 Minuten ruhen lassen. In einen Topf geben und mit Wasser bedecken. Den Topf mit einem durchsichtigen Deckel verschließen und zum Kochen bringen. 8–10 Minuten kochen, die Hitze reduzieren und weitere 9 Minuten köcheln. Vom Feuer nehmen und 10 Minuten ruhen lassen.

In einem anderen Topf den Reiswein mit Zucker und Salz erhitzen, aber nicht zum Kochen bringen, bis der Zucker sich aufgelöst hat. Abkühlen lassen. Den Reis in eine Schüssel geben und mit der erkalteten Reisweinmischung abschmecken. Dabei darauf achten, den Reis nicht mit der Gabel zu zerdrücken. Mit einem Tuch abdecken, damit er nicht austrocknet. Den Lachs und den Schwertfisch waschen und in feine Streifen schneiden, Mangoldblätter waschen, den Stielansatz entfernen und ein paar Minuten dämpfen. Aus Frischhaltefolie Quadrate schneiden, die lauwarmen Mangoldblätter darauf ausbreiten, sodass sie ein Quadrat von ca. 20 cm Seitenlänge bilden. Den Reis in die Mitte geben und ringsum einen Zentimeter freilassen. Einen Fischstreifen in die Mitte setzen und die Blätter mit Hilfe der Frischhaltefolie zusammenrollen. Die Rollen verschließen und 2 Stunden kaltstellen. Vor dem Schneiden die Messerklinge in gesäuertes Wasser tauchen, damit der Reis nicht kleben bleibt. In ca. 2 Zentimeter breite Stücke schneiden. Dazu Sojasauce und marinierten Ingwer (siehe Rezept S. 266) reichen.

MARINIERTER INGWER

ZUTATEN (FÜR 6 PERSONEN)
200 g Ingwer
150 ml Reisessig
60 g Zucker
Salz

ZUBEREITUNG

Den Ingwer putzen und in sehr dünne Scheiben schneiden. 5 Minuten in Wasser kochen, abgießen und beiseitelegen. 4 Esslöffel Wasser, den Essig, den Zucker und Salz in einen Topf geben und den Ingwer darin mindestens 2 Stunden marinieren.

GETRÜFFELTE AUSTERN

ZUTATEN (FÜR 4 PERSONEN)
24 Belon-Austern
40 g Trüffel
1 Lauchstange
1 Schalotte
5 cl Weißwein
50 g Butter
3 cl alter Portwein
Salz
Pfeffer

ZUBEREITUNG

Die Austern öffnen, das Wasser durch ein Sieb gießen und sie zwei Minuten darin kochen. Herausnehmen und warmhalten. In einem zweiten Topf die Butter schmelzen und die fein gehackte Schalotte sowie den Lauch hinzufügen. Einige Minuten dünsten, dann den Trüffel, den Weißwein, den Portwein und das Austernwasser hinzufügen, salzen und pfeffern. Die Sauce bis zur richtigen Konsistenz weiterköcheln. Über die Austern gießen und servieren.

ERDBEER-CRUMBLE

ZUTATEN (FÜR 8 PERSONEN)
500 g Erdbeeren
125 g Zucker
1 EL Vanilleessenz
110 g Mehl
75 g Butter
60 g gehobelte Mandeln

ZUBEREITUNG

Das Mehl, die Mandeln, 75 g Zucker und die gewürfelte Butter zu einer krümeligen Konsistenz vermengen. Die Erdbeeren würfeln, den restlichen Zucker und die Vanilleessenz hinzufügen und gut mischen. Auf acht kleine ofenfeste Förmchen verteilen. Den Crumble darauf verteilen und mit Alufolie abdecken. Bei 180 °C für zwanzig Minuten im Ofen backen. Lauwarm servieren.

FISCHSUPPE

ZUTATEN (FÜR 4 PERSONEN)
2 kg gemischter Fisch (Knurrhahn, Makrele, Meerbarbe, Krabben, kleine Tintenfische, Katzenhai, Butt)
½ Zwiebel
4 Knoblauchzehen
200 g Olivenöl extra vergine
20 cl trockener Weißwein
2 Esslöffel Tomatenmark
Salz
Pfeffer
Petersilie

ZUBEREITUNG

Den Fisch waschen und putzen, die kleinen Fische ganz lassen, die größeren zerteilen. Die gehackte Zwiebel und den Knoblauch in einer Pfanne andünsten, mit dem Wein ablöschen, das Tomatenmark hinzufügen und mit ein wenig heißem Wasser aufgießen. Salzen und pfeffern. Wenn die Sauce kocht, den Fisch beigeben, die größeren Stücke zuerst 7–8 Minuten kochen lassen, dann die kleineren Fische hinzugeben, zudecken und weitere 10 Minuten bei mittlerer Hitze garen. Die fein gehackte Petersilie einstreuen und mit geröstetem Weißbrot servieren.